万食如意 01

中国華僑出版社

```
mport java.util.Scanner;

public class TestNarcissus {
  /*
   * public static void main(String[] args) {
   * int num = 100; int a[] = new int[3];
   * System.out.print("3 位的水仙花数有：\t");
   * while (num <= 999) {
   *       int sum =0;
   *       a[0] = num / 100 % 10;
   *       a[1] = num / 10 % 10;
   *       a[2] = num % 10;
   *  for (int i = 0; i < 3; i++) {
   *     sum = sum + (int) Math.pow(a[i], 3);
   *  }
   *  if (num ==sum) {
   *     System.out.print(num + "\t"); } num++;
   *     }
   *  }
   */
  public static void main(String[] agrs) {
     System.out.print(" 指定最大位数 N:");
     Scanner input = new Scanner(System.in);
     int N = input.nextInt();
     input.close();
     for (int i = 3; i <= N; i++) {
        int a[] = new int[i];
        int num = (int) Math.pow(10, i - 1) + 1;
        System.out.print(i + " 位的水仙花数有：\t");
        while (num <= Math.pow(10, i)) {
           int sum = 0;
           for (int j = 0; j < i; j++)
              a[j] = (int) (num / Math.pow(10, j) % 10);
           for (int j = 0; j < i; j++)
              sum = sum + (int) Math.pow(a[j], i);
           if (num == sum)
              System.out.print(num + "\t");
```

```
t 21h
np p2
9:
ıov dl,9
ıov ah,2
t 21h
op dx
op cx
t
rint endp
art:
ıov ax,data
ıov ds,ax
ıov bx,100
):
ıov ax,bx
all fj
ıov cx,ax
ıov si,0
ıov dx,0
1:
ıov al,buf[si]
ul buf[si]
ul buf[si]
dd dx,ax
ıc si
oop s1
mp dx,bx
e s2
ıov ax,dx
all print
2:
ıc bx
mp bx,1000
s0
ıov ah,4ch
t 21h
ode ends
```

stack ends
data segment
buf db 3 dup (?)
data ends
code segment
assume cs:code,ds:data,ss:stack
fj proc near
push cx
push dx
push si
mov si,0
mov cx,10
fj1:
mov dx,0
div cx
mov buf[si],dl
inc si
or ax,ax
jnz fj1
mov ax,si
pop si
pop dx
pop cx
ret
fj endp
print proc near
push cx
push dx
mov dx,−1
push dx
mov cx,10
p1:
mov dx,0
div cx
push dx
or ax,ax
jnz p1
p2:
rogram narcissistic_number;
ar a,b,c:integer;
egin
for a:=1 to 9 do
for b:=0 to 9 do
for c:=0 to 9 do
if a*a*a+b*b*b+c*c*c=100*a+10*b+c then
writeln(100*a+10*b+c);
nd.
rogram narcissistic_number;
ar a,b,c,d:integer;
egin
for a:=100 to 999 do
begin
b:=a mod 10;
c:=a mod 100 div 10;
d:=a div 100;
if b*b*b+c*c*c+d*d*d=a then
writeln(a);
end;
nd.
rogram narcissistic_number;
r i, b, c, i, t : integer;
egin
i := 100;
repeat
a:=trunc(i/100);
b:=trunc(i/10) − a*10;
c:=i−trunc(i/10) * 10;
t:= a*a*a + b*b*b + c*c*c;
if i = t then
writeln(i,'=',a,'^3+',b,'^3+',c,'^3');
i := i + 1 until i > 999

目录 | contents

花生、瓜子 与 糖果

年少时，
你心心念念一个人，
是因为一张俊美的脸庞，
一种孤傲的性格，
一条天才的思路。
哪怕言语再荒谬，
举止再狂妄，
也不会消磨这种纯真的情感。
直到一场猝不及防的悲剧，
戛然结束。
年长后，
你与一个人的羁绊，
是因为一只宽慰的臂弯，
一段旧事的巧合，
一点投射的灵犀。
继而性格能投契，
理想会共鸣，
几近完美了这姗姗来迟的爱情。
直到一场精心策划的复仇，
拉开序幕。

第一道×凉菜

大拌菜

高考结束的当天晚上，姜珠渊做了一个美梦。

梦发生在一家小型超市。货架上摆满了饼干、蛋糕、肉脯、坚果、巧克力、牛奶、果汁、可乐、清茶、矿泉水；还有各种方便速食：红烧牛肉面、滑菇鸡丝粥、咖喱蔬菜饭、五菇鸡蛋粉、紫菜番茄汤……琳琅满目，应有尽有。

这是一个令人愉悦的梦。虽然吃不到、闻不到，光是看那些赏心悦目的包装，姜珠渊就能满足地笑出口水来。

她不是贫穷中长大的女孩子，会轻易被物质吸引。相反，她一直过得很丰足，无论从哪方面来讲。一个被父母兄长如珠似宝呵护的女孩子，对一切食物都有着超乎寻常的关注，只能说是与生俱来的本能。

出牙时，她将所有摸得到的东西放进口中，咬来啃去；学走路，她跟着快餐广告歌一起扭屁股；过家家，她一定要做厨娘，用橡皮泥捏出一道道色彩缤纷的菜肴；电视与书籍，她最爱的永远是关于美食烹饪。她不仅由衷赞美每一样放进嘴里的食物，也目不转睛地盯着别人口中的美味，直到母亲告诫她那是非常没有礼貌的行为。

进入青春期后，这种强烈的感情偶尔会令姜珠渊不安。她总是比同龄少女高一点，再重一点。不能免俗，也控制过几次食欲，可都在天性面前一败涂地——敬意加上热爱，是人类对于美好事物的占有欲，不可抗拒。

高考志愿，她查询了所有和公共卫生营养有关的学科。

因为单纯，所以专注。一直以来，美食常常会追进她的梦里相会。奇怪的是，这次在梦中，她是一只大黄鸭。

站在她身边的是一只疲惫的熊猫。熊猫一边抚着脑后，一边挑选微波粥品。姜珠渊想去冰柜那块看看。两人擦肩而过时，熊猫的beeper（传呼机）响了起来，没完没了，没完没了。

床头柜上的手机，一闪一闪发出蓝光。时间是七点五十七分，来电显示是云政恩，她的同班同学，数学天才。

姜珠渊迷迷糊糊接起电话。高考之前就已经有部分同学约好回校对答案。数学老师也事先交代过云政恩将卷子和答案默出来供大家参考。

不知道他一大早打电话有什么事：“喂？”

那边传来一把陌生女声，四十岁上下：“你是谁？”

姜珠渊意外之余清醒了一大半：“我是姜珠渊。您哪位？”

“小姑娘，你认识这个手机的主人？”

姜珠渊翻身坐起：“阿姨，这是我同学云政恩的手机。”

“云政恩？”电话那头的女人生硬地重复一遍。

我国常用姓氏五百个，常用汉字两千五百个，粗略估计，一个三字姓名有三十亿种组合。

理论上来说，十三亿人，每人都能分到一个独一无二的名字。

有些家长起名，看重的不是独特，而是寓意。

因为父亲工作调动，从外地来到云泽读书的姜珠渊和哥哥姜金山，用了“藏珠于渊，藏金于山”的典故；校花寇亭亭，意味着一位“亭亭玉立”的美女；班长毕赢，一听就会在人生道路上勇夺冠军；体育委员曹慎行，家人必定希望他一举一动谨慎小心。

姜珠渊有些紧张：“他怎么了？您是谁？”

云政恩的名字深刻且特殊——云泽政府的恩典。

云泽福利院一共有两百零九名孤儿，但衬得起这个名字的，只有他一个。

因为云政恩实在是最接近完美的男孩子。

苍白清秀的脸庞，乌黑卷曲的短发，纤长睫毛，浅色瞳仁，鼻梁挺直，嘴角上翘——如果只有一副好皮囊，叫作肤浅。难得的是，他的头脑与长相成正比，每次考试名列前茅自不必说，尤其是数学，展现出了惊人的天赋。

姜珠渊高一时因父母工作调动转入云泽二中，班主任安排她与云政恩同桌。云政恩虽然沉默寡言，但胜在细致耐心，得他助益，姜珠渊的成绩大幅提高。

不仅如此，三年来云政恩代表云泽市出战全国奥数竞赛，年年得冠军。云泽市青少年乒乓球比赛，姜珠渊和云政恩搭过一次混双，拿了第一。

任何竞技类项目，他都不会输给其他人。也不会让自己的搭档，输给其他人。

“他的手机被我儿子捡到了，你过来取一下。”中年妇女报出一个地址，“哎，我和你说，快没电了。快点来。”

“谢谢阿姨，我马上过来。”

厨房里，姜家保姆毛红英正在准备早上的饭菜，听见楼梯响，探出头来见是一脸睡眼惺忪的姜珠渊：“刚考完，怎么不多睡一会儿？”

姜珠渊一边打哈欠，一边将夹进内裤的睡裙扯出来："毛姨，我同学的手机丢了。捡到的人把电话打到我这里，我要去拿。"

"骗人吧？"毛红英警惕起来，"锅里有粽子，我给你剥。"

姜珠渊一口粽子塞在嘴里，眨眨眼睛："我只带公交卡，没事。"

"坏人不一定是求财，我陪你去。"

姜珠渊摆手："不要不要。每次你去家长会，我说是保姆，同学都笑话我嫌妈妈丑。"

毛红英讪笑，利索地解围裙，洗净手："真话总是没人信。"

"真的要骗我，大可以约隐秘的地点，不用约在一中门口。再说我带着手机呢，有事立刻打给褚叔叔。还有，你看我的项链。"她摸摸脖子，把睡觉时甩到背后的链坠扯到前面来，"这种带 GPS 的东西应该给我哥也配一个。免得爸每天都问'金山呢''金山在哪儿'。"

毛红英在姜家做了三年的保姆，对每个人的性格都了解得一清二楚。姜家是典型知识分子家庭的清冷做派，一对儿女中，与成熟稳重的姜金山相比，她心里着实偏向娇憨可爱的姜珠渊多些："那你多小心——是你哪个同学丢了手机？那么贵的东西。"

"云政恩。"

"他？你一天到晚挂在嘴边的天才生？"

"丢手机和天才有什么关系？一部破手机，可能又被人欺负。"姜珠渊上楼换衣服，突然又探下头来问，"毛姨，梦见熊猫是什么意思？"

月亮有背面，天才有弱点，云政恩有重度妄想症。

他出生时生母亡故，故而栖身福利院，穿善长仁翁捐赠的旧衫，校服洗得看不出原来的颜色，不合脚的球鞋干脆当拖鞋趿——但失去联系的神秘生父乃是定居海外的华裔数学家，主持一间世界顶尖数理研究所，专门研究各类艰深难题。

谁也不知道流言起于何时何处。拿去对质，他竟承认——科技转换为生产力，数学家与多家跨国企业及政府有项目往来，在建筑、金融、航天、军火等方面多有涉猎，甚至参与外来高级物种探秘计划。

他用天才头脑，设计一段华丽身世。谁没幻想过自己是公主或王子？最好一觉醒来，躺在城堡里。三年的同学时光，姜珠渊眼看着云政恩身上矛盾的特质越来越尖刻。貌美而贫穷，沉默而自负，聪明而荒诞。这一切的源头，是乌托邦式的嚣张。每个人都在为升学奋斗，他却坚持认为高考只是过程，父亲会接他离开，走一条和平凡人完全不同的华丽人生，设计核弹发射程序，又或者探索外太空。

抱着这种想法，他拒绝了格陵大学伸来的橄榄枝——这样怎能不叫人嫉恨？

扰人清梦的电话是连锁反应。还未起身的缪盛夏懒洋洋接起电话："难得小公主亲自给我打电话。"

"我有特别讨厌的人，你能替我教训他吗？"

缪盛夏被逗得笑起来："考完了，想揍老师，教哪门课？"

"不是，是特别讨厌的同学。"

"怎么惹你生气了？"缪盛夏听着她那边的声音，"你在公交车上？一大清早去哪里？"

"我去一中找人。"

"谁？注意安全。"

"在你们看来云泽就是个强盗窝吧？和毛姨一样啰唆。"

缪盛夏笑起来。姜珠渊顶讨厌他笑，像没放糖的芝麻糊，又像黏嗒嗒的秋葵："挂了。"

"名字还没给我呢。"

"什么名字？"

"特别讨厌的同学，名字发短信给我，其他的你就不用知道了。"

既生瑜何生亮？没有云政恩，毕赢一定是风云人物，因为他也是全面发展的好学生。但在云政恩的阴影下，他只能做千年老二，乒乓永远是第二，奥数永远是第二，总分永远是第二。

他人生的成绩单，云政恩的名字永远压在上面。云政恩放弃的保送名额，校方力荐毕赢，却被拒绝。

只要第一，不要第二。

毕赢的不介意，很刻意。面对云政恩他一直客气疏离，私下里刻薄恶毒的流言简直不敢叫人相信是从品学兼优的好学生口中说出；而曹慎行，毕赢的表弟，对云政恩的厌恶一直流于表面，来势汹汹。撕烂课本、毁坏桌椅、污损衣裤，这些在他对云政恩做过的劣行当中，只是最基本的。

粗俗和下作，对温柔和美好往往有着莫大伤害。

叶嫦娥带着儿子在约定的一中门口等了约莫二十分钟。

“妈，不可能那么快来。女孩子早上出门至少一个小时。”

一辆公交车在车站停下，下车的人群中有一名身着二中校服的女孩，四面张望。

“你当人人都是你表姐那副德行？”叶嫦娥一招手，她便朝这对母子走来。

都说青春无敌，但女孩外形看来并不出挑。她擦着鼻子，撇着八字脚匆匆走近。等到了叶家母子面前，一抬头，叶嫦娥倒是被她脸上那对异常美丽的杏眼给惊艳了一把：“姜珠渊？身份证看一看。”

姜珠渊没想到她还要看身份证，翻翻口袋，找出一张叠起来的《考试须知》：“只有这个，我不骗人，云政恩是我同学。”

叶嫦娥把她上下一打量——这孩子汗毛浓重，生就一副凶相，眼睛却又美又腻。她将手机递过去：“没电关机了。”

姜珠渊一边道谢一边接过来：“谢谢……咦？”

触摸屏手机还不流行的年代，叶嫦娥递过来的是第一代 iPhone。

“这……”

“怎么了？”

“这不是云政恩的手机。”

“啊？”

她记得云政恩的手机是一部老旧的诺基亚:“阿姨,可能搞错了吧……”

“怎么会呢？我拨了你的电话，你说这部手机是云政恩的，然后我就叫你过来取了。”

“号码是对的，但手机不对呀。”她将手机翻来覆去地在手里掂量着，“好奇怪……通讯录里有其他人的联系方式吗？”

“新簇簇的手机，通讯录是空的。亏得我会看通话记录。你有充电器吗？打开来看看就知道了。”

“没有。这手机很贵的，我们同学当中也没有几个人在用。不过通讯录是空的，倒有点像是他的风格。”

“什么风格呀？”中学生问，“通讯录还有风格了？”

“他记得每个人的电话号码，所以从来不存。”

中学生不屑地嗤一声，显然不信：“他还会背圆周率小数点后两千位吧？”

“你怎么知道的？”姜珠渊奇怪了，“到底谁在恶作剧呀？”

云泽二中是寄宿制学校。校方照顾考生心理，距高考还有三个月时调整作息规定，允许学生在家长许可下走读。

有一部分学生选择了回家复习，其中就包括姜珠渊。住在家里有人伺候自然欢喜，美中不足的是缺少专业辅导。一天晚上她来找云政恩请教题目，教室里稀稀拉拉坐了十几号人，不见天才。

毕赢正集中精力做一套试卷，听见姜珠渊轻声问云政恩在哪儿，大喝一声：“长毛怪，找人去外面。不像话。”

姜珠渊一向讨厌他阴郁又猥琐的态度：“之前你在教室唱歌，叫你不要影响其他同学，你说‘爱听不听，不听滚出去’。”

毕赢将笔拍在桌上，一指姜珠渊：“滚出去！”

云政恩的现任同桌寇亭亭单手支颌，戴着耳机听音乐玩手机；曹慎行一双臭脚跷上书桌，大口吃着泡面就卤鸡腿：“长毛怪一会儿找不到云政恩就憋不住尿了。”

“嘿嘿，这么急不可耐。”

姜珠渊已经不像刚开始那样会被他们气得掉眼泪：“加减乘除。”

曹慎行不懂，毕赢一边整理卷子一边笑：“长毛怪说你是小儿科，胆敢欺负天之骄子云政恩，不自量力。骂什么骂，不服气？云政恩的爸爸可是大人物，和外星人做生意，你爸爸不过是个破产矿主，现在养猪！”

“他真有本事就快滚回美国爸爸的怀抱，不然看我玩不死他！”

寇亭亭摘了耳机，皱眉道：“别吵了，姜珠渊，云政恩在天台。”

姜珠渊不想和野蛮人纠缠，转身走出教室。一男生从抽屉里拿了个饭盒，尾随而去，悄悄叫住了她。

他与姜珠渊一起转入二中，和云政恩是室友：“姜同学。”

“什么事？”

“今天晚饭后，曹慎行跑我们宿舍捣乱。云政恩在洗澡，他非要借厕所。一脚就把门踹开了，还把云政恩扔到走廊上去——没穿衣服。”见姜珠渊整张脸都气得紫红，他才惊觉自己似乎多嘴了，“整栋楼的男生都看到了。他还锁上门不让云政恩进来……”

“你们为什么不报告班主任？报告教导主任，报告校长！”

“没用的。”男生缩了缩脖子，“叫家长来，把曹慎行打一顿，还能怎么样？以后他还会变本加厉地折磨云政恩。你别冲动，曹慎行是个神经病，什么都做得出来。毕赢也不是什么好东西。”他站在楼梯边，一边往下走，一边仰头对姜珠渊道，“强龙不压地头蛇，我们不是本地人，别招惹他们两个。”

通向天台的楼梯很黑，月光也渺茫。俊秀的少年坐在栏杆上，双腿荡在外面。

云政恩心底颇有些向往冒险和刺激。从这个高度，看得再远也只是万家灯火的云泽。他要去得更远更高，认识这个世界、这个宇宙。

他要变得更强。

轻轻的脚步声，打断了冥思。他转头一看，是姜珠渊，便又转过头去：“这么晚来学校，注意安全。”

“没事儿，我爸的司机送我来的。你胆子真大，敢坐在栏杆上。”姜珠渊拿起挂在栏杆上的草稿纸，对折。

“这里凉快。”

“可是蚊子多呀！”姜珠渊交叉踏着脚，“我真想拍死这只蚊子！”

“为什么？”

“因为它叮人呀！吸完了血，还留下一个痒包。”姜珠渊顿了顿，“你是不是觉得我只会逞强？每一次都说‘拍死他们就和拍死一只蚊子一样容易’，可每一次都……”

“在没有更好的解决方法之前，以暴制暴是最低级的。”云政恩不喜欢话题围绕着无谓的人进行，“还是那句话，在老班面前我也是这样说——他们的所作所为，我根本不在乎。你也别操心了。”

他现在牵挂的，是另一件事。

云政恩晚饭前打乒乓球去了。没对手，就对着墙打，他已经习惯了这种寂寞的娱乐方式。突然，他眼角瞥到人影靠近，一分神，球飞了出去。

大学生一伸手，将球抄起，往地上弹了一回，又看着他，眼神灵动，语气柔和：“云政恩？”

大学生面容清秀，鬓发干净，双肩宽阔，身材修长，衣着简洁——一件白色衬衣，下摆松松地扎进牛仔裤中，脚上穿着一双半新不旧的阿迪球鞋。

云政恩低头看了看自己的脚，惊奇地发现两双鞋子是同一款型。只不过他脚上的这双是阿迪王的山寨货。

以他超强的记忆力，他确定自己没见过这个人。或者说，没有见过这类人。最简单明了的装束，仍掩不住自内而外散发的风华气度。

虽然贫穷，他从未羡慕过谁。但这一刻，他非常想成长为这样的人。

“你是谁？”

“是啊，是谁？”

云政恩平时寡言少语，但讲起故事来和讲题一样头头是道，层层递进。

大学生抿抿嘴，从旁边球桌上拿起一只球拍，开出一个球：“你赢了，就告诉你。”

云政恩手腕一动，舀起球来：“怎么比？”

“三局两胜。我比你大四岁，每局让你四个球。”

“好大的口气。”

两人打球风格完全不同。云政恩一贯攻势凌厉，不给对方喘息的机会；大学生表面上是消极防守，却往往能于不动声色中找到破绽，一击扣杀。

乒乓球撞击台面的声音，清脆又激动。

“我输了。”同时也大开眼界。

“这局我输了。”

“不需要让球，再来。”

球逢对手，两人又打了二十多分钟，畅快淋漓。大学生看了看表：“不打了。这附近有你比较熟的饭馆吗？”

“可他还没有告诉你，他的名字。”

遇到了知己，名字并不重要。

两人去了二中后门的一家饺子馆。

大学生四面张望，似乎对这里的就餐环境很好奇：“打球你输了。还想知道我是谁吗？”

“当然。”

望着高中生亮晶晶的眼睛，大学生不知道从哪里变出来一支圆珠笔，又扯过一张报纸：“你今年高三。我出三道题。”

“这人好怪。一直考你。”

三道题分别是概率、几何、函数。

不惮于挑战的云政恩接过笔来就疾书如风，甚至连大学生走出去也没有发觉。等大学生拿着两罐可乐回来时，他正好将第一题解出。

大学生一边喝可乐一边看他的解题思路，嘴角微微扬起。

“很好。我姓……”

姜珠渊等云政恩说下去，他却停住。

“姓什么？”

“抱歉，不能告诉第三个人。”

饺子端上来了。云政恩顾不上吃，埋头苦算，很快把答案递到他面前。

“很好。第二个字是……”

“名字不能说，题目总可以告诉我吧。我也想试试。”

“好。”

第三题挑战失败。

姜珠渊从未想过这世界上还有云政恩解决不了的数学题："一定超纲了。"

没有，只是综合性太强。年轻人见云政恩列出一大排公式苦算，便用偏波函数结合微积分解给他看："还有其他更简单的解法，或许以后我可以慢慢教你。"

姜珠渊灵机一动："会不会是格陵大学数学系的学生？我之前有个家教就是，很傲慢。他们知道你放弃保送，故意来挑衅？"

他的水平，碾压他们没问题："在他面前，我是加减乘除。"

"真有你说的那么厉害？"

"不仅仅是天赋。他一定是在一个非常出色的环境里学习，最好的老师，最科学的培养方式……"

姜珠渊想象不出来；云政恩沉默了。

"……会不会是某个数学研究所的高才生？工作人员？我爸说大西北有很多高度机密的研究基地，到处网罗天才……"

"姜珠渊，你还不明白吗？"云政恩转过头来，用一种激动而又畏惧的声音回答，"他就是我失散多年的亲哥哥啊。"

"小姑娘，要是这样子，我也不能把手机交给你了。你叫他自己来拿吧。"

"好的。"姜珠渊赶紧打电话，"……阿姨，他关机了。哦哦哦，手机在这里。那我打给……"

叶嫦娥哭笑不得地看着她："你有没有他家里人的电话嘛？！"

"……嗯，他没有家人……"

"妈，我都说了，云政恩我听过，二中的天才。"儿子拉着叶嫦娥兴奋地插嘴，"孤儿、神经病、妄想症。他怎么可能有这么贵的手机？搞不好也是不义之财。"

“小朋友，你胡说什么呢？”姜珠渊立刻反驳，“这手机……我不知道，可能是他哥哥送的。”

“你说他没亲人？”

姜珠渊一时语塞：“阿姨，请问是在哪里捡到的？”

“不是我妈，是我今天晨跑时在湖边捡到的。”

“晨跑？湖边？”

“我每天五点一刻都会绕着响水湖跑步。我可是我们学校的种子选手。”

响水湖畔有个亲水平台，种子选手跑完步照例会上去拉伸一会儿。这部手机就是他在拉伸时发现的：“还有一双破球鞋。”

正值汛期，水位上涨，再下两场雨，水台就会淹没在湖水之下：“什么鞋子？”

“破球鞋嘛，阿迪王的山寨货，还有一件云泽二中的破校服。我以为这部手机和球鞋、校服一样，都不要了才捡回来。高考结束了，不是什么都会扔掉吗？”

叶嫦娥抖起眉毛大骂：“臭小子！你怎么现在才说？！”

“谁叫你看到手机就骂我是小偷？！还不给我找充电器，我就不说！”

姜珠渊：“我也不知道发生了什么，我们都指望着他对答案呢。我去学校找他。”

“等等。”叶嫦娥抓住姜珠渊，“先不要走，叫你家大人来。”

姜金山接到妹妹电话，立刻开车赶来。叶嫦娥见他面熟，一问，原来双方都认得缪盛夏。姜珠渊头脑混沌，说不清楚，姜金山和叶嫦娥避到一边低声交谈。

“钟晴是我表姐，我才不稀罕那部手机。你哥开的是尼桑，我表姐的保姆车是奔驰。”初中生傲慢地指指姜珠渊手里的网兜，“粽子什么馅儿？”

“火腿蛋黄。你要吃吗？”

“咸粽子不好吃。”初中生一边说，一边开始剥。姜珠渊出神地看着他狼吞虎咽，直到姜金山的声音把她拉回现实。

“珠珠。”他脸色严肃，语气不容置疑，“霍司机马上就到，先把你和这位小朋友送回家。”

“你呢？你去哪儿？”

“我和你叶阿姨去办点事。”

“不行！我要和你一起！”

“我也去我也去！”初中生含着一口粽子，口齿不清，举起手来。

人的记忆真奇怪。没见过的，云政恩赤身裸体站在走廊上被羞辱的那一幕，会越来越清晰。亲身经历过的，和云政恩在顶楼的对话，会越来越模糊；幻想的，云政恩和“哥哥”打乒乓球的画面，姜珠渊几乎都要相信了；现实里，和哥哥一起去派出所报案的情景，却终于一帧帧地褪了色。

褪色的场景里，姜金山打了很多电话；谁从她手里拿走了iPhone：“充电器找到了。”然后褚秘书来了，很多人来和褚秘书握手；褚秘书叫她不要着急。

叶嫦娥的声音湿漉漉的，仿佛冲破迷雾的号角：“……肯定是想不开……我知道，鞋子离了脚，人命就保不住了。”

初中生突然吐了；霍司机把他送走了；霍司机再来时，带来了缪盛夏。缪盛夏与姜金山低声交谈了几句，走过来蹲在姜珠渊面前，拍拍她的脸：“珠珠，快中午了，我带你去吃好吃的。”

她摇头：“盛夏哥哥，你陪我一会儿，行不行？”

“当然。”

不知道过了多久，也许没多久。越来越多熟人现身——数学老师、班主任、教导主任、校长、高社工，他们神色冷峻地交谈，又匆匆散开。

毕赢和曹慎行在父母陪同下出现，和警察谈完话后，脸色十分难看。

“老表。”曹慎行揉着屁股低声道，“长毛怪是姜挺的女儿。”

毕赢阴沉地盯着坐于一隅的姜珠渊。跷着腿陪她的，是素有云泽一霸之称的缪盛夏。

他只知道她是转校生，姓姜；原来是姜挺的姜——真沉得住气。

愚蠢的母亲还在啰唆："你姐火车票都买好了，假也请好了，就等你过去玩——现在怎么办？真是麻烦……"

"别吵了！"毕赢厌烦地呼喝，"我有个同学在那边，你先回去。"

毕赢的母亲温顺地闭嘴，一步三回头地离开了派出所。

"姜同学，你还好吧？"

姜珠渊抬头，意外地发现主动打招呼的竟然是毕赢。

"你今天见过云政恩吗？昨天呢？"

毕赢生砌出来的笑容僵住："没有，我们不在一个考场。老表，你呢？"

曹慎行没有好声气："警察问了你又问，问什么问？做了的我认，没做的我不认，休想冤枉我。"

缪盛夏见这小子竟敢在自己面前浪，不免发笑，一脚踹过去："好好说话。"

曹慎行疼且怒，额上青筋暴起——方才被父亲押过来时也吃了两记老拳，他当街还手；但和缪盛夏叫板，他不敢："我和毕赢一样，最后一次见他是在考前，老班发准考证。你要问，问寇亭亭，他们同一个考场。"

寇亭亭接到班主任电话时正在家里大扫除，班主任亲自骑车去载她。她穿一件白色连衣裙，长发如瀑，整个人只有黑白二色，却明艳动人。

"亭亭，叫你来，主要是了解了解情况。毕竟你是云政恩的同桌，你不要怕。知道什么就说出来。"

生得好便有这种优势，大家都喜欢她，疼惜她，为她保驾护航。若是她自身并不因美貌而倨傲，就更惹人怜爱。

"嗯。"她乖巧地点点头，焕若新生的皮肤在阳光下闪耀着青春的光芒，“我知道的。”

毕赢、曹慎行、寇亭亭三人的口供一模一样。高考第一天云政恩还很正常，第二天早上突发肠胃不适，两场考试都只做了半个小时就交卷了。

这和老师们提供的线索互相印证，可见不是谎话。

毕赢和曹慎行从警局出来，浑身不自在，便商量着找个地方坐一坐：“真是晦气。”

“你做的事，总要我给你擦屁股！”毕赢怒喝。耳后一声咳嗽，寇亭亭也出来了：“你们去哪儿？”

“没想好。”

“一起吧，我不想这么早回去。”

毕赢了然：“你妈在家？”

寇亭亭点头，悠悠然道：“醉得不省人事，又拉了一地的粑粑。”

“别说了。”

三人找了家冷饮店坐下。

“老表，你看到姜珠渊那表情没有？听说云政恩考试没考完，比自己考砸了还悲痛。”

“闭嘴。”

寇亭亭拿了餐单：“说实话吧，云政恩生急病是不是你们干的？”

曹慎行最藏不住事，抬头正欲分辩，毕赢突然摇了摇头。冷饮店的门被推开，缪盛夏走了进来。

他们原以为他不曾看到角落里的他们，谁知缪盛夏却径直走了过来。

“小朋友们，刚才在警局见过面了。”

毕赢、曹慎行和寇亭亭并无与缪盛夏攀谈的心思；缪盛夏倒是饶有兴味地将毕赢上下打量：“你就是毕晟最心疼的弟弟？姐弟俩长得挺像。”

毕赢捏紧放在桌下的拳头。

缪盛夏又转向曹慎行："曹壮是你爸？你爸总说'棍棒底下出孝子'，我看也未必。"

曹慎行警惕又畏惧地看着他。

至于貌美的寇亭亭，缪盛夏岂会放过挑逗的机会："小美女，我们好像在哪里见过？哥哥请你吃冰淇淋。"

寇亭亭笑着回答："难道我吃，他们看着吗？"

"说得好，那就一起来吧。"

缪盛夏的车停在门口，副驾驶座上坐的是姜珠渊。他回到车上，将苏打水递给她："他们就是你特别讨厌的同学？"

姜珠渊头抵着车窗，没有回答。

缪盛夏："珠珠，我告诉你，比以暴制暴高级一点的是——你见过猫儿玩老鼠吗？"

寇亭亭一边吃草莓奶昔一边埋怨："你们把我害惨了。"

"惨？"毕赢推开面前的香蕉船，鄙夷道，"因为没抄到云政恩的答案？别做梦了，高考这么严密你还能抄到？寇亭亭，在我面前你就别装了。每次月考云政恩都会提前交卷，然后趁老班不注意，从窗外把答案扔给你。你以为老班没看到？他只是不想多生事端。"

"不是老班看到，是你去告发了吧。"

"你也太贪心不足，恨不得考全班第二。"

"原来你很看重全班第二的名次。"寇亭亭笑，"一直舍不得改变。"

毕赢最不喜欢"二"这个字，看着身上的校服，他恶狠狠地扯下来，揉成一团："他妈的，终于不用再穿了！"

寇亭亭看着把巧克力冰沙戳到稀烂的曹慎行："如果是你们搞恶作剧把云政恩关起来了，就赶快认错放人。"

"我们没有做过这种事。"

"不管怎么样，还是好好想想接下来怎么弥补吧。"

“什么意思？”

“毕竟是一个大活人不见了，警察会一直查下去的。如果真的出事，你觉得以你们的所作所为，能脱得了干系吗？”

看着校花袅袅婷婷离开，曹慎行急道：“老表，会不会有事？毕竟是我把减肥药倒进他的水瓶里……还有寇亭亭，天天拿个DV拍拍拍，拍到过我们欺负云政恩……”

“闭嘴。”

“还有老表你用我的手机发过恐吓短信，就算他都删掉了——我看电视里面说短信是可以恢复的……老表，你听见我说话没有？”

“奇怪。”

“奇怪？”

“按寇亭亭的性格，如果让她知道我知道她一个秘密，她就会千方百计挖一条我的把柄出来捏着。我知道她作弊的事儿，可她根本没有反击的打算。哼！”毕赢冷笑道，“玩弄云政恩的感情，难道就能脱身吗？”

“老表，别管她了。我担心的是我们，会不会有事？”

“你把嘴巴闭紧一点就不会有事！”

寇亭亭的家位于云泽西南方向的矿业家属区里。她打算先去买点菜，这个时间妈妈应该还没醒，醒来后如果有一碗热热的粥和可口的醋渍菜心，就不会发牢骚了。

并不是她有多体贴，而是听一个宿醉的人发牢骚真的很崩溃。

突然曹慎行的电话打来了：“喂，我和毕赢决定到他常去的地方找找，你要不要一起？”

“不了，我还要做饭呢。”

毕赢示意曹慎行：“叫她想想，云政恩可能在哪儿。”

寇亭亭的回答和她在警局时录的笔录一样：“我和他只是普通的同学关系，不知道。”

她挂掉电话。

正午的太阳很烈，炙烤着脖颈和背脊。绿灯还未亮起，她便踏上了斑马线。一台尼桑驶来，刹车不及。

伴着刺耳笛声，她整个人直挺挺地倒了下去。

为云政恩失踪事件，姜挺中午特意回了一趟家：“金山在哪儿？回来了叫他到书房找我。”

听儿子讲完整件事情的来龙去脉，姜父皱眉：“那个放弃了保送名额的男学生，云政恩？听说他心理有点问题。”

“他和同学关系处理得不太好。珠珠很热心，和我抱怨过几次，叫我干预干预。我打过电话，觉得算不上欺凌事件，男孩子之间打打闹闹而已。”

“关她什么事？生气？没有超人的能力，还要操超人的心。”

“她非要跟着去警局。爸，我很怕管不住她。毕竟是个什么情况，现在谁也不知道。”

“怕能解决什么问题？什么情况，你在教育厅工作，难道没有经验吗？每年这个时候，再怎么防范和疏导也有限。”姜挺道，“这么热的天气。不要等浮起来，马上去捞。”

“已经在进行了。”

“把珠珠看紧点，下午不要出门。警局让小褚跟进。”

“明白。”收到了姜挺的离开示意，姜金山踌躇着，“爸，这个男孩子并不是精神有问题，而是一种病态的、可以媲美职业骗徒的自信。他相貌出众，口才了得，长大后一定能把很多女孩子哄得团团转。到那时，珠珠会第一个上当。”

姜父没料到儿子居然会有这样的见解，缓缓摘下老花镜。

“不管你是因为什么而得出这种结论，这种思想是非常危险的。”

姜金山一愣。

“也许你都没发现，你刚才那段话的潜台词是，”姜挺缓缓道，“死得好。”

“……我知道了。”

姜金山从书房出来，迎面碰上满面焦急的母亲：“金山，你为什么不和珠珠一起回？还回来得这么晚？”

“……我回单位处理事情。盛夏送她也是一样。”

“什么事情会比你亲生的妹妹更重要？”姜母指责，“我不喜欢珠珠和盛夏接触太多。这个孩子太危险了！”

“我知道了，下次注意。”姜金山才发现毛红英端着的饭菜几乎没动，“她没吃？”

毛红英摇头，叹息着下楼去了：“第一次遇到珠珠吃不下饭。”

姜母陪着女儿躺在床上，说了许多宽慰的话，反惹得自己沉沉睡去。在母亲的鼾声中，姜珠渊一双眼睛睁了又合，合了又睁，终于头昏脑涨地坐了起来。

姜金山在厨房里打电话：“我送来的那个受伤的女孩子。对……我现在过来。”

她站在厨房外面，看哥哥精心装了一份饭菜，又拿了个苹果，削皮，切好。

哥哥走后，姜珠渊也偷偷溜出门。

缪盛夏踹了曹慎行，可她一点报复的快意也没有。如果说是为了替她出气，可明明也是恃强凌弱的粗暴行为。

“妈妈，他们为什么要欺负云政恩？”

“珠珠，你们这年纪，一朵花谢了都会痛苦。可实际上十年后办同学会，都是好同学、好朋友。现在的不公平和委屈，都能当玩笑一样讲出来。”

“不可能的。妈妈，不可能。”

“珠珠，你和寇亭亭曾经也是很好的朋友啊。因为一个云政恩，所以要和全班同学为敌吗？你有没有想过，大家都不喜欢云政恩，他自身也是有问题的？”

不是这样的，明明不是这样的，可妈妈说出来的话无法辩驳。

她要找到云政恩。而云政恩会找到答案。

他一定在哪儿好好的呢，或者在书店看书；或者在文具店买笔；或者在湖边乱逛；或者坐在天台上；又或者真是父兄把他接走了。

他会住在他所描述的豪宅花园里，再不必穿破旧的衣衫和球鞋，可以专心研究自己感兴趣的事。

你见过我的同学云政恩没有？身高一米七四，卷卷的短发，细长的眼睛，皮肤很白。

他成绩很好，一落笔就能画出笔直的辅助线，一份份试卷毫无瑕疵；他只看一遍花名册就能记住全班同学的名字和电话号码。

复杂枯燥的数学术语从他口中说出来格外动听，从他笔下写出来格外漂亮。

如果不是有妄想症，他简直完美。

“怎么会是你哥哥？你别胡思乱想。”

“为什么单单找我聊天，考我运动和数学，问我家里情况，请我喝可乐和吃饭？在还没有生物学证据的情况下，他和我都在计算对方是自己兄弟的概率有多大。一切问题，归根结底都是数学问题。”

他常把这句话挂在嘴边，这句话便也成了姜珠渊的真理。

双腿机械地迈动着，她穿过大街，走过小巷，她把自己的路走得越来越窄，小道边的杂草利如刀刃。初中生说，在亲水平台上找到云政恩的衣服和鞋物。

三艘打捞船横在湖中央，有人在船上指挥，有人在湖里浮沉。一面渔网拦住了半片湖，一根根铁钩插进水面。数学老师、班主任、教导主任卷着裤腿，站在亲水平台上。

“这边……侧一点……深一点……水草太多了……对！有了！有了！”

“别过来！”叉腰站在船头的船夫看见了鬼鬼祟祟的姜珠渊，大声喝止；随即班主任大步跑过来，赶鸭子一般地赶着她：“走开！走开！”

姜珠渊本能地狂奔起来。班主任挥舞的胳膊间，收拢的渔网中，数根铁钩被齐齐拉起，尽头缠着大团的水草，还有一截苍白的脚掌。

天空猛烈晃动，太阳坠落，她身子一软，跌坐于地。几乎是同时，有人架住了她的腋窝，并蒙上了她的眼睛。

“不是，珠珠。不是他，不是。”

姜珠渊浑身一个激灵，睁开眼睛。

“珠珠，你醒了。”是妈妈温柔的气息，“哪里不舒服？”

“妈妈……”姜珠渊张开嘴，声音嘶哑无力，“我……做了一个梦。”

“珠珠，你做噩梦了。”姜母摸着她汗湿的头发，又把颈上的项链摆正，“醒了就好。”

小腿又疼又痒。窗外，是淅淅沥沥的雨声。

云政恩，溺亡于响水湖，时年十八岁差一个月。

一条青春生命的逝去，不会悄无声息。警察恢复了手机数据后，作为云政恩最后联系过的人，毕赢、曹慎行、寇亭亭被一次又一次地叫去警局协助调查，直到心理防线被彻底击破，坦白了一切。

因为看管不力让妹妹受惊，姜金山被父亲严厉斥责。最初接警的张警官和同僚到姜家录了一次口供，同时也透露了案件进展情况：“应该是不堪同学羞辱利用，所以自杀了。”

姜珠渊圆圆的脸庞因为多日来的折磨，瘦得只剩一个尖尖的下巴：“毕赢、曹慎行是浑蛋……寇亭亭，我怎么好像不认识她了……云政恩绝不是会自杀的那种人。真的，他绝不会自杀。”

证据链已经严丝合缝。优秀而脆弱的少年，承受了多年漠视、折磨、羞辱、利用，在高考失利后选择结束自己的生命。一切都符合逻辑。

媒体对这一起被定性为校园欺凌导致自杀的事件进行了深入剖析。施暴者的容貌和名字均做了处理，而死者的信息巨细无遗地摆在网上。

“看微博了吗？云泽二中有个学生高考后跳湖自杀。”

“看了标题，生命真脆弱。”

“听说他一向成绩很好。同学恶作剧，将自己老妈的减肥药粉放进他的水杯里。他喝了之后当着同教室考生的面拉了一裤子。考砸了不说，对方还一直发恐吓短信。”

“所以是一时冲动？为什么不想想父母……”

“他是孤儿。”

“原来如此。”

“现在小孩子真是道德观念薄弱，什么都做得出来。去年不是还发生过因为嫉妒同桌受欢迎，用美工刀割伤对方的事件吗？今年愈演愈烈，闹出人命，也该警醒了。”

“已经死了一个，活着的希望经过这次教训能痛改前非吧。”

“看电视了吗？云泽有个高中生死在响水湖里，衣衫鞋袜都留在岸边，一句话没交代，最后认定是自杀。”

“听说过，没兴趣。”

“走访同学，才知道他在班上一直处于被欺凌的地位，殴打、辱骂、脱光衣服关在寝室外面，甚至于下药。”

“哦？发个链接来。”

“看完了吗？”

“看完了。”

“难道你没有什么意见想发表？两个男同学就不说了，真人渣。我最讨厌的还是那个扮柔弱的女生。”

“死者在凌晨两点最后发短信联系的那个女孩子？”

“哼。警察问她和死者的关系，她说只是同学。警察又问她，听说死者一直帮你作弊，还承诺过在高考考场上帮你。她居然不要脸地说自己并没有提这样的要求，是死者主动。高考没抄成，死者打电话约她出去见面，她也断然拒绝。”

“这样说也没有什么不对。”

“关键在于她提供了好几段录像、录音，证实那两个男孩子确实有当众羞辱和推搡死者的前科以及死者主动要求帮她作弊的对话。”

“我记得这段，她说因为参加了学校的 DV 兴趣小组，所以时常会拿着 DV 到处找素材。”

“这么巧，录下的都是对自己有利的信息。你信？还有死者发给她的最后短信，据说是认定自杀的重要证据之一。她说当时太晚了，在照顾喝醉的母亲，所以没看到。第二天早上赶去警局录了第一次口供，回家路上被车擦伤，去了医院。直到发现遗体之后才发现手机里有这样一条短信，就赶快向警方汇报了。”

“你总是不分地点、场合化身推理小能手，我无力吐槽。”

“你想嘛，她回答之前的问题都很简单明了，偏偏这一段前因后果巨细无遗。一个人的叙述风格前后差这么多，一定在撒谎。”

“根据剪辑过的电视节目得出判断未必真实，必须查阅案件卷宗和走访相关人士。”

“你不是说殷承老师一直想做校园欺凌的选题吗？”

“为什么要提我的伤心事？筹备三年，没人投资。纪录片已经很难，相比较而言，大家更喜欢看色彩鲜艳、轻松愉悦的选题。今年已经换美食项目报上去了。”

“真唏嘘。要不你写篇文章唤起大家对严肃纪录片的重视？点击率不用担心，我有相熟的宣传公司。”

“少来。有件事还真是奇怪。”

“什么？”

“采访最先找到手机的初中生时，初中生说他把手机交给了通讯记录里第一个接电话的姐姐。然后姐姐的哥哥去报了警。”

“然后？”

“这个最早被交托手机的女孩子自始至终都没有出来接受采访。”

“还记得云泽二中死掉的学生吗？”

“谁？突然问我，我哪里记得？”

“跳湖的那个男孩子！”

“哦！有印象。怎么了？”

“没看网上说吗？他其实脑子不正常，总幻想自己是有钱人家的儿子。还到处宣扬高考完了，他爸爸和哥哥就会来接他。结果连个鬼影都没有见到。”

“所以不是自杀？是出现幻觉掉进水里去了？”

“谁知道？据说他平时就喜欢在天台等危险的地方流连。他的许多同学都在贴吧跟帖，证实他性格乖张、目中无人，以协助作弊为要挟，骚扰女生。好多同学也是因为看不惯这一点才出手教训。但也有人反驳，说他们是扭曲事实，往死人身上泼脏水。吵得可厉害了。”

“都是什么乱糟糟的？殡仪馆哪天不烧死人？偏要对他念念不忘。”

“今年我们母校的高考第一名是一个叫毕赢的男孩子。”

“听说了。”

“你看报纸没？长得可帅了。又高大又白净，戴一副眼镜，文质彬彬。”

“你还记得同样是二中、溺死的那个学生吗？据说以前成绩也挺不错的。”

“谁啊？哦，好久以前的事情了。”

“有很久吗？也就是从考完到放榜的日子。”

“喂，因为我上个星期和你为这件事情争论，所以你才这么冷淡？”

“没有，早过去了。我只是感叹，两个人还是同班同学。”

“一个让母校蒙羞，一个为母校增光。我支持状元。”

“人家缺你支持？又下雨了。”

“好像高考结束后就一直在下雨吧？真讨厌呀，到处都湿漉漉的。”

“会停的。”

晚八时许，穿灰色雨披的社工，踏雨而来。

“雨真大啊。”他对张警官说的第一句话是关于天气的。雨水沿着帽子上的遮雨檐往下落，在脚边形成了一个小水洼，“您吃了吗？”

事实上张警官不仅吃过了，而且还在常去的小酒馆里喝了点小酒：“嗯嗯，这鬼天气。”

社工从雨披中伸出瘦削的双手，递上一张证明和一个塑料袋：“我来领云政恩的遗体。”

“殡仪馆的人呢？”

“一刻钟后到。”

张警官接过塑料袋，里面装着两条烟：“跟我来。”

两人一前一后，沉默地走过阴湿长廊。张警官剥开烟壳，拿出一根烟点燃。

“这里可以抽烟？”

“这味道，不抽烟受得了？”张警官吐出一口烟雾来，“那边抽屉有口罩，不过没啥用。”

雨披下是绿色短袖，前后印着相握的手，社工除下雨帽：“谢谢，不需要。”

“我看你也才大学毕业的样子，怎么差你来做这事儿？”

“没关系。”

他将湿漉漉的雨披放在一边，走到灯下。苍秀的脸庞上，是一双清澈而疲倦的眼睛。整个人仍有青春气息，只是眼下的阴影、鼻翼的纹路、嘴唇的失色，不是时间一刀刀雕刻上去的，倒像是挨了命运的一顿乱揍。

值班人员将尸体推出来：“表格在桌上，别又忘了填！”

社工俯下身去，将白布揭开。并没有预计中肿胀青紫的脸。因为打捞及时，溺水的各种可怖形状还未来得及发生。

一具普通的、颓败的尸体。生前的各种喧闹争论，变成永恒的安静。

社工腮上现出深深咬肌，双眼死死地盯着，好像要将这副遗容烙进眼底。

“你们，”张警官看看死者，又看看社工，纵觉不妥，还是嘟哝了一句，“长得还挺像。”

“像吗？从来没有谁这样说过。”

“同相不同命。有一年从河南来了几个兄弟抓逃犯，上头叫我协助。他们一看我都紧张坏了，说我和那个杀人犯长得一模一样。我只当他们乱掰，通缉令上有照片，不像。后来人给堵在小巷子里，拒捕，当场毙了。运回来也是这样躺着，我再仔细一看，真他妈像。”

社工沉默半晌：“真是奇妙。假如……”

“假如什么？”

“假如你们的确是自小失散的兄弟，巷战中你会不会放他一马？”

“呵！我不会有这么不争气的兄弟。退一万步讲，如果真是我兄弟，窝囊败坏，不如死了干净。”

社工重新垂下眼帘：“好魄力。”

他语速较正常人慢，声调柔和，字句清晰，听得张警官心里熨帖无比。他一放松警惕，便酒意上涌，眼皮发沉：“听说大部分学生不同意，所以不打算开追思会。但是你知道吧，姜市长的女儿——就是那个调来管稀土的姜市长——和这孩子是同学，她可伤心坏了，闹着要开呢。”

“是叫亭亭的女孩子吗？”

“亭亭？不是不是，是市长的女儿，”张警官压低了声音，仿佛怕其他死者会去告密，“谈恋爱，嘿嘿！搞不懂，搞不懂。市长的女儿呀！不懂不懂。”

这倒是出乎意料；社工并不在意这高贵的头衔：“她叫什么？是个什么样的女孩子？”

张警官眼直直地瞪着他：“不是说了吗，市长的女儿！”

“即使是国王的女儿，也应该过个十年后，才发现初恋是懦夫或者傻瓜。”

不知是否这句话触动了张警官，他长叹一口气：“我去市长家里做笔录。她一直反驳，说不可能是自杀。”

“她坚持说以他的性格，不会自杀。”张警官啧啧嘴，“如果是失足落水，为什么会把衣服和鞋子留在岸上？为什么要发告别短信？如果按照一个人的性格就能破案，我们倒是省事儿了。”

“听起来，她有自己的理解。”

“她说——他有和我们完全不一样的内心世界，向往着强大的未来。他根本看不起施加羞辱的人，又怎么可能为了这些人去自杀？这孩子不懂，平时看着和没事儿人一样，还特活泼特热爱生活，结果悄没声儿地就结束了自己的生命，我们可见得多了。”

社工完全可以不理睬张警官对那个他还不甚了解的女孩子的嘲笑。但不知为何，他无法置若罔闻：“她为了云政恩流眼泪？”

“可不是，哭得上气不接下气，说自己太蠢。说换了云政恩，一定有办法证明自己不是自杀——这不是伤心傻了吗？”

他见过云政恩算概率题的思路。他知道这个素未谋面的女孩子说得没错。她没有缜密的思维，仅凭着感性认知就能抓住重点。这让他对她多了一份尊重，一份怜惜。

云泽公安系统自三年前开始采用电脑办公，近二十年的案件已经全部录入系统。其中被定性为自杀的案件，共有八千九百三十一起，其中男性五千七百一十八起……

听社工娓娓道来这些数字，张警官不禁目瞪口呆："你怎么——我都不知道这些确切的数据。"

如果现在只关注男性自杀案件。按文化程度划分，大专及以上文化，三百一十四起；高中至大专文化，一千九百九十六起；高中以下……按其年龄……按其自杀方式划分，跳楼者……

多组数据轻松地从社工的口中说了出来，并立刻放入公式中进行计算。张警官完全跟不上他电脑般飞速而精准的计算——只能反复地怀疑，我是不是喝醉了？我是不是在做梦？

云政恩作为一名高中至大专文化的异性恋男性，年龄介于十八岁至二十岁之间，以投湖的方式来自杀，概率为千分之零点零七，经过检验，不具有统计学意义。

如果要接受他是自杀，应该给出更有力的证据，比如，遗书，比如，目击者："您也可以回顾所举出的自杀案件中，死者的年龄、性别、教育程度和他们采取的自杀方法，看我说的有无道理。"

张警官对于他用自己完全不接受的数学计算来反对自杀结论很不高兴："要是做两道算数就能结案，那倒简单了！"

"研究表明，女性更倾向采取割腕、服安眠药、投湖等一系列温和的自杀方式，而男性往往会采取跳楼、服用氰化物、吞枪等一系列激烈的自杀方式。这种倾向性经过检验，具有统计学意义。一切问题，归根结底都是数学问题。"

一个从逻辑出发，一个立足于感性，偏偏没人计算过。

"这不代表没有例外。事实上，各种例外我见得多了。"

"对。在中国历史上有个著名的男人，也是投湖自杀。"社工回答，

“他的自杀著名到了用一个节日来纪念。投湖的气节常见于体弱的长者，这一点也可通过统计学得到验证。”

“说起来，今天就是他的节日。”

张警官对姜珠渊的全部耐心，来自她是市长的女儿。他没有必要对一名社工友善，但又不能怪他替市长的女儿说话。

窗外传来喇叭声，殡仪馆的灵车已经停在了法医中心门口。

“行了行了，签了字就走吧。”他挥挥手，“再啰唆，这孩子也不会醒过来，不是吗？”

接触这案子之初，张警官不是没有一点疑问。但是随着调查深入，他也觉得云政恩没有任何活下去的自信。

一个陷入深度妄想的少年，在同学的陷害下考砸了。他在湖边等他喜欢的少女，那个纯洁无瑕的少女原本和他关系亲密，却因为他没办法在高考考场上帮助她而不再联系。他发了无数的短信，打了无数的电话想要解释、想要弥补，却得不到回应。

与此同时，两个处处和他作对的男同学不断嘲笑他的失败，他们肆无忌惮、夸张渲染他的狼狈，要将他在道德和尊严上置于死地。

他没有理那两个男同学。但是发了一条“走了，我再也不会等你”给那个女孩子做最后的告别。

放下手机，脱下外套、鞋子，他跳入水中，免得面对第二天太阳的升起。

你知道现在的小孩子有多可怕？他们一开始完全不承认和死者的过节，撒谎不眨眼，撇得一干二净。眼见真相掩盖不住，又痛哭流涕、互相指责、苦苦求饶，自认为在云政恩的身上并没有施加致死的压力，谁都不是最后一根稻草。

更过分的是，他们不仅没有忏悔，甚至任由家长躲在网络背后操纵舆论，让民众的嘲笑与攻击，将死者再杀一轮。躲在网络背后的可怜虫们，和一贯的表现没有差别。他们相信了最荒诞不经的谣言，忽略最简单不过的真相。

而这成为了云政恩短暂生命最后的句点。

第二天早上，又一名社工来到派出所：“老张，我来了。”

张警官和高社工大眼瞪小眼地对峙着:“你同事昨天晚上已经领走了。”

“是你打电话通知我们，说原定时间不方便，叫我们第二天早上再来。现在我们来了，你又说已经被领走，什么意思？”

张警官将电话机摔在他面前：“你打电话问清楚。怎么办事的？！”

高社工生气地打了几个电话：“没有。谁会冒着那么大的雨来领云政恩的尸体？”

“他……”现在想起来，确实有很多疑点。可当时醉酒的张警官完全没有警惕性，“谁干的？”

“我怎么知道？”高社工也是丈二和尚摸不着头脑，“你叫我怎么向福利院交代？”

张警官恼火起来：“妈的，到底是谁在恶作剧？！”

“你记不记得他长什么样子？”高社工气馁地坐下，“居然有人偷尸体……难道是卖器官、炼尸油？”

“放什么屁！都死了快半个月，器官有什么用？还炼尸油……就你这脑子，难怪被人钻空子。”

张警官努力地回忆。昨夜年轻人的相貌仿佛在一层薄雾中，迷迷离离，闪闪烁烁。他能记得的，只有一对眼神。

他和死者不是长得像，而是互为过去与未来。

若是躺在停尸间里的少年能睁开眼，也一定有这样傲慢而聪明的眼神。若是少年活了下去，三五年后也该有这样一份苍秀的气质。

正如云政恩对姜珠渊说过的那样，看见他，就好像看见未来的自己，他的语气曾经充满了憧憬和兴奋。

“是不是给你下了药？”高社工问，“闻一口就被迷住，乖乖听话的药。”

张警官比谁都清楚，并没有那种迷药。一切都源于昨夜喝了酒和失却戒备，但他羞于承认："栽了，栽了。"

"你再好好想想，他说了什么，有什么线索？"高社工环顾四周，低声道，"这事儿……咱俩可担不起。"

张警官断断续续地记得一点昨夜和那男人的对话。具体的细节他已经完全不记得。那些复杂变幻的公式，那些似是而非的逻辑……

回顾昨晚发生的一切，从喝了点小酒开始，到冒牌社工的出现，到渐渐放松警惕，到云政恩死因的交锋——年轻人看起来处于被动，却主导了谈话的走向，并在最后给了他会心一击。

云政恩不是自杀。可死因真的重要吗？

"我不需要线索，也不需要证据，不是自杀，就是他杀。哪怕是意外，也必然有人为因素。利用他的人，中伤他的人，折辱他的人，都有罪。"

"你以为你是谁？"张警官觉得好笑，"你凭什么判他们有罪？你是警察还是法官？"

"等一下，他签了领尸单。"张警官急急地把领尸单取来，也许上面会留有一些线索。

"这是什么字？"他和高社工研究起那张领尸单来，"不是草书。是英文——英文？s——i——n，sin？正弦符号？"

第二道 × 凉菜

玫瑰青瓜

肝胆外科的贝海泽医师刚结束了一次长达四十八个小时的轮值，下雨前的低气压让他浑身疲累。换班的实习生带来了三明治和咖啡，他却没有胃口。

想喝一口暖乎乎的粥。于是他白袍也来不及脱，胡子拉碴，顶着两个黑眼圈跑去一楼的便利店买速食粥。

然后他遇见了一个女孩子。

贝海泽出身医学世家，外公伍宗理与父亲贝中珏均是格陵有名的大国手。他自小便在一个仁义礼智信的优渥环境中长大，又得外公“待病患常有济世之心，对家人长存孝悌之爱”时时鞭策，没有受到什么大风浪，顺理成章地成长为一名优秀的青年医生。

这样一个沉静坚忍、温和良善的年轻人，倒也不是没有缺点，偶尔会在亲近的朋友面前发发少爷脾气。他的好友神经外科林沛白医师，热情狡黠、欢脱谐趣、人生处处皆能找到乐子，两人一静一动，倒是相得益彰。既是死党，一向勤勉专注的贝海泽有了心事，心思敏锐的林沛白岂会错过？

“你真想知道？好，我三天前遇到一个女孩子。”便利店内，贝海泽对一直以“关心”之名骚扰他的林沛白坦承，“在这里。”

“啊呀，我们的小贝长大了。”林沛白放下咖啡杯，夸张地拍着他的肩膀，“少男情怀总是诗，总是诗。回见。”

“回见？”贝海泽眼疾手快，一把拉住正要开溜的林沛白，“听了就得负责。”

林沛白不干：“如果听个心事，就要包找人、追求、恋爱、结婚、生儿育女、白头偕老，代价太大。”

“坐下。你认识的人多，帮我找到她。”

贝海泽望向窗下的条桌，现在那里坐了几名护士，叽叽喳喳地说笑。

在贝海泽眼里，她很不同。一走进便利店，他就看见了嫩黄色的倩影，在两排货架之间。

眉毛很浓，眼睛又大又圆，头发浓密且长，是没有染过的黑色，饱满的额头和双颊，清爽的嫩黄色连衣裙，斜挎着的电脑包上面搭着一件绣花开衫。

她看货架上的食物时，眼神很亮。每一种都拿下来看成分表和计算热量，十分认真。

阴暗的天气，她的穿着，她的眼睛，如同刚破壳的小鸭般温暖可爱，吸引着贝海泽一扫疲倦，在她旁边隔了一个位置，坐下。

他的早餐是杂粮粥；她的早餐是一份玉米加豆腐脑。

“咸的甜的？咸的就不要追了，这是原则问题。”

原味，什么作料都没有放。看得出来她并不喜欢，可还是一口一口地吃了下去。

“然后？”

这次早餐的邂逅好像只有十秒钟那么短，短到贝海泽还未想好开场白，她就已经吃完。

她走到垃圾桶边，仔细看过了垃圾分类说明，分开扔掉了剩下的食物和包装袋。

“然后？”

她走出便利店，正好三个穿着附小校服、长得一模一样的小朋友吵吵闹闹撞过来。她扶着门把，让那三个小朋友鱼贯而入。

“谢谢阿姨。”

她做了个鬼脸，显然是对阿姨的称号不满意。

“还有吗？”

“没了。”

“没了？何不追上去？小姐，你有没有看见我女朋友？对，眼睛大大的，头发黑黑的，穿一条黄裙，漂亮又大方。音乐响起，共舞一曲……”

林沛白是好莱坞拥趸，不是贝海泽人生的导演，所以这出戏不用砸在他手里。

贝海泽露出嫌弃的表情。林沛白一向立场鲜明，一、脸皮薄的人应当在进化中淘汰掉；二、本着保护珍稀动物的良好愿望，应当帮助贝海泽：“一、医院不卖豆腐脑，是她在外面买了带进来；二、早餐时间带着电脑包出现，说明她是从外面进来工作的；三、她是外地人，刚来格陵不久。”

当然，林沛白能想到的，贝海泽也已经想过。所有终生致力于减肥的女性，都不会一大早就对自己这么狠，像吃药一样吃早餐。除此之外，格陵的垃圾分类一直做在全国前列，她从外地来，不了解很正常。吃当地豆腐正是流传甚久专治水土不服的偏方。

“研修生？”两人同时想到最大可能性。

“你为何不求近佛？只要你妈一通电话打到人事科，所有进修研习的适婚女性资料都会出现在你面前……”只怕你妈看不上而已。

“你已经没有利用价值。”

贝海泽起身就走。林沛白赶紧追上，搂住他的肩膀：“少男别慌，有缘分总还会再见。不急，青春期很长……”

姜珠渊正在等电梯。今天本来是休息日，秦勉教授突然召她回来，她心里大概知道是什么事，打着腹稿做准备。

“如果是男性专科……哈哈哈哈……”一把猥琐的声音在不远处响起，一对青年医生勾肩搭背地朝电梯走来。

青年医生中稍矮的那位，在看到姜珠渊时，明显面色一滞。

镜面门映射出前后站着的三个人。姜珠渊站在前面，安静地等着电梯；而站在后面，对“男性专科”有莫大兴趣的青年医生鬼祟地交头接耳，互相拉扯。

竟然在这里又碰见她。

天赐良缘。快去看她的工作证，哪个科室，芳名何许？麻利点，不要错失大好良机——林沛白促狭地在贝海泽腰上推搡了一把。

身后射来四道令人浑身不舒服的目光；姜珠渊朝旁边移开。那人踉跄上前一步，迟疑地拉近距离，目光毫不掩饰地投向胸口。

角度不好，看得不是十分清楚，他侧了侧头……

恰好这时，那忍耐已经到了极限的女孩子，偏过头，厉声问：“好看吗？”

声音清亮，中气十足。

贝海泽这才猛然惊醒，自己看的是会引人误会的地方。他毕竟年轻，面皮也薄，唰的一下便连耳朵都红透了，哪还说得出话来。

心虚的模样在姜珠渊看来更是猥琐且可恶。不给一点教训，以后还会披着这身白皮肆意骚扰异性。

“看够了吗？”她伸手抓住他胸前的名牌，一字一句念出来，“肝胆外科，贝海泽医师？”

她轻蔑地推开，好家伙，力气真大，贝海泽踉跄后退两步，上兜里的笔也甩出来两支。见兄弟难堪，林沛白急忙来打圆场：“纯属误会！纯属误会！”

姜珠渊未听解释，刷工作证，进入电梯。而他们已被鉴定为登徒子，自然不便跟入密闭空间。

“你说这电梯，想来的时候总不来……”

“魔鬼！”贝海泽一边捡笔，一边骂林沛白。若不是鬼迷心窍，怎么会听了怂恿偷窥佳人？

林沛白装没听见：“看她去几层——停在六层了！”

贝海泽迈开长腿冲向安全通道。看热闹不怕事大，林沛白紧随其后；两人一鼓作气跑上六层，才想起来——怎么解释？

慢性病专科东区护士站。

值班护士看见两名非本科室的医生缠扭着走过来。虽说都长得一表人才，风度翩翩，可神态气质大不相同。

其中一个面相风流，十分正经地批评另一个面相温柔的：“贝海泽医生，这就是你不对了。捡到别人的东西一定要还——别抢，这么多同事看着呢。”他竖起食指，按住贝海泽医生的嘴唇，“我一定负责到底。”

说着，他将一部 iPhone 递上，笑得春风无限：“小师妹，刚才上来的美女，红衣黑裙的那个，掉了一部手机在便利店。她在哪里？我想亲自拿给她。”

“秦勉教授的学生？她刚进了主任办公室。”

“哦，原来是公共营养科秦教授的学生。”林沛白装作一副恍然大悟状，“有点印象——她姓什么？我记得她不是本地人，是来进修……”

护士不疑有他：“姓姜，姜珠渊。云泽卫生局今年选送的进修专员。”

“姜珠渊？”林沛白对贝海泽挤眼睛，“我还以为你的名字已经最好笑。”

“藏珠于渊，文盲。”

“小师妹，那她……”林沛白还想再套点话，腰间 beeper（传呼机）突然响起。他立刻收起嬉皮笑脸，一扫信息，“病房叫我，先走了。”

他倒脚底抹油先溜了——小师叔严谨可靠，怎么会收这种跳脱的徒弟？

更可恶的是，自己到底是拗不过林沛白还是听从了心底的魔鬼？是否他也希望有一个暧昧多情的开端？

“她在开会，不知要开多久。要不你把手机给我，我交给她。”

值班护士将手机装入一个密封袋，写上姜珠渊的名字。再抬头，小帅哥医生还站在原地，欲语还休。

“贝医生，还有事吗？”

百口莫辩，贝海泽只好离去。

外间的林贝二人和值班护士调笑时，姜珠渊正在接受医务科、慢性病科和公共营养科的联合调查。

录像已开，红点闪烁。

“姜珠渊，你好，我是医务科伍敏。我们于昨天下午收到病人家属投诉，投诉你在治疗期间存在不正当指引和推销行为，违反职业操守。现在请你详细汇报相关工作情况。”

果然是这件事情。

慢性病科42床病人殷承是有三十年病史的I型糖尿病患者，两周前因微血管病变入院进行治疗。住院期间按病人要求，由公共营养科为他提出饮食和运动指引。在综合考虑病人意愿和身体状况之后，姜珠渊以《慢性病患者膳食指南2016》为参考，给出书面的膳食意见，并得到了秦勉教授的同意："一周后对患者进行回访，发现患者家属并没有遵循我们的建议。"患者家属除满足患者每日热量供应之外，并没有按照意见提供餐间点心和水果，而且对患者的日常生活诸多限制，导致患者情绪波动，治疗效果不佳。

"我与患者家属，殷承先生的妹妹交流过三次。殷唯女士对于膳食多样化建议不予接受。"

"你是否承认，和殷唯女士发生了言语上的争执？"

言语上的争执？怎么可能？她绝不会对委托人有任何言行的轻视或忽略。

她确实劝过殷唯："您能接受单一饮食，不代表殷导演也能接受。个体之间有差异。"

殷唯冷漠回应："我们兄妹俩的糖尿病史之所以能比你的生命还长，可不是听了一个小姑娘的指手画脚。"

坏就坏在她微笑着回敬了一句："在保证生命长度的情况下，也要保证生命的丰度，不是吗？"

"因为和殷唯女士沟通无效，征得殷承先生同意后，他的饮食转给了配餐中心负责。"

"殷承先生出院前后，你们是否还有过联系？"

"出院前，我买了一包无糖饼干交给他的家庭护理。饼干的成分和热量，每天吃几块，几时吃比较好，适量减少正餐的淀粉摄取——这些注意事项我交代清楚后，再没有任何联系。"

伍敏从桌下拿出一包开了封的饼干："是不是这一包？"

姜珠渊绝倒——不是吧？吃了一半还退回来？有这个必要吗？殷唯女士这是闹消费者脾气？

“你是否知道殷承先生的职业是纪录片导演？”

“知道。”殷承享誉海内外，获得多项大奖，很难有人不知道他。

“那你是否知道这种无糖食品曾经希望在他的纪录片中植入广告，被拒绝？”

“不知道。”

“你与厂商有没有利益往来？”

“没有，虽然我不知道怎么证明。我在综合考虑多款类似食品后选择了这款在住院部一楼便利店出售的，含钠量低、纤维素高、有独立包装可以控制摄入量的无糖饼干。”

“你还有什么要补充？”

“我不是殷承导演的粉丝。他拍的纪录片我只看过一部。我感谢他拍出了 *Teen Bully* 这样优秀的纪录片。”

伍敏和秦勉交换了一个眼神。

“我们已经清楚你的立场。在调查结果出来之前，你的进修项目会中止，直到另行通知。”

护士站的值班护士见姜珠渊从主任办公室出来，一把抓起密封袋追上：“喂，你的东西。”

她莫名接过：“什么？”

“有人捡到还给你的。”

她一溜烟地跑回岗位；这是一部最新款 iPhone，姜珠渊拿着根本不属于自己的手机，一头雾水。

手机锁屏图像是一名青年医生与一猴一猪的合影，一张白净脸庞夹在尖嘴猴腮和耳阔鼻宽之间，怎么看都滑稽——熟悉？

姜珠渊猛然想起，这是适才在电梯口做出登徒行为的青年医生。

明明抓着他的名牌一个个字念出科室和姓名并质问，现在却怎么也回忆不起来。

姜珠渊翻看通话记录，一个个拨过去。林沛白、伍见贤、沈最、爸爸、妈妈——也是巧，这几位有的在手术室，有的在病房，有的正忙得不可开交，全都没接到，转去了语音信箱。

全世界隔离的阵仗，不免令人生疑。

再打给“小师叔”，响了两声那边接起来：“喂。”

简简单单一个“喂”字，带着不耐与倦意，让她有些压力，一时未接话；那边又追问一声，语气凝重起来：“是不是闻人玥有事？”

“不是。您哪位？”察觉到那头的沉默是挂断的前兆，姜珠渊又道，“我捡到这部手机，打通话记录没有一个人接。”

“这是格陵大学第一附属医院肝胆外科贝海泽医生的电话。”

对，姜珠渊突然想起来了。随之袭来的还有当时被轻薄的不适：“您在哪儿？我交给您吧。”

“慕尼黑。”

挂了。

姜珠渊呆了半晌，竟然怜悯起来——贝海泽医生的人际关系很差啊，因为轻薄的性格？

通讯录里最近的还有桑叶子和母介十三王图书，但已经是七天前的通话记录。姜珠渊想了想，决定跳过平淡无奇的“桑叶子”，拨给有趣的“母介十三王图书”。

手机响时，王窈正在帮学生扫书码。一见来电显示是贝海泽，心花怒放：“贝医生？难得你给我打电话——等一下。”

她扔下学生，走出图书室：“是谁上次说不用再见了？口是心非……”

原来是母亲介绍的第十三位相亲者，图书行业的王小姐。

“打错了。”

“……喂？喂！”

肝胆外科办公室，贝海泽正在录病历。

虽已有一定资历，且是许昆仑疼爱的小弟子，但这种细致活儿仍需亲力亲为。实习生和研修生负责的病历，也必须经他检查才能归档。他性格温良，不把录病历当作酷刑，而当作放松身心的锻炼。

心思纯真专注的人不常遇到难题。迄今为止他二十八年生命中，最痛苦的事情是表妹生病，最困难的选择是专业方向。

但这些问题都会迎刃而解，而不会越来越糟。

为了一面之缘的女孩子，先是在公共场合举动轻浮，然后任由林沛白拿他的手机做饵——他懊恼地趴在桌上，用病历砸脑袋。

两名实习生将病历往他面前一放，见状，低声嘀咕：“就知道小贝医生总有一天会录病历录到疯掉。”

“贝海泽医生在吗？”门口有人喊他的名字。

是姜珠渊。

他猛然弹起来。长腿绊着了两张凳子，手臂也在桌边撞了一下，无比狼狈地走到了红衣少女面前。

嫩黄是温暖可爱，大红是疏朗爽快。万有引力化作澎湃的思慕之情，一浪浪地拍打着青年的心房：“……我是。”

这是姜珠渊第二次打量他。他比她高一个头，头发黑密，俊朗的脸庞，正在展示超大份的尴尬，附赠腼腆。

“你的手机。”

“……谢谢。”一心想与她亲近，可真的咫尺之隔了，又手足无措。

比第一印象斯文许多；姜珠渊目光扫过他的办公桌——病历摞成山。她在其他科室轮值，就算是研修生，也未见过一人负责这么多份病历。

其他医师好奇地看过来。因为在休息，他们都松开了白袍的扣子，随意懒散地坐着；只有贝海泽穿戴端正，连上兜里四支笔也整整齐齐排好——

这副专业人士的模样，无疑与手机屏幕上的他形成鲜明对比。

“为什么你的手机会出现在六楼？”

“我……”

“电梯前，是有人推你，对不对？”

“这个……”

支支吾吾，更加印证姜珠渊心中所想。

“林医生干的吧？”旁听的实习生插嘴道，“除了他，没人会这么无聊。”

“对，他最喜欢动手动脚。昨天小贝医生用来练手的一串葡萄，他问也不问就拿来吃。吃完了也不扔，用葡萄皮拼出‘YUMMY’，让小贝医生处理。”

“别乱说。”

“他还经常对小贝医生动手动脚……”

她看了一眼激动的实习生，指着病历问贝海泽：“这些病历都是你一个人处理？”

这样一位眉眼浓烈的侠女为明明万千宠爱集于一身的贝海泽出头，而素日里明明口齿清楚、条理通顺的贝海泽居然招架不住——实习生倒也不争辩，只觉好奇又有趣：“小贝医生，她是谁？”

秦勉回到办公室，泡了一杯茶，走到窗前。

殷唯的投诉，出于对家人的保护；院方的处理，对事不对人。

每个人都有自己的立场。姜珠渊的错误，在于用情感对抗制度的理性。

这位研修生刚到医院时，她的父亲姜挺曾经歉意地对她说，犬女脾气直率，性格犟，认准的事情很难改变。希望教授能给她吃些苦头，挫挫她的骄气。

通过一段时间相处，秦勉发现姜珠渊虽然不如庄羚聪明，也不如左粲粲灵活，但长处在于始终保持着热忱。她深深喜爱自己的工作以及与之相关的一切。枯燥的化学公式，复杂的生物原理，这些令大多数学生一见就头疼的知识，她都着迷不已。

除此之外，秦勉也很欣赏姜珠渊的处世法则——恶或善，贫或富，幼或老，疾病或健康，都给予平等的尊重。

沉吟片刻，她拨通了电话："小姜，你在哪里？"

"秦教授，我还在医院。"

营养师属于服务行业，医院不是。医院是给出专业意见的诊断治疗机构，不应该掺杂个人情感。如何把握工作与热忱之间的平衡，你还要慢慢学习。

"手头的工作和小庄交接一下，休息几天，等我电话。"

姜珠渊挂断电话，打开包，拿出记事本，唰唰地写了几行字："请问康复中心怎么走？"

"……你坐三号电梯下去，朝左走，经过输液大厅，会看到一扇侧门通往博士宿舍三号楼。三号楼的十点钟方向是六号楼，康复中心就在六号楼前面。"见她思索，贝海泽从桌上拿起纸和笔，"我帮你画张地图。"

"不用，谢了。"

见"侠女"走了，实习生们竟有些落寞："就这样？不替小贝医生'打抱不平'了？"

"还是已经记下我们的名字以备日后算账？"

"小贝医生指路很清晰嘛，左转右拐跟做腹腔镜手术似的轻车熟路；刚才怎么……"

调笑戛然而止；侠女杀了个回马枪，重新出现在办公室门口。

"小贝医生，你是用剥葡萄皮的方法来练习腹腔镜摘除胆囊，对不对？"

"是。"

她又看了一眼他桌上堆积如山的病历，对年轻的医生露出鼓励的笑容。

“你会成为一位很厉害的医生。”

伍敏今天很高兴，难得丈夫贝中珏没有手术，儿子贝海泽不用值班，一家三口能坐下来吃一顿安心晚饭。

“海泽，你今天下午给我打电话是怎么回事？”她一边将菜端出，一边问道。

躺在按摩椅上的贝中珏合着眼睛：“我也收到了。太累了，没接。”

贝海泽一边布筷，一边简单说了丢手机被人捡到的情况，与林沛白如何捣鬼自然略过不提。

“你一向谨慎，怎么会丢手机？”伍敏盛出汤来，“你说好笑不好笑，我们都没听到，偏偏聂未接到了，又发短信给晚辈们问情况。”

她打开饭煲盛饭：“所以打给王窈的，也是捡到你电话的女孩子？”

“嗯。”

点到即止，伍敏不再多问。

“我下班时去看了阿玥，她状态很好。”她温柔地帮老公和儿子盛汤夹菜，“海泽最近瘦了，工作辛苦归辛苦，也要好好休息。”

贝中珏道：“肝胆外科的移植中心马上就要启动，年轻人不勤奋更待何时？你们上月做的猪肝移植手术……”

伍敏伸向猪肝的筷子不满地停下来：“吃饭呢！”

夫人有令，贝中珏只得不作声。伍敏又发难：“难道除了工作，你就没话说？”

平时夫妻两个话不投机，还有儿子居中斡旋；今天却心不在焉，只埋头扒饭。

“老贝，听说许昆仑的女儿要回国？海泽，记不记得许度，嘟嘟妹妹？你们以前总一起玩来着。”

那时总是十来个医院子弟集体活动，游泳、打球：“知道，她在我们子弟群里。偶尔会出来说说话，还帮忙代购。”

贝中珏低头吃饭："在家不要谈工作。"

"我这怎么是工作？"

"上次你明明对我说'到了这个年龄，要把给儿子找对象当作一项长期工作来抓'。"

伍敏气结，敲敲盘子："今天的饭菜，都是我跟秦勉学的。好吃又营养，还堵不住你的嘴？"

听到秦勉两个字，贝海泽突然抬起头来："妈，你和公共营养科的秦教授很熟？"

"以前她和我们家都住在团结楼，每次见面都打招呼，不记得了？"

伍敏叫儿子喊过的长辈岂止秦勉？贝海泽能记住的不过和母亲特别交好的几个："肝胆的营养师姓卫。"

"秦勉负责内科。"说起医院人事，伍敏如数家珍，"她有个特点，只招形象好的女学生。"

贝中珏叹气，扒拉着碗里的胚芽饭——真是爱岗敬业。

"尤其是今年的学生，一个赛一个的漂亮。"

贝海泽闻言低头一笑；伍敏十分意外——她之前介绍相亲对象，儿子虽然都会见面，但对待每个女孩子除了温柔有礼之外，从未有过男女之间的微妙情愫。旁敲侧击，他只说工作忙，没心情。今天居然一听说秦勉的女学生就害羞，实在难得。

蛋羹里意外地混着一小块蛋壳，伍敏皱眉将蛋壳挑出来："研修生就不行了，才来几个星期就收到严重投诉。"

每两年云泽卫生局会推介一到两名营养师到格陵进修。他们以医院、社区、学校、酒店、餐饮等行业为进修单元，进行为期两年的培训。在贝中珏的印象中，他们和来自第三世界友邦的留学生一样，小心翼翼，循规蹈矩："怎么回事？"

"怀疑存在不正当指引和利益输送。"伍敏道，"一旦坐实，医院向来是零容忍——好了好了，怎么又说起工作来了？吃饭吃饭。"

饭后伍敏照例要去附近的街心公园散步；贝海泽换了跑鞋，拎着垃圾陪她下楼。

“妈，秦阿姨负责的进修生是不是叫姜珠渊？”

“你认识她？”

“是她捡到了我的手机。”

伍敏心中一动，表面仍波澜不惊：“那你要谢谢人家。”

“我很难相信她会有渎职行为。”

“海泽，拾金不昧和渎职没有任何关系。你带着先入为主的思想来和我谈，就不会听到想要的答案。”

“也许我的说法不恰当。妈，简单粗暴地对一个人定性，就容易产生误解。而且这种误解是双刃剑，会给想要沟通的双方带来伤害。我很明白被误解的心情，所以想知道到底发生了什么。”

伍敏虽然心存疑虑，还是将下午开会的情况复述了一遍：“情况就是这样。综合考虑病人家属和她的叙述，不能算违规，但确实存在沟通不良的问题。至于和经销商有没有利益往来，还有待于进一步调查……海泽？”

贝海泽突然一亮，似是想到了什么：“妈，也许我可以作证。”

姜珠渊驱车回到云泽家中，已是晚上八点。

姜父姜母以及姜金山和新婚妻子官瑜，一家四口正准备吃饭。姜珠渊一进家门，先是大嫂官瑜抓着她撒娇：“珠珠，你回来得好巧。我朋友家的猫生了，送了一只给我。”

“阿瑜，先吃饭。”

官瑜取来一只带柄浅篮放在饭桌上：“你看！”

姜金山的旧线衣里裹着一只眼神无辜的小猫，鼻头一耸一耸，嗅着官瑜的手指：“我打算叫它贝贝。”

姜珠渊笑着拿起筷子：“之前给小恩做手术的大国手也姓贝。你叫它贝贝，感觉怪怪的。”

官瑜一听也是这么个道理，便问丈夫："金山，你说给它起个什么名字好？"

"下次别把猫窝放在饭桌上。"

姜母一个劲儿地往女儿碗里夹菜："你也是，这么久都不回家一趟。真有那么忙？再辛苦也要注意身体。"

"妈，我要吃虾。你剥。"

姜挺看着妻子忙不迭擦手，给女儿剥虾："二十多岁的人，不知道乌鸦反哺、羊羔跪乳，倒要父母给她剥虾。娇生惯养，自由散漫。"

"怎么一回来就说我？以前都是隔个两三天才发作。"

"如果所作所为无可指摘，谁会批评你？"姜父夹了一块辣炒螃蟹，"你以为格陵和云泽一样，由你横行霸道？"

众人默默放下筷子；只有官瑜不知就里，兀自伸筷翻拣；姜金山嫌弃地瞥了她一眼，又隐忍地不发一语。

"看来都知道我停职的事情了。好，说清楚了再吃，免得不消化。"总之她没犯原则性错误，不如耐心等待医院方面的调查结果。

没人告诉官瑜小姑子停职的事情："什么？停职？我还打算下个周末去格陵找你玩呢。"

姜母缓声缓气："吃得下饭，说明也不是什么很严重的事。"

姜金山帮腔："事情还没调查清楚，不能先认定是珠珠错了。"

"大不了回来嘛。珠珠，你走了之后，我一个人无聊得要命。"

"我一定会完成两年的进修，然后回来，把光芒普照到云泽的每一个角落。"

"赌咒发誓没有用。"

"其实有机会的话，就留在格陵吧。"官瑜插嘴，"格陵比云泽不知道好到哪里去了。"

"我不是意气用事。"姜珠渊夹起一只红烧大虾，"爸，你知道一只虾有多少对脚吗？"

姜挺不语；官瑜拨弄着碗边的虾壳：“你不说我还真没注意过……”姜金山不满地清了清喉咙。

“大嫂，一只虾不管大小都有十九对脚。两对御敌，三对捕食，三对呼吸，五对爬步，五对游泳，一对掌握方向。”

“哇，好厉害。”

“哪怕最终是成为食物的命运，也没有谁是随随便便被创造出来的。更何况食物链顶端的我。”

饭毕，官瑜筷子一扔就去逗小猫；姜家母女洗碗。

“珠珠，累吗？”

“不累。我会安排好时间，该工作的时候工作，该休息的时候休息。”

“格陵变化很大吧。你高一来到云泽，之后又考去了外省的大学，再没回去过。”

“嗯。这次进修，明显感觉到云泽和格陵的差距更大了。地图上只有两百多公里的距离，城市建设上差了至少二十年……”

“珠珠，格陵和云泽相比，你更想在哪里生活？”

站在厨房门口的姜金山不想多听，扭头看见父亲端着茶杯，站在不远处；他略一踌躇，想要走过去，姜父一抬腿，上了楼。

姜父晚上还有事，司机来接了；见父亲换了身衣服要出去，姜珠渊跑出厨房，举着两只沾满泡沫的手臂喊了一声：“爸。”

“你还有什么事？”

“我知道你不会为我打电话。这就是我最敬佩爸爸的地方。”

大家长走了，气氛瞬变随意；官瑜笑着抱住小姑子的肩膀：“珠珠，你以前受了委屈就会找缪盛夏喊打喊杀，现在真是不一样了。”

“喊打喊杀不能解决任何问题呀。”

“在格陵有没有遇到帅哥？”

“别乱说。”姜金山过来坐下，“你在格陵应该有几个同学吧，联系了吗？”

“我有个研究生同学开了个农场，约了有空去玩。还有几个本科同学和校友，周末出来吃了饭。哥，我的社交活动很正常。”

“那……高中同学呢？你有几个高中同学在格陵。毕赢、寇亭亭，听说都不错。”

姜珠渊没料到哥哥会提起这个话题：“是吗？你怎么比我还清楚？”

姜金山不语；官瑜出神地望着墙上的壁钟。姜母端了一盘水果出来叫他们吃。姜珠渊拿片橙子，突然道：“对了，我今天在高速上看到一块很特别的车牌。”

“如何特别？”

黄底黑字，只有 8128 四个数，和私家车牌不一样。

一听这四个数字，姜金山愣住了。官瑜问他：“金山，你知道这车牌的来历吗？”

特区建成之初，发放过 1 至 9999 共九千九百九十九个车牌供各个行业的公家车辆使用。后来私人汽车越来越多，才开始采用字母代表分区。这九千九百九十九个公家车牌当中只有 1 到 99 仍在使用，其他则被政府回收保存。因为当中某些数字排列的特殊意义，政府会不定期拿出来拍卖筹善款：“8128 前不久刚以一百六十万元拍出。”

“一百六十万元？炒作吧，那 8888 要卖多少钱？”

“8888 很早之前就属于万象集团的 CEO 戚具迩女士了。”

“那 8128 有什么特殊意义呢？”

“8128 是四位数中唯一的完美数。它的全部约数加起来正好等于它本身。车主肯花一百六十万元投回来，也许是看中这个。”

官瑜对数学不感兴趣：“是什么牌子的车？”

“银色捷豹。”

“哇！怪不得投一百六十万元的车牌不心疼。你看到车主模样没有？”

吃完橙子，姜珠渊笑着擦擦手：“尼桑怎么开得过捷豹？一溜烟就跑啦。”

“你妹妹被停职，怎么没人事先告诉我？害我像个傻子一样。”姜金山夫妇回到卧室，官瑜不满道，“我有什么都是第一时间通知你们，把贝贝抱回来养也是一样。”

姜金山懒得辩驳通知和商量的区别：“我和你说，绝不允许那只猫进卧室。”

“这次珠珠肯定灰心了。”

“不要以己度人。你不了解她。”

“我怎么不了解她？我是这家里最了解她的人。她进修之前，在单位和我一个办公室，我们经常一起吃午饭聊天。她完全不必这么懂事，也不必这么上进。她努力只是想让你们感觉她很好。你还在她面前提到高中同学——金山？你在听我说话吗？”

“我出去透透气。”姜金山拿出外套口袋里的烟盒，将妻子的一声冷哼关在门内。他下楼来到后院，点上烟。

“哥。”抽到第二支时，一把蒲扇突然出现在他面前，大力扇走烟雾，“妈说你和大嫂在备孕。”

姜金山摁熄烟头：“说是生孩子，她又抱只猫来养。”

“做好防疫和孕前筛查，孕妇也可以养宠物。宠物伴随孩子一起成长也很有爱啊。”

“别叫我说中，她只是三分钟热度。”

“大嫂不会吞药，可以多吃些深绿色蔬菜补叶酸。”

“职业病。”

“秦教授说我离专业远着呢。”

姜金山看着妹妹。乌黑的发梢半湿不干，洁净的面孔上有一层幼细的绒毛，两条浓眉修得十分好看，和十八岁的一字眉小姑娘天壤之别：“珠珠，你看见那台车去了哪里？”

姜珠渊摇头：“哥，你认识车主？”

“老饕门成少为，谁不认识？”姜金山口吻愤然，“车牌是他投的。”

老饕门是格陵首屈一指的顶级食府。代喜娟作为一名国有企业下岗女工，白手起家建立起自己的饮食王国，实在是一名伟大女性。成少为是代喜娟的小儿子，现在正负责老饕门中口碑最好的“万食如意”项目，因为认可度高，还颇上了几次电视。

“哥，你要真想知道车主是谁，可以让缪盛夏帮你查。”

“查到有什么用呢？缪盛夏的面子，我讨不起；一百六十万元，我买不起。”

这不是姜金山第一次因为钱而苦恼；姜珠渊明了，却无法排解：“哥，和缪盛夏做朋友很轻松，不是吗？我们有的乐子，有钱人花一百六十万元未必买得到。有钱人花一百六十万元买的乐子，我们也未必能消受。况且不是对数学感兴趣的人，不会花一百六十万元去投这个车牌。它到了识货的主人手里，也是一件好事。”

“纨绔子弟，懂什么数学之美？只会朝女人献殷勤。”

“什么？”

“呵呵，不说了。没劲。”

二楼窗户打开，官瑜的声音飘下来：“你们兄妹两个说什么悄悄话呢？”

姜珠渊扬头笑道：“没什么，一会儿就上来。”

大道理谁都会说。经历过生离死别的人，特别看得开。人生就是这样，上天一定会拿走什么，才换给你超脱的态度。像姜金山这样不过不失地活着，只看得到眼前三分的境界：“珠珠，刚才犯酸，你别在意。”

生离死别对姜珠渊来说，并不如前些年那样字字诛心：“没事，哥，进屋吧。”

离开医院前，庄羚交给姜珠渊五百一十九份调查问卷，需要一份份录入电脑并分析数据："既然你放假，那就交给你来做吧，我和左粲粲实在没有时间。还有上次的总结报告，也快点交给我。"

姜珠渊一直工作到凌晨一点。万籁俱寂中，忽听头顶兄嫂房间传来重物倒地和大嫂惊呼的声音。她屏息听了一会儿，复又沉寂。

整个姜家都没有动静。

官瑜和姜珠渊两人同期进入单位，交流自然多一些，除了工作上的交集，也曾经到彼此家中做过一两次客。但姜珠渊完全不知道她何时与哥哥姜金山有了交集，成为恋人，继而结婚——半年内，官瑜的身份从同事晋升为大嫂，可能全家人都有些拘束吧。

毛红英照常上午七点半到了姜家。她正整理杂物时，梯板一阵响动，有人在头顶上喊她："毛姨，头发染得真好。"

毛红英吓了一跳，直起身子："我正想呢，车回来了，人肯定也回来了。什么时候到家的？"

"昨天晚上。"

"这——我不知道你回来了，马上过节了，只准备了粽子。"

自从七年前那事之后，姜珠渊再也没有吃过粽子："别麻烦了，我出去吃。咦，我的车钥匙呢？"

毛姨把车钥匙递给她："你去哪儿？"

"遥湖。"那是云泽福利院所在的位置，姜珠渊笑着回答，"毛姨，戒指很闪呢。"

毛姨摸了摸手上崭新的金戒指，不好意思地笑："金价降了。"

"毛姨，你早就该对自己好一点了。我走了，再见。"

毛红英目送她开车远去，不禁伸手摸了摸颈间，那里有一条细细的金项链。

现在云泽民间借贷如火如荼。她看了心痒，一咬牙凑了十万元放贷，每个月有两千元利息，比干家政轻松多了。

云泽大酒店正在举办“互联网＋金融创新”人才第十一期培训班——“新经济形势下电商资源分析及大数据投资策略”。大堂入口处摆着一张签到台和三个易拉宝，夸张的广告词和口号引得许多人现场报名。工作人员紧张地忙碌着：“我们的导师都是具有十年以上从业经验的投资专家，保证你的投资一年之内跑赢通胀、跑赢未来……云支付呀！扫二维码就可以缴费。”

一张宣传单递到姜珠渊面前。而她的注意力被大堂一隅的另一张签到台所吸引。相比“互联网＋”的红火，这张签到台只是简单做了个条幅——“基于 GIS 的云泽稀土矿产勘查及污染治理研讨会签到处”。

离开会还有一个小时，工作人员正在利落地分装材料。自一九九四年以来，云泽已探明的稀土矿共有二十七处，去年在鹿山以北又发现了四处具有开采价值的矿床。坐拥超过三百亿元的稀土资源，云泽五年前开始禁止开采新矿，作为战略资源储备，其研究也转向了勘查统计与污染治理方面。

“两位有兴趣的话，可以拿资料回去研究一下。”

正翻阅的姜珠渊抬头，才发现身边不知何时站了一名戴黑框眼镜的年轻人。

“谢谢。”他拿了一份资料离开；工作人员眼尖，指着签到台：“哎……”姜珠渊放下会刊，拾起年轻人落下的手机：“先生，你的手机。”

他腿长，走得极快，姜珠渊小跑着追上去，将手机递给他。年轻人如梦初醒，连声道谢。举手之劳而已，姜珠渊摆摆手，朝自助餐厅走去。

丢三落四的人真多。她付钱时，年轻人又出现在她身边：“嗨，好巧。”

“我的同伴很早就起来去拍鸟了。”他递过来一张早餐券，微笑解释，“借花献佛，聊表谢意。”

眼耳口鼻的组合模式覆盖不了十三亿人口。长得一模一样的两个人遗传学上可能毫无交集。一旦想通，从陌生人身上看到某某某的影子简直毫不出奇。

嘴角上翘，天生惹人喜爱；白衬衫牛仔裤，干净大方；背景音乐动听；将科赫雪花和欧拉恒等式作为锁屏屏幕的人不应该被拒绝。

他穿着休闲，举止绅士。虽然主动示好，却保持了一个相对礼貌的距离。她拿了几样中式小点，杂米粥、蒸肉包、白灼时蔬、花生拌毛豆、酸奶。他则拿了会所三明治和咖啡。言谈中姜珠渊得知他是旅行到了格陵，听说云泽的湖很美，就过来看看："真不错，处处有惊喜。"

以瘦为美的当下，体态微丰的女孩子在外就餐多少会有些拘束，但姜珠渊完全不会。大盘小碟摆出来，看她大快朵颐，年轻人不由得赞一句："你胃口很好。"

"《中国居民膳食指南》指出，一份营养完全的早餐应该包括谷类、动物性蛋白、奶及奶制品、蔬菜和水果等四类食物。四类食物的含量要按照不同性别、不同年龄、劳动性质、身体状况进行调整。"警觉职业病发作，姜珠渊换了说法，"也就是俗话说的'早餐要吃好'。"

"受教。"他擦一擦手指，将手臂伸过来，"还没有自我介绍——辛律之。"

姜珠渊与他握一握手："姜珠渊。"

"好名字。"

"很多人觉得我的名字思密达。"

"幸好他们还没有把刘安、豆腐和《淮南子》拿走。"

姜珠渊一边搅粥一边笑着附和："豆腐真是伟大的发明，专治各种不服。"

能和陌生人这么快聊至投契，也是难得。辛律之笑着指了指自己的三明治："请问姜小姐，我这份早餐合不合格？"

"要从你的工作性质来分析。"

辛律之交叉起十指，饶有兴致："姜小姐觉得我做哪行？"

"我猜和数学有关。GIS、会计、程序员、工程师？"

辛律之通通摇头，最后才揭晓答案："我做精算这一行。"

“保险业？”

保险业是狭义的解释。一名广义上的精算师要综合利用数学、金融、统计、哲学等知识评估项目风险，解决实际问题——经济、军事、文化、政治——各行各业：“简单地说，我有个同学在做企业顾问。而我，眉毛胡子一把抓。你说我是会计、程序员、工程师乃至于说客，都可以。”

“听起来是个充满挑战的综合专业。”

“子承父业，别无他选。不谈这个了，恐怕闷着你。姜小姐做盛行？我想应该和饮食有关。”

“我的专业是公共营养与膳食指引。”

叮一声，辛律之的手机显示收到一张新照片。他拿给姜珠渊看：“这是我朋友今天早上的收获。”

照片上是一只掠过湖面的黑天鹅:“这在遥湖,南岸的黑天鹅保育区。”

“怎么过去？”

“我也去那儿。吃完饭，开车送你。”

临上车，辛律之笑着问她：“你不怕我是坏人，或者骗子？女孩子应该有警惕心。”

“这里？”姜珠渊上车，系安全带，点火，“古话说得好——强龙不压地头蛇。”

“这句话的力量并不够。”

“精算师会将每件事的得失利弊都算得清清楚楚。而我只是……”她伸手指了指窗外，“看上面。”

顺着手势看过去,辛律之注意到酒店的顶楼竖着巨大的旅游宣传标牌。湖景、剪影、广告语——停一停，捎上他，去看最美的湖。

“你之前来过云泽吗？”

“来过两次，停留了很短的时间。”窗外景色飞驰而过，“这里很适合做短途旅行，不知道长期居住如何。”

“如果你有注意车道两旁的广告牌——恐怕这里可供选择的房产很少。”

“人文环境？”

“有位作家来云泽旅行后，曾经写过‘路灯亮起时，整座城都在等你回来’的句子。”

“这座城一定对她释放出了最大的善意。”

她开车很稳很规矩，一丝不苟。只是在遇到红灯停下时，赞了一声：“最近总看见有趣的车牌。”

前车的车牌是 HX5813，斐波那契数列。

“你对数字很敏感。”

“我所有的数学知识都是高中同学教的。”以前她和云政恩会用扑克或者车牌算 24 点。

“所有运算法则都可使用？”

“当然，不过一般只用加减乘除。”

“五减三加一得三乘八，五乘三加八加一，八减三得五乘五减一。”

“你反应很快啊，我的车牌号是 1151。”

“五平方减一。”

“8128？”

“八乘三，完美的四位数。”

完美数？一道灵光闪过姜珠渊的脑海，记忆碎片藏在陌生人眉眼之间：“我们是不是见过面？在武汉。”

“五年前我确实曾应邀去武汉大学作报告，校园很美。”

所以完美数、科赫雪花、欧拉恒等式——姜珠渊参加过那场名为“数学之美”的讲座：“所以我对你的熟悉感，来自听过你的讲座。而不是……”她轻轻摇摇头。

“什么？”

缪盛夏开车经过，见到姜珠渊的尼桑在前方不远处，心下略奇——知道她去了格陵，却不知道几时回来的。他自右方贴上，正要打招呼，看见副驾驶座上是个面生的帅哥，立刻亢奋起来："珠珠，去了格陵几个月，就不要老家的盛夏哥哥了？"

姜珠渊早已看到他骚包的车及车牌："别乱说。你怎么不去开会？"

"开会？我掏了钱，还得出人不成？这位帅哥是谁？"

"要你管？你去哪儿？"

"小公主去哪儿我去哪儿。小公主爬月亮，我帮忙架梯子。"

"不要在别人那儿吃了瘪，来我这儿找乐子。拜拜。"

"不行。我得跟着你。帅哥哥，你是谁？"缪盛夏臭名昭著，但对姜珠渊却从没犯过坏心思。现在这股绞糖的撒娇气势，也只好由得他黏一会儿。

"不用理他。"

缪盛夏一听更来劲儿："我对你永不厌倦。"

此时坐在副驾驶座上的帅哥哥突然侧过头来："六减二然后阶乘。"

"什么？"缪盛夏不知他念什么经，只见姜珠渊笑了起来。

他顶顶讨厌聪明人之间心照不宣的笑容。随即在下一个红绿灯处，尼桑捡了个巧，把他的跑车甩开了。缪盛夏紧随其后。

姜珠渊的车技他清楚得很，不出两个路口铁定追上；谁知这次情况迥然不同，破尼桑竟借了三个转弯，三次红绿灯交错的时机，硬生生地跑没了影儿。

此等高超，必然是她身边帅哥哥出谋划策。缪盛夏意兴阑珊，掉头而去。

姜珠渊在湖边停下车，两人一起朝黑天鹅保育区内走去。真是神奇，她从来不知道自己还能跑过缪盛夏。这位辛律之先生对交通路况似乎有一套心算系统，总能在不破坏她的驾驶原则的前提下，提出最有效的行进方案："你真的只来过云泽两次？"

“他叫你小公主？”

“没错。我正是一条地头蛇，所以我并不怕你是坏人。”

她摸了摸颈上的项链，语调骄纵；辛律之只觉有趣：“我们可以继续刚才的话题吗？”

“嗯……你长得非常像我的一个高中同学。”

“有理有据。”辛律之点点头，“因为熟悉，所以才让我上车。看似冲动的决定，其实有线性积累，无论你是否意识到。”

“我发现你在这一点上很固执。是否精算师的工作要求每一部分都得符合逻辑，或者能用数学计算？”

“既然得到了这样的评价，那就不得不听听，我和你的高中同学有哪些相似之处了？”

姜珠渊欲言又止：“不，那是毫无根据的。”

“个例更值得研究。”

“怎么说呢——你的眼耳口鼻分开来每一样都和他有八分似，但是合在一起就完全不同。气质也截然不同。”

辛律之正遥望湖面，听了姜珠渊的解释，眼神有一瞬间的恍惚，但立刻恢复：“有趣。他是个什么样的人？”

姜珠渊呆了一呆：“你有兴趣？”

“听说和自己长得像的人，或多或少会有些兴趣。相似的人却过着不同的人生，不是很有意思么？”

“唔，其实你说的也没错。”

“哦？”

“他是一个很优秀的人，是对我而言信任度满分的朋友。”

遥湖内有一块视野开阔、风景优美、划分出来的摄影区，长枪短炮的人群里，有一位身穿白裙的高挑美女正朝辛律之挥手：“Patrick！Here！”

“这里恐怕不太好搭车。需要我再送你和你的朋友回去吗？”

辛律之笑着摇头："不用了。"

姜珠渊转身欲走时，他又喊住她："你可以留个电话给我吗？"

姜珠渊念出一串数字："有什么事打给我。"

"好的。"他朝女伴走去，又转过身来对姜珠渊挥挥手，"后会有期。"

云泽儿童福利院近期扩建了综合大楼，并通过多元化寄养家庭，积极接纳义工团体，大大改善了孤残儿童的养育环境。相应福利院管理也规范了许多，即使是姜珠渊这样具有多年志愿者资历、与高社工十分熟稔的关系，也必须电话预约后才能领证进入。

"接到电话真意外啊。怎么突然回来了？"当年的高社工，如今的高院长满脸堆笑来迎接她，"我还在发愁，今天的爱心小老师缺了一名。"

走过一间间窗明几净的活动室，综合大楼的东面，是新建给学龄前孩子使用的辅导课堂。从镶嵌在墙上的单面观察镜望进去，五六个义工和孩子们正在进行一对一的辅导，或看书，或画画，或写字。这些孩子智商正常，但身体都有不同程度的残疾，甚至于狰狞可怕。

姜珠渊负责的孩子面上有一大块先天毛发性黑色素母斑，经过几次手术并未好转。小孩子已经有一定的审美能力，姜珠渊费了很大的劲才让暴躁的他将注意力集中到图画书上。与之截然不同的是，另一个在画画上颇有天赋的先心女童，经过三次手术已经治愈，聪明乖巧，有着和年龄不符的美貌和灵气。

老义工们都能够专心辅导结对的孩子，但新人却不由自主地被吸引了过去，争相和她玩耍："小恩，你在画什么？"

"啊，是躺在花蕊里的拇指姑娘。画得真好看。"

这么小的年纪，画得如此鲜明细腻："送给姐姐好吗？"

小姑娘细声细气地回答："这是给贝爷爷的。"

"为什么会画拇指姑娘呢？是听过拇指姑娘的故事吧！"

"贝爷爷是谁？"

小姑娘仰着头说“我就是拇指姑娘,贝爷爷把拇指姑娘变成了小恩！”

童言无忌，更加可爱。一直到吃中午饭时，义工新人们还在讨论：“她就是报纸上说的女孩子小恩吧，手术是贝中珏大国手做的呢。”

“报纸上登过她的画，真的很有天分。”

“名字太奇怪了——云小恩。不是所有孩子的名字都和落户地点、时间相关？”

“这么出众，当然要感恩云泽政府。”

“这么优秀的孩子，怎么没人领养？”

“有助养家庭,住在格陵的中产夫妻,会在周末或者过节时接她出去。”

“我们可以带她出去玩吗？”

“行了，”组长阻止他们的议论，“之前的培训已经再三强调——不要区别看待，不要情绪激动，不要妄加评论，不要随意承诺。都忘了吗？”

义工们自知不对，换了个话题：“贝中珏大国手有个儿子，高大英俊，跟电影明星似的，但没有靠脸吃饭，而是当了医生。”

“你又知道。”

“因为我博览群书。”八卦者挤眉弄眼，显然是有内情。

“群书，言情小说吧！”可惜人并无兴趣。上午的活动结束后，新人拿着社会实践证明书去办公室找院长签字。

签完字，高院长感慨：“大部分的义工很敬业。但是为了社会实践学分做义工，真是令人头疼。虽然有热情，却很难持久。”

还有带孩子来参观的家长——忆苦思甜。这帮大学生，去戒毒所实践，一脸圣母光辉，说希望能帮助到你们，当场就被轰下台。那里接受治疗的人，很多都曾有过很高的社会地位或者财富，绝没有弱者的心态：“道德利己，美德利人。”

“我第一次来，也是抱着小恩不放手，还要带回家去当妹妹。”姜珠渊陷入回忆，似乎又联想到了什么，“这就是专业和热诚之间的平衡吧。”

“记得你还流眼泪，不依不饶。我们都说姜市长的女儿发起脾气来真是厉害。”高院长回忆起当时的情景，不免觉得好笑，“对了，九月份小恩会去格陵读小学。”

“去格陵读小学？”

“嗯。这也是欧拉基金会的建议，助养家庭会照顾她。”高院长回答，“这样也不错，出挑的孩子接受最好的培养，将来才能回馈社会。如果……”

他没有说下去，抿了抿嘴。姜珠渊知道他在可惜什么，安慰：“都是过去的事情了。您都当院长了，还放不下吗？”

高院长摇摇头：“不会的。你和我都知道……不会就这样结束。”

医院餐厅里，林沛白、沈最正坐在一起吃中饭。快吃完了，贝海泽小跑着进来。沈最立刻招手叫他：“小贝快来，林沛白刚讲了个笑话。”

“一份滑菇鸡丝饭、一碟芦笋，不放姜。”点完餐，贝海泽过来坐下，“什么笑话？”

“有个医生从来不吃姜，结果暗恋的女孩子偏偏姓姜。这块姜辣得他直跳。”

贝海泽无奈地瞪了一眼笑得前仰后合的林沛白，把餐盘往他面前一推：“你嘴巴这么大，把这一份也吃了。”

林沛白竖起一根手指头摇摇：“不可以。上次体检胆固醇在临界值，我现在得吃营养科配的工作餐。挺不错，饭盒上有二维码，可以查询饭菜热量和营养师的信息。我扫给你看——哎呀，不是小姜啊。”

“魔鬼！”

沈最笑得差点仰过去：“小贝，怎么来得这么晚？”

“去了一趟医务科。”

林沛白拍手笑道：“你这妖猴，还是搬救兵去了。”

贝海泽懒得和他说，换了个话题：“云泽是个什么样的地方？”

“你应该和你师父去过很多次了。”

“每次都直接去了市中心医院，哪有时间看风景。”

沈最伸出三只手指：“云泽有三样东西出名——稀土、遥湖、钟晴。”

林沛白邪笑补刀：“用不了多久，还要多一样——贝女婿。贝女婿，慢慢吃啊！”

贝女婿和他们两个调笑惯了，他性子良善，在意就骂一句，不在意就不理。吃完饭开门诊，早有许多病人在走廊里候着，一见医生来了，十几份病历，十几种方言一起涌来，几乎淹没了贝海泽。他艰难地游到了问诊桌前，护士开始叫号。

现在网络发达，有些病人家属直接就拿网上搜索的结论问他意见，换了许昆仑早就要恼火——你还来命令我？而贝海泽从头至尾都温柔解释：“让我看看眼白……不，甲胎蛋白的高低只能作为一种旁证……高分化，高分化可以说是不幸中的万幸……这个情况的话，考虑住院手术。不过现在床位非常紧张。你是从外地来的？这样，我给你填一张住院卡。你拿去新楼肝胆外科三区找护士长。”

大家都夸他：“贝医生，你脾气真好。”

看完最后一个病人，已经过了六点。伍敏打电话来通知他调查结果，他竟一时忘记了是什么事。

伍敏揶揄：“急嘛急得火烧火燎，现在又抛在脑后。”

“下午太忙了。现在事情已经调查清楚，是不是该让她回营养科？”

“这个不需要你操心。海泽，你坦白和妈说——你是不是对这个女孩子有好感？”

贝海泽沉默片刻，给出了肯定的回答：“不过我对她有没有好感，和证词毫无关系。”

伍敏笑道：“要是不相信你，就不会现在才问。好，我亲自打电话通知她。”

“别，你别给她打电话。”

“哦？你怕我吓着她？我给了你信任，难道你不给我同等的信任？难道我在你心里，是那种会拿着支票叫女孩离开你的妈妈吗？”

“你不是。”贝海泽回答，“我去查房了，你别给她打电话。”

许昆仑和一帮实习生已经查完房，见贝海泽匆匆而来，眼也不抬：“不用说，门诊迟了，晚饭也一定没吃。”

“抽屉里有饼干。”

许昆仑一挥手，拿病历拍在他背上：“一个人的精力有限，善意也有限！你知道你现在这个状态是什么吗？四个字——疲于奔命！病人说是外地来的，你就发住院卡，如果是火星来的，你是不是还包吃住？”

“病人的肿瘤已经出现了肝内转移，需要立刻住院治疗……”

“闭嘴！你说说看，这里住的哪个不是立刻要开刀的？”听到这里，实习生们已经朝后退开，远离风暴中心。许昆仑还在骂：“……八十二张床位都是满的，叫病人住哪里？走廊上？蠢得很！蠢得很！早知道当初叫你跟了聂未，叫他好好治治你这脾气！”

大家都知道许昆仑最疼爱的就是贝海泽，骂他等于疼他，打他等于爱他，便都不劝。

“下个星期我要去北京开个会，你准备一下，和我一起去……干什么坐下来？我叫你坐了？我叫你写病历了？先去给我吃饭！年纪轻轻就想捱出胃病吗？！”

官瑜下班回家路上已觉丈夫不妥。果然一到家他还来不及脱鞋便发作：“珠珠，电视关了。”

已经整理好所有调查问卷，正坐在沙发上看美食节目的姜珠渊转过头来：“什么事？”

“今天上午坐你车的男人是谁？”

姜珠渊转回头去：“缪盛夏这个细作。”

“他是关心你。那个人叫什么、哪儿来的、多大了、做什么的、家里有些什么人，你知道吗？”

“他叫路人甲，地球人，家里有什么人不知道，但是肯定不会有穿着一只鞋子满屋跳的哥哥。”

“我告诉你，他叫Patrick Shin，中文名辛律之，美籍华人，今年30岁，是巴尔的摩一家精算研究中心的负责人……”

“搭了珠珠的顺风车，你们就把他查个底朝天啊？”官瑜感叹，“还有没有一点隐私了？再说，30岁做到一家中心的负责人，也算年少有为。珠珠，帅不帅？”

“官瑜，你别插嘴行不行？这种人怎么会跑到云泽来？事出反常必有妖。”

姜珠渊关了电视，站起来宣布：“今晚不和姜金山说话。”

“珠珠！”

姜珠渊走进厨房：“今天晚上爸妈都不回来吗？那我做饭了。”

官瑜跟进去：“珠珠，你好歹是个营养师，我不要求你做饭和馆子里一样好吃，但也不能淡出鸟来。”

厨房门一摔，把姜金山关在外面。

“不是我做饭清淡，是你非要吃糖基化终末产物。”

“我就不信所有营养师都是你这样，菜烫烫，肉蒸蒸，调料只放一点点。”

“这样能最大程度保留营养。”

“这不是人吃的！”

“真的很难吃吗？”

“珠珠，你饶了我吧。对了，我最近看了一本火得不行的小说，作者是旅英美少女，讲了一个特别美好的暗恋故事……”

“我不爱你看的那些，女主角太美了。我要看那种女主角长得很胖很多毛，仍然有很多帅哥爱的小说。”

“男主角很帅呀。”

“我也不喜欢温柔的男主角。越危险越迷人，就像美拉德反应那样，充满致命香气。”

姜金山咬紧牙关。他和缪盛夏私交不深，可听说车牌号为 8128 的银色捷豹正是属于这位 Patrick Shin，他失态了。他明明记得 8128 当初是老饕门的成少为投得，作为礼物送给“她”，“她”谢绝——然后落到Patrick Shin手里？那他和成少为是什么关系？最重要的是,和“她”有没有关联？

带着一肚子的问号，他拨通了“她”的电话。电话响了十几声才接起来。话筒那边传出一把优雅轻柔的女声：“金山。”

一听到这把声音，姜金山的心都化了，语气也是从未在新婚妻子面前呈现过的温柔：“是我。”

“金山。”那女声轻轻叹了一口气，不疾不徐地抱怨，“这个时间打给我，我很为难。”

姜金山看了看壁钟——这时间她一定和婆婆、女儿在一起：“我有件事……”

“很急吗？”

似乎也并不是那么着急：“我……”

“金山，别这样。”这并不是姜金山第一次毫无缘故就打扰她，但她的语气中听不到一丝丝的不耐，“等我给你打过去，好吗？”

她并没有给他任何余地，挂断电话。姜金山还来不及品尝失落与甜蜜共存的滋味，就听见厨房里一声惊呼。

“怎么了？”他冲进厨房，官瑜抱着小姑子，比出 V 的手势：“刚才珠珠的导师打电话来，说调查结果出来了，珠珠没问题，可以回去上班了！”

有位医生作证，看见姜珠渊在便利店挑选饼干。在比较了几种不同牌子的饼干成分之后做出的购买及赠送行为，虽然不得当，但并不是病人家属所认定的利益输送。所以院方将驳回投诉，明天早上就会出一份正式函件。

“没想到院方态度如此强硬，并没有通过让步来息事宁人。”

“什么呀，是因为这件事没有捅到网络上去。如果群情激愤的话，珠珠就要遭殃了。”

公平永远是真相最好的伴侣。因为明天就可以回医院，连洗澡后的脱毛也变得轻松愉快起来。

“为什么在家里脱毛就容易一些呢？明明是同一种脱毛膏。”她甚至轻轻吹起了口哨。想起刚才秦教授回她的那句话：“为你作证的是肝胆外科的贝海泽医生。”

是他？是他看到了她在选饼干？一刹那，姜珠渊脑中掠过一个场景——便利店里，她在选饼干，他去拿粥……

这个场景好像很早以前就发生过。回格陵后，是不是应该找贝海泽医生道个谢呢？她正想着，手机收到一条来自 146****7774 的邮件。

姜小姐，你好。

托福，我已安全回到酒店。遥湖很美，令人流连忘返。

送你一样小礼物，聊表相识之喜。

后会有期。

辛。

附件是一个 30kb 的压缩包。解压缩后得到一个手机运行程序，名为 24 For Little Princess。

姜珠渊点开，控制界面弹出一行字：“Virtue is bold，and goodness never fearful（美德是勇敢的，善良从来不会感到恐惧）.”

接下去出现一条指令：“Please enter any four digits（请输入任意四个数字）.”

挺有趣。她一边往小腿上涂护肤霜，一边随意地输入了 0，0，0，0 四个数字。

很快在数字下列出等式（0！ +0！ +0！ +0！ ）！ =24。

原来是一个算 24 点的小软件。

不可思议之余，她又换了几组数字，也都很快算了出来。

满心佩服之余，她回了一封简短的邮件。

辛先生，你好。

很美的电话号码。

有缘再见。

姜。

辛律之正在房间里看修复视频。

投影仪发出幽冷的光芒，投射在印有暗黄花纹的墙纸上。影片中的少男少女身形稚嫩、举止生硬；本就有些年头的摄像，连吵闹都蒙上了一层复古的颜色。

“这是太极班在锻炼……那边是……”

“快，拍这边……”

“呵呵，乒乓球飞了，飞了……”

“你们干什么打人……别拍了！别拍了！”

“咦……又在欺负人……我这可是抓住了毕赢同学和曹慎行同学的把柄哪……”

拍摄素材大多是高中生的课余生活，跳跃性很大。根据入镜学生的衣着以及对白判断，拍摄时间是高一下学期到高考前。

他的脸被光影分成了上下两部分。

最后的一段影像只有声音，图像则一直未变。堆在桌上，高高的书山；一晃而过的笔帽，沙沙作响的纸张；飘拂的长发，纤细的手肘。

说话的是一对学生。

“……我喜欢你。你喜欢我吗？”

“别傻了，高中生不能谈恋爱。”

“过完这个暑假，我们就是大学生了。”

"说得轻巧。以我的成绩，绝对考不上你要去的格陵大。"

"我不会去格陵大，我……"

"拜托，不要再谈你那个虚无缥缈的富豪家庭了行不行？"

"你想去格陵大？那我一定让你考上。"

"哦？"

"只要改变你的全市排名，就会提高你我在一个考场的几率。只要在一个考场，就一定能够帮到你。"

"别开玩笑。高考座位是随机排列的。"

"随机也依然有电脑程序操作。有程序操作就有函数指导，有函数指导就有规律可循。"

"你真可怕。"

"一切问题归根结底都是数学问题。"

"所以呢，你要作弊吗？高考是没法作弊的。"

"只要能帮到你。"

"你别给我希望又让我失望。"

"不会。我一定能让你离开云泽，离开那个家。"

"那你发誓。帮不到的话，就去死……"

"死"字不断重复。后面的数据实在无法修复了。辛律之伸手按下了电源键，房间重新陷入一片黑暗。

他沉默地坐着，如同一个黑洞。

七年前云泽二中一共有三十二台公用电脑供教学娱乐使用。其中的三十二块硬盘，有些仍在服役，有些已经坏了，有些旧物回收，有些丢进了垃圾堆。

七年来，他不停地收集拼图、修复拼图，今天终于拼上了最后一块。

拼图所展示的真相，让他沉默地攥紧了拳头。他心潮起伏，如同一头蛰伏的野兽，随时会撕破夜色。

叮的一声，手机屏幕亮起；姜珠渊简洁的回复，令他松开拳头，平复下来。

他起身，灵活地从会客厅走到了卫生间。一面走，一面伸手去解身上的衣服，露出健美精干的身躯。

啪的一声，他摁亮了卫生间的顶灯；突如其来的强光令他微微有些目眩。辛律之眯起眼睛，看着镜中的自己。

曾从雨衣中伸出来的手臂不再瘦削；遮雨帽下的脸色也不再阴沉。他甚至变得眼神明亮，会笑爱笑，露出洁白整齐的牙齿，任谁看了都是一名标准的、温文尔雅的年轻人。

你的眼耳口鼻分开来每一样都和他有八分似。但是合在一起之后就完全不同，还有气质也截然不同。

他在我这里永远有一百分的信任度。

她什么都有，却为了一个无依无靠的孤儿哭得死去活来。

你是说，至少还有个女孩子在意他。她是什么样子？

姜珠渊，武汉大学公共卫生学院营养与食品学专业本硕连读生。读书期间做满六百个小时社会志愿者服务，毕业时考取二级营养师证书，并通过公务员考试，进入云泽卫生局工作。于三个月前入选格陵营养协会研修项目。

她生得很好——体格匀称，仪容整洁，大方而不浪荡，聪明伶俐，有些骄纵，但不失可爱。

殷承导演拍 *Teen Bully* 时，采访过的每个人都承认，她的良知从未受到任何影响，从未随波逐流，一起去欺负死者。

所有的视频都证实了这一点——不仅如此，她还一直维护你，会在你被打时，勇敢地挡在前面，不惧怕任何人的嘘声。

他打开花洒，温热的水柱击打在身上。

今天早上碰到姜珠渊，完全是小概率事件。她出现在酒店，他完全可以选择转身离开。

她值得最大的尊重，不被干扰的人生。

但他还是没有忍住。鬼迷心窍般，他走向签到处，自然地放下手机，拿起会刊，然后离开——果然，她追了上来。

他，竟也任性地想要感受一下她的善意。

当年那场“数学之美”的讲座，他们遥遥见过一面。今天那张脱离了青涩的面庞近距离地出现，并对他的容貌表现疑问和惊奇时，他有些惆怅，又有些欣慰。

没有失望。今天比过去七年笑的，加起来还要多。和她一起吃早餐，玩 24 点，很放松。

算 24 点的小程序，是他一时兴起，写了送给她。他的手机号码后十位，是唯一的十位水仙花数，她也看得懂。

她真的很美好。

如果云政恩回应了她的爱，人生将会完全不同。

第三道 × 凉菜

腊味双拼

姜珠渊回到医院，贝海泽出差了。待贝海泽出差回来，她又和秦勉教授一起去上海参加会议。

既不凑巧，也没办法。有时就是这样，明明不该遇见，却冤家聚头；想要见面，却失之交臂。天气渐渐地热起来，择了七月中的一个吉日，第一医院的肝脏移植研究中心正式挂牌。医院、卫生局与市政府的多位领导都到场讲话，十几家媒体前来采访。年轻英俊的贝海泽医生是院方的宣讲代表，一身深色正装，庄重又不失潇洒，将肝胆外科近年的医学成果娓娓道来。其中取得重大进展的异体移植手术汇报更是大放异彩。他常帮许昆仑给本科生授课，声音低沉，富有感染力；宣讲内容深入浅出，贴近实际，连在场媒体都听得入神。

许昆仑自觉脸上有光。剪彩后，又特地叫他过来站中间照相。

进入中心参观，一位领导问许昆仑："刚才宣讲的贝医生——我记得你们心血管外科还有一位贝中珏大国手。”

许昆仑笑着回答：“他们是父子。贝中珏只有这么一个宝贝儿子，学了医科。业务上很能干，聂未也想要他来着，被我抢到了。”

那位领导便对贝海泽颔首：“你父亲一年会做六十至八十台费用全免的‘先心’手术。对一名时间就是金钱的大国手来说，难能可贵。”

然后又指着某样仪器问：“这是做什么用？”

许昆仑示意，贝海泽便跟上来回答。后头跟着的秘书都觉得奇怪，因为这位领导素来冷漠又严厉，贝海泽竟然入了他的眼，还难得地不怕他，真是初生牛犊不怕虎。

许昆仑心中甚是满意爱徒的表现。晚上在医护餐厅吃的便饭，贝海泽自然要做主要陪同人员。他有一定酒量，人又老实，推不过，很是灌了几杯，只是脸上不显。移植科一名办公室主任才喝了一杯便上脸，兀自逞强；贝海泽竟认认真真地劝他：“脸红说明你体内缺少乙醛脱氢酶，肝脏不能代谢乙醇，不要再喝。有些人不上脸，也可能是等位基因缺陷……”

许昆仑知道爱徒醉了，便推他出去透气。

贝海泽告个不便，出了包厢，松开领带；他脸上发烧，身上却冷。餐厅里冷气开得大，他素来不怕热，只怕冷，就走了出去。

月色甚美，他漫无目的地游荡，竟走到了后厨附近。有个人影蹲在地上鼓捣着什么，身边还有一个圆形容器和一支手电筒，照着身前的窨井盖。他觉得奇怪，便走上前去。走上前去看得更清楚，是个穿T恤牛仔裤的女孩子。

听见身后脚步声，转过来一张戴着口罩的脸，只露出一对浓眉和漆黑杏眼。

眉眼浓烈，是贝海泽最深刻的印象：“姜……姜老师？”

姜珠渊没见过贝海泽穿白袍以外的衣服，险些未认出来：“贝医生？”

两人异口同声：“你怎么会在这里？”

说完都觉得好笑。姜珠渊站起来，摘了口罩——他一身西装加酒味，看来是正在应酬。

“我来取一点地沟油回去做实验。”

贝海泽不知道自己是醉了,还是更醉:“秦教授怎么叫女孩子做这个?”

“不是秦教授，我在内科的研修已经结束了。”如果不是叫她找地沟油，她还真不知道这个天天踩在脚下的东西叫作窨井，是地下管道的交接处，便于地下作业的空间。饭店的隔油池附近，窨井里会有很多餐饮废油混在一起，“这种地沟油就是我要取的实验材料。”

虽知道研修生在医院里处于食物链最底层，贝海泽仍觉得不可思议：“这是你一辈子也不会用到的知识。”

“可是很有趣。”

“你打算怎么做?”

“保安借了我一个开窨井的工具，但是我还没有搞清楚怎么用。”

“不用你做这个。”贝海泽脱下西服，交到姜珠渊手里，挽起衬衫袖口，半跪下去，“撬棍给我。”

“……等一下。”姜珠渊将口罩取下来递给他，“会很臭。还有，手套给你。”

戴上口罩，贝海泽试了试手套：“不行，太小了。”他拿起撬棍，查看了一下结构便明白了该如何下手。姜珠渊要帮他照明，他挥挥手：“你站远一点，等会儿递给你。”

他几乎是毫不费力地就将窨井盖给撬开。扑面而来的是一股无法形容的恶腻腐臭。他屏住呼吸，抽出吸管从尼龙防护网的网眼里面伸出去，吸取了大约两升废油。

姜珠渊没有戴口罩，一靠近，就控制不住地想吐，头也疼了起来。活性炭口罩只有薄薄一层，不知道有没有用，但是看他的背影似乎还算镇定。

贝海泽将窨井重新封好，然后将油罐递给姜珠渊。

“谢谢。我……”

贝海泽的忍耐也已经到了顶点。

“不要跟过来。”

他疾奔到墙角的垃圾桶边，开始大吐特吐。本来就喝了酒，刚才又闻了完全想象不到的可怕味道，他简直连胆汁都要吐了出来。但心底还是挺庆幸，连他都受不了，如果真的换姜珠渊来做——幸好被他碰到。

吐得差不多时，一瓶矿泉水递过来：“漱漱口，会好一点。”

贝海泽接过矿泉水，漱了漱口，感觉好了许多：“刚才喝了点酒。真不好意思。”

姜珠渊见他有所舒缓，又拿湿纸巾给他：“东西我已经放回车上了。你好点没？”

贝海泽本来想问问她要用地沟油做什么实验，但一想到那玩意儿仍然胃部翻腾，就不再追问：“吐出来就好多了，没事。”

“头疼吗？”

“还好。”

其实他也是身娇肉贵的公子哥儿，养到这么大连厨房里的油瓶子也没有扶过一次。

草坪间的地灯照着他的影子斜斜地印在墙壁上；姜珠渊的影子在右边，默默跟着。

“贝医生，谢谢你。”

“总不能叫你一个女孩子去做。”

“你又帮了我一次。”

“啊……上一次，我只是将我所看到的讲出来而已。”贝海泽转头看着她，“朋友都叫我小贝。”

姜珠渊微笑着表示同意：“确实应该叫你小贝医生。”

“你的朋友怎么叫你？”

“他们叫我珠珠，你也可以叫我珠珠。”

明明是很庸俗的叠字，却意外地与她光洁圆润的气质合称：“我知道你回医院了……但营养科说你出差了。”

没想到他也在找她。她想了想，还是将自己的疑惑问了出来：“小贝医生，我们只见过几面，还闹得不愉快——你怎么认定我不会渎职呢？”

“我只是将我看到的事实讲出来。你会不会做这种事情，和我们见过几次面，愉不愉快没有关系。”

姜珠渊惭愧道：“如果我有同等的信任，就不会误会你。”

同等的信任——这话让贝海泽太惭愧了：“女孩子是该有警惕心。再说我那天的表现也确实像思觉失调。其实我本身不是那种人，请你相信我，当时我身边的林沛白医生也不是坏人。还有肝胆外科的医生们，我们都相处得很好。”

“我明白。”

“那就好。”

贝海泽拿出手机看了看时间，姜珠渊以为他要回去，将西服递给他；贝海泽赶紧道：“没事儿，师父不叫我，我还不用回去。你……再帮我拿一会儿，我……醒醒酒。”

姜珠渊一怔，点了点头：“好。”

月色下，两人并肩缓缓而行。

“为什么你的手机锁屏照片是和猴子、猪的合照？”

贝海泽便给她讲异体移植的手术意义：“将万能猪的肝脏成功移植到恒河猴身上……这种突破，使得医生可以在没有合适肝源的情况下，尽量延长病人的生命。有位沙特富豪，就曾经临时将猪肝移植到身上，以等待肝源。”

他的声音一如宣传时那般低沉，富有感染力的同时又多了一份亲切。姜珠渊认真听完，追问了一句：“那猪呢？要多久才能长出新的肝脏？”

贝海泽没有想到她会问这个问题：“现时技术有限，取完肝脏就死了。”

姜珠渊一愣：“那猴子呢？”

“活了两百零八个小时。”他本想说刷新了异体移植的存活时间，但这种突破似乎不适合在她面前炫耀。

也就是说，最后都死掉了：“哦……这样。”

“对了，我在糖尿病专科听到很多关于你的故事。你对病人很耐心，连病人吃什么、怎么吃都详细规定。”

她们测过不同水果的含糖量，并不是只有小番茄才适合给糖尿病病人吃。还有坚果，富含不饱和脂肪酸，对病人很有益：“病人无法控制自己的摄入量，所以最好买带壳的坚果……”

贝海泽接上去：“但是糖尿病病人的黏膜很脆弱，带壳的坚果直接放在嘴里咬碎可能会导致口腔溃疡，所以要用手慢慢地剥来吃。”

“我啰唆起来很可怕。”

“不，你很贴心。”贝海泽把她送到车边，姜珠渊将西服递给他：“我回实验室了。”

贝海泽接过西服：“等一等。我想告诉你……”

基础医学院的病理楼前有一块从泰山顶上运回的巨石。这块巨石没有经过任何雕琢，只刻上了三个字——慰灵碑。

“我听说过。”

“我有个表妹阿玥，她小时候很喜欢采了野花放在碑下。其实那时也不懂，只是模仿大人的做法。等我读了医学院才知道，慰灵碑是用来祭奠所有在医学研究中献出生命的实验动物。”他不需要她的青眼有加，只是希望她能够全面看待，“珠珠，你要相信，现代科学前进的每一步，不会践踏动物的生命，不会违背人类的良知，不会剥夺自然的权利。”

他的眼神坚定而清澈，声音温柔而有力；姜珠渊心下微微震动——他看出了她的腹诽，所以才会说出这样一番话来。

上车后，姜珠渊忽想起一事，探头问他：“小贝医生，你有偏好的香味吗？”

猛然被问到这个，贝海泽一时不知道怎么决定。香味？男人会喜欢什么香味？他从来不用古龙水。他闻了闻衬衫：“还是很臭？”

姜珠渊失笑，摆摆手：“不是，不是。那你有偏好的水果吗？”

“……柠檬吧。”贝海泽轻声加了一句，“你已经请我吃了好几回。”

“什么？”

“没什么。”

“柠檬的香味大家都喜欢。”姜珠渊笑着上车，“以后不会请你吃柠檬了。小贝，再见。”

既然都在医院上班，就免不了还会再见。便利店、电梯前、大厅里，凭他们的交情，见了面姜珠渊会主动寒暄两三句。她常常是一人来去，而他身边会跟着挤眉弄眼的损友两三名；她很怯热，将一头乌发梳成高高马尾，两三绺发丝贴在颈间；医院里温度很低，她还要拿着一只小风扇对着下巴吹。开始实行夏季作息，医护都换了薄款制服，贝海泽在白袍下穿衬衫打领带，发鬓清爽，清凉无汗；姜珠渊见了，不无羡慕：“你真不怕热。”

他想说手术室很冷，你从哪儿来，最近忙不忙，还需不需要捞地沟油，被分配了困难的任务就找我，为什么问我喜欢的水果，是不是心理测验——可是她已经吹着小风扇走了。

她很近，又很远。

贝中珏回家吃饭时说起：“病人看了新闻，个个急功冒进，恨不得每天喝二两红酒心血管就获得新生——新来那个谁——她说平时不喝红酒的人，也不必特别为了心血管健康而培养饮酒习惯。作为研修生来讲，很不错了。”

他知道是她。

她很近，又很远。

他有了她的手机号，存在手机里，迟迟拨不出去。通过电话号码，他加上了她所有的社交账号。她的个人主页常常更新的都是营养知识或者对某处旅游胜地的神往，他想要评论却不知从何说起。他对女孩子所知甚少，也不愿再与邪恶的林沛白交流。他首次留心观察了其他医师——要么有读书时就认识的女朋友，已经进入同居状态；要么和美貌的护士打得火热；

要么在积极地相亲。

在认识异性方面，他们似乎都没有什么困难。他们随时随地都有甜言蜜语，会用无比宠溺的口吻打电话，节日来临时在网上订鲜花，到处找人换值班时间……

可是在他这里，为何就难以突破？

“是人都要吃饭。”他们坐在闻人玥的病床边，魔鬼林沛白怂恿，“约她出来吃饭、看电影、唱歌、开房。”

他不是没有见过她在餐厅用餐。他过去打招呼，她放下手中的小说，对他微笑：“小贝医生。”

他的视线落在封面上：“你喜欢看小说？”

她点头：“放松心情。”

以医护人员为背景的爱情故事。女主角是名医之女，男主角是女主角父亲的徒弟，两人从小一块儿长大，儿时美好总是弥足珍贵，少年时的风雨彼此陪伴。长大后天各一方，又因为命运而重逢。女主父亲的刻意安排，让一对欢喜冤家趣事连连，笑声不断，虽有家世不凡的女二号插足，但还是在众人的祝福中有惊无险地到达了终点。

贝海泽对言情小说一窍不通：“听起来很温馨。”

“暗恋的情感总是很打动人的。文笔很有意思，我第一次看到用毛衣形容黑眼睛。我看完了，你要看吗？”

“好。”贝海泽翻了两页，“看完了还给你。”

可是他太忙了，也确实对小说没耐性，看不出五页必定睡着。倒是沈最很感兴趣：“这本书我听说过，号称 21 世纪最美好的纯爱故事。开什么玩笑？本世纪才过去了不到五分之一。来，让姐姐看看，到底有啥魅力？”

阿玥，我该怎么办？

闻人玥口齿不清：“追……追她……”

你傻呀！烈女怕缠郎，缠住她，她就是你的了。千万不要，不要冷落她。

一开始反应激烈的伍敏反而平静下来，不再干预儿子的事情。只是看他窝在沙发上，皱着眉头将小说翻来翻去的时候，问了一句："最近辛苦吗？"

"还好。"

"不是你爸支持，我真舍不得你也走这条路。"

贝海泽抬起头来，看着母亲："妈，我很喜欢现在的工作。"

"多辛苦呀。"伍敏心疼道，"看你爸，做手术还能撑着，平时腰都直不起来。都是大外科主任了，还要被投诉，说他的坐姿不尊重病人。我只能一遍遍地解释，他脊椎有事，不能坚持很久，请多多体谅……"

贝海泽合上小说。他有伍敏的眼睛和温柔，也有贝中珏的下巴和坚持："妈，有你心疼我们就够了。"

"真的吗？有妈妈就够了吗？"

贝海泽换了个话题："妈，你拿的什么？"

"哦，这个。"伍敏展开手中的画纸，"才六岁的小孩子，已经画得这样好。"

贝海泽接过来："是小病人画的？"他颇有些意外，父亲素来不给人机会送这些东西。

"是啊，托人送到了你爸的办公室。你知道的，你爸从不收这些东西。不过，这次破例。"伍敏意味深长地微笑，"儿子，耐心点，医院是圆的。"

到了八月底，肝胆外科与移植中心的早餐通气会上，贝海泽果然再见姜珠渊。她与三四名营养师跟在卫欣大夫的身后。许昆仑为大家介绍："卫欣将是中心的营养主任，为移植病人做膳食指引。"

卫欣和秦勉的性格相反，清高严厉，语气倨傲："很高兴与各位共事。下面我会结合临床实际情况，就移植病人的膳食注意事项简单地为大家做个报告。请各位医生在与病人及家属交流的时候，务必以营养科的指导意见为重。今天的报告之后，我不希望再出现营养科和临床科室意见相左的情况。"

姜珠渊对贝海泽微微一笑，他也正看着她，眼中满是惊喜。她指了指他面前的早餐，又指了指自己。

营养科除了负责病患的膳食指引，也负责大国手的营养配餐和各科室的早餐会。

她的手势正在表示，今天的早餐内容是由她负责的。

再看面前撒了黑芝麻的太阳蛋，夹着生菜、三文鱼泥、青瓜、番茄的燕麦三明治，牛奶，一小杯杏仁，三片猕猴桃，贝海泽顿时有了一种说不清道不明的感觉，很……荡漾。

他偷偷地朝她竖起了大拇指。

“医院是圆的”，因为她终究会转到他这里来。

卫欣敏锐地捕捉到台下正在暗度陈仓;她自然不会去替许昆仑教徒弟。手一抬，激光笔投向姜珠渊：“请不要因为自己是研修生，就放松要求，还去影响其他人的专注度。”

所有人的目光都齐唰唰地投向了姜珠渊。她肩膀上有一个红色箭头。卫欣素来挑剔，对学生也没有什么好声气，都能叫她去捞地沟油了，当众下不来台更是家常便饭。姜珠渊立刻道歉，卫欣才将激光笔收回。

见姜珠渊被批评，贝海泽更加难以集中注意力;明明知道这样不对，可还是坐立不安。散会后，姜珠渊将一张纸交给贝海泽：“这是今天报告的大纲。”

“谢谢，没想到在这里碰到。”

“我会在肝胆外科轮值四周。”姜珠渊抿嘴一笑。见卫欣教授和许昆仑正边走边谈话，她趁机对贝海泽道，“对了，你现在忙吗？有样东西送给你。”

他确实应该去查房了，但走廊上还有好几名外地来的病人家属等着。一般情况下，许昆仑会看过了这些才去查房，这给了他几分钟喘息的时间:“跟我来。”

他带她到了走廊另一头的开水间。这里有些热，姜珠渊用手扇了两下，贝海泽从口袋里拿出一支小风扇来打开：“凉快点没？”

“你也用小风扇？”姜珠渊从电脑包中拿出一块半个手掌大小、方方正正、包着透明玻璃纸的乳白色固体递给他，“送给你。”

“这是什么？”贝海泽接过来闻了闻，有柠檬香味逸出。

“还记得之前你帮我捞地沟油吗？我们在碱化地沟油时，析出的水溶性脂肪酸就是俗称的皂角，可以用来做手工皂。”

无比恶臭的地沟油居然变成了柠檬香味的手工皂？

姜珠渊似乎看出了他的疑问，笑着回答：“请放心，绝不含有毒物质。而且按照你的喜好，加了柠檬皮进去。我自己也留了两块，用来洗手没问题。小贝医生不要害怕，能将地沟油变废为宝不是很好吗？”

难怪问他喜欢什么香味。

贝海泽不仅不害怕，简直受宠若惊：“怎么突然想起送我这个？”

“不是突然。”姜珠渊耐心解释，“当天晚上就做好了。但是刚做好的手工皂要经过一段时间的成熟期，pH 值降下去之后才能使用。”她将一对洁净的手伸到他面前，“我喜欢的佛手柑也不错，闻一闻心神安宁。”

清冽的佛手柑香味，就是她的味道。真能沉住气，和他见了那么多面，一句也没有提到。

他头一次知道原来手工皂还有成熟期。他大概懂得了她那种对未知的强烈好奇——这是他一辈子也不会用到的知识，可是，真的很惊喜：“我一定会用。”

“我先走了。不然，卫欣教授又要扫射我了。”

裙摆一转，她先走出开水间。

“珠珠。”

姜珠渊回过头来。贝海泽站在开水间门口，好像刚被开水烫了一样，双颊很烧。明明是大眼帅哥，明明穿着象征权威的白袍，可是看上去手足无措，口齿不清。

这种“手足口病”容易传染，尤其是在没有情感抗体的男女之间——

姜珠渊立刻无法发声，手脚也不知道该怎么摆。

“姜珠渊。”他现在的心情，就好像许昆仑第一次在手术台上，将手术刀递给他一样。他敬畏未知，也期待未知，“我们……我，我想约你吃饭。”

她脸红了。他的话令她害羞了，贝海泽心想，这样也不赖。他甚至瞬间心智洞明——能让一贯端庄大方的她片刻慌乱，可见她的心湖也并非平静无波。

他再也不想每次见面都云淡风轻地说些无关痛痒的话题。他想说，那天在便利店，我已经看到了你。

正如手工皂有成熟期，要等 pH 值降下去了才能使用那样——这段感情，在一见钟情的激烈退下去之后，他发现还会持续心跳。

不是我不怕热，是手术室很冷。如果被分配了困难的工作，一定要告诉我。你想去看慰灵碑吗？我带你去。今天的早餐很不错。哦，对了，那本小说，我实在看不下去……

我想学会如何打趣，说很多笑话，逗你开心；在短信、在电话里说很多平日当面说不出来的肉麻话；最渺小的节日都送花、送礼物给你；也许我做不到想尽办法调开值班表去陪你，但我会……慢慢来，慢慢来。

啊，高考结束后做过的那个梦，此时无比清晰地浮现在姜珠渊的脑海。

那明明是医院的便利店。听见了店门打开的声音，她从货架间望出去，看见一名年轻医生整个人靠在玻璃门上，用整条背将门推开，疲倦地卷了进来。他戴着一副无框眼镜，眼下有浓重的黑眼圈。白袍敞开着，里面是格纹开襟毛衫、白衬衣和深色休闲裤。他揉着酸疼的脖颈，目光朝货架扫过来。

“好的。”她轻声回答，“我也想知道……”

想知道什么呢？她对未知有好奇，充满包容，这就足够。

“秀色可餐。”林沛白手搭凉棚，看着窗下吃饭的那对，“啧啧，怪不得小贝最近都不找我们吃饭了。”

沈最闲闲地看了一会儿，努了努嘴，林沛白立刻会意。他们端着餐盘，笑眯眯地走到了贝海泽的身后。坐在对面的姜珠渊抬头，林沛白做了个噤声的手势。

他俯下身去，靠近贝海泽的手，夸张地嗅：“小贝，真风骚——用的什么护手霜？”

整条手臂上的汗毛都竖起来，贝海泽急忙甩开；沈最大咧咧地坐下：“嫌吃的柠檬不够多，还要擦在手上。”

“别乱说。”贝海泽赶紧对姜珠渊解释，“他们习惯了不正经。”之前虽然见过几面，但他还没有对她介绍过这两位朋友——神经外科的林沛白，麻醉科的沈最：“这位是……”

“不用介绍。小姜，别嫌我们两个碍事。”林沛白勾了把椅子过来，“可怜我们这些不正经的，形单影只，吃什么都不香。”

贝海泽瞪着他：“魔鬼，别借题发挥。坐下，吃你的鱼。”

“小贝，你乱发少爷脾气，小姜了解吗？”

姜珠渊笑着将餐盘移开一点：“没关系，一起吃吧。”

沈最目不转睛地看着姜珠渊。她头发很多，从头顶编下来韩式的蜈蚣辫，眉毛很浓，睫毛也很长，眼睛很漂亮——和小贝挺有夫妻相嘛。身材是肉感型……

贝海泽知道她荤素不忌，什么话都敢说；现在眼睛都看直了，只怕正在酝酿什么，只得求饶：“沈师姐。”

“没事，多看两眼又不会怎样。”

林沛白一边麻利地剥鱼刺一边笑：“给别人多看两眼没事，但是给沈最多看两眼可就亏大了。”沈麻醉师有一手绝技是眼角扫你一遍，就知道三围和体重。

姜珠渊吃惊之余又颇觉有趣；沈最似笑非笑地看着她，伸手：“来，姐姐摸一下。”

贝海泽立刻抓起姜珠渊的手腕，逃离禄山之爪：“当心。”这一摸，肌肉、脂肪、血液含量也能估个七七八八。

果然各行各精彩；姜珠渊佩服道：“这样厉害。”

刚入行的时候，摸猪肉都摸了五六年——沈最嗤鼻：“不让摸算了，小贝真小气。”

她端着餐盘站起来：“林沛白，走。咱们找阿玥吃饭去。”

事了拂衣去，深藏功与名。等他们走了，贝海泽才发现自己的手还覆在姜珠渊的手腕上。她的体温比常人高些，印得他手心发烫：“咦，你也戴欧米茄。”

“嗯。”姜珠渊缩回手，“对了，我看到个笑话，不知道笑点在哪里。”

她将手机伸到贝海泽面前。这是网上一套以正弦函数（SIN）和余弦函数（COS）为主角的四格漫画。

“你一直在看这个？”之前看她微博转发了几条，“很冷门。”

“你也看？”

“嗯。COS 问 SIN，这辈子做过坏事没有？SIN 说，做过，七件而已。”SIN 也有罪恶的意思，之前有部电影叫作《七宗罪》。

“《七宗罪》？”她没看过。

“一起看？西城有一家电影院专门点播旧电影。”姜珠渊点头，贝海泽又犹疑。

“怎么？”

“不如看刚上映的迪士尼动画片？”

“都好。”

毕赢围着爱车转了一圈，一条新鲜的划痕赫然呈现在前车门上。

他上车，悻悻地关上车门。

这是本月第三次划车事故。他找了物业，看过监控，这小鬼已是囊中之物，等他想个法子好好来炮制。

云泽来电时，他丝毫不觉自己正在咬牙切齿。那边是麻将牌哗哗推摸的声音，他不由得脸色一沉——这个时间打牌，只怕是昨夜通宵。果然，电话那头响起的声音嘶哑多痰：“老表，利息收到没？”

“收到了。”

“收到了也该给我回个消息。”曹慎行将麻将牌哗哗推进洗牌口，狠狠吸了一口烟，“同学会……是周六还是周日来着？”

“你清醒点！不要总是叫我提醒你做事！”毕赢愠道，“一把年纪还这种烂样。”若不是有表叔曹壮在背后监管，他绝不会把钱交给曹慎行打理。

“西风——老表，别这么大火，我就是有点……”

“能有什么问题？”毕赢看了一眼窗外，冷冷道，“要办同学会，就别畏首畏尾。你负责把云泽那帮同学带到，格陵这边由我和寇亭亭负责。”

“听说姜珠渊现在也在格陵。”他有一个牌友，丈母娘在姜市长家做事，“在研修。”

“嗯？”毕赢眼神一敛，“她回来了？”

“今年刚毕业。回云泽卫生局待了三个月，调去格陵了。”曹慎行道，“老表，要叫上她吗？毕竟……”

“看情况吧。”毕赢突生一计，嘴角噙起一丝冷笑，“先别打了，有件事你帮我处理。”

如此这般说了一遍，曹慎行唯唯作声，挂了电话，看到面前的麻将牌，不禁咒骂：“怎么能都打西风呢？这不是送我归西吗！不打了！”

接着又接到姐姐毕晟电话，无外乎还是天热除衫、天冷加衫的嘘寒问暖：“小赢，你最近水逆，当心呀。”

“水逆？我一辈子都没有水逆过。”

“如果有好姻缘的话，是可以挡一挡的。上次那个姑娘你还在联系吗？叫我说就不够好，以我弟弟的条件，找个司级干部的千金绰绰有余了……”

“有电话进来，挂了。”

进来的是一条坏消息：早前，格陵理工大学信工学院教授胥岷山携娇妻旅游时突觉身体不适，在当地医院做了 B 超，确定是肝内占位性病变。

昨日回到格陵，找了许昆仑做进一步的详细检查。

虽然对方语焉不详，毕赢也知道这事儿只怕不好，急忙驱车赶往医院。

路上却还是免不了想起曹慎行说的话。

他一向抱着敬而远之的态度去处理和姜珠渊之间的“恩怨”——其实有什么恩怨？他并没有错。若是有错，法律早已制裁。

因为殷承的纪录片，他们三个已经被舆论又批判了一轮。应该放手了吧？

没有永远的敌人，只有永远的利益，这是他走上社会以来最大的感悟。无论是人、是神还是鬼，只要有用，他都要会一会。

肝胆外科第一病区，高级病房内，许昆仑正对病人及家属讲解治疗方案：“建议先做介入。”

“等一下。”与沉稳从容的中年病人相反，年约二十三四岁的女性家属十分沉不住气，插嘴，“什么介入？”

许昆仑不答；贝海泽解释介入指在局麻的情况下，通过微创技术，将治疗药物直接注射入病灶，杀死肿瘤细胞，封闭肿瘤的血管：“尽量做到对正常组织伤害最小。”

一番解释十分通俗，想必以胥岷山的工科背景应该听得懂；果然胥岷山伸出手来，拍了拍年轻女子：“洛洛，你听医生讲完。”

白皙透明、柔软紧绷的小手翻过来，紧紧抓住那只遍布老年斑、松弛蜡黄的手，桃红色的指甲油充满活力和娇艳。叫洛洛的女子嘟起嘴：“我又听不懂。我就问，能从根本上治愈吗？”

“效果因人而异。”贝海泽看了一眼师父，见他面无表情，只得解释下去，“就目前肿瘤的大小和位置来看，直接做手术会有风险。所以要先做三期介入，希望肿瘤能控制到适应手术的大小。”

洛洛嚷嚷：“还是要手术？开膛破肚，元气大伤。”胥岷山也道：“许医生，有没有可能保守治疗，吃吃中药？”

病人抵触手术常见。只是像他这样有着工科教授博导头衔、接受过高等教育的人，也会抵触西医，很少见。许昆仑慢慢道："我这不是中医科，也不搞什么中西医结合治疗。"

洛洛又插嘴："不要紧，我妈妈知道好几个知名的养生专家，等下就打电话去拿地址。"

全室沉默。这时突然敲门进来一个年轻人："师父师母，我来了。"

胥岷山见是爱徒毕赢，甚为宽慰："你知道得倒快，过来坐。"

虽是老夫少妻，洛洛的担心不像是装出来的："我还不是担心你受罪？中医好，固本培元。"

"本院有疼痛专科和心理专科。"

她又异想天开："反正都要做手术——为什么不做移植呢？立刻，马上，换一个全新的肝脏给岷山不就可以了吗？"

许昆仑"哦"了一声表示理解："你想换肝，换了肝就可以一劳永逸？"

毕赢殷勤献策："师父师母，据报道，西雅图一个病人换肝后活了四十多年。换肝手术也就四十多年的历史，想想那时候的技术，再想想现在。"

洛洛对他说的话十分满意："对，反正岷山有轻度肝硬化。换个好肝，再活上四十年。许医生，不用担心肝源。"

虚荣肤浅的装扮加上故作老练的语气，令得许昆仑也笑了："嗯，有道理。"

贝海泽知道这一笑不好——许昆仑最烦病人不懂装懂，指手画脚。他正要对病人详细解释诊疗安排时，被一个眼神制止。

"想做移植是吗？好，很好。"

许昆仑转身走出病房；贝海泽道："请再好好考虑。"然后急忙跟上去。

姜珠渊从配餐间出来，腋下夹着记录本，边走边摘下手套。许昆仑的办公室往常这个钟数热闹如菜市，现在却房门紧闭，一帮住院医生都候在外面，唯独不见贝海泽踪影。不一会儿，贝海泽开门出来，紧接着扔出一本病历，砸在他脚下。

贝海泽弯腰捡起病历："还不去做准备？今天 3 床和 21 床手术。"住院医师赶紧作鸟兽散。

性格平顺的贝海泽都会动辄得咎，可见许昆仑多么不易相处。病房内洛洛对丈夫道："这个许医生脾气大得很，我是不是什么话说得不得体？"

胥岷山笑道："没有。大国手嘛，都是有点脾气的。"

"我肯定又开罪人了。"洛洛娇嗔道，"你也不提醒我。"

"真没有。我就喜欢听你说话，特别有活力。洛洛，医生若是对病人脾气大，就说明这病不打紧，还有几年可活。"

洛洛笑着依偎上去："你说的话总是特别有道理，小帅哥医生态度倒是很好。"

"他那是家教使然。"胥岷山笑道，"你别看丹丹在家里疯疯癫癫，出门在外也是斯斯文文、彬彬有礼。就像《红楼梦》中贾母说的那样，不管怎么娇生惯养，在外面是一点礼数也不错的。"

洛洛听他提到女儿胥丹，颇有些无味，又听他说起"家教"，便再不愿在外人面前发娇嗔："对了，我打电话问问老中医的地址。"

毕赢继续在病房里逗留了一阵，很说了些熨帖的话。胥岷山笑着掸掸盖在膝上的毛毯："病既然找上门来，说明我也该休息休息了。公司的事，交给你我也没什么不放心。"只是他手上有个欧拉基金会赞助的科研项目要收尾，少不得在医院加加班了："我会发封邮件给负责人，看是否能推迟验收。"

毕赢点点头："您看哪些人需要我去通知？"

"倒不用特别通知谁，他们消息灵通得很，顺其自然吧。"胥岷山笑笑，朝门口望了一眼，低声吩咐，"你徐师母那边，说是要来……"毕赢反应极快："您放心，我来安排。"

又寒暄两句，他便告辞出来。

通知毕赢的电话就是徐学惠打的。虽是前夫，到底有结缡三十年的情分，听闻胥岷山出事，她心急如焚，又碍于洛洛，不便来探望，就叫学生做了马前卒。毕赢一番盘算，已经有了计划。

他走出病房，恰好看见刚才那位通情达理的贝医生站在紧闭的办公室门口，迎着光，认真看着一张 CT 片。他身边还站着一个头发浓密、体态微丰的女孩子，不知道说了什么，贝医生笑着收起片子，摇摇头。她又做了个手势，贝医生笑意更深，却还是摇头。女孩子耸了耸肩，正要走开，贝医生笑着一把抓住了她的手腕，拉回来："不是不行，只是……"

就在这一拉一扯之间，毕赢看见了她的脸。

"姜珠渊？"他脱口而出。

这是老饕门二楼的一条走廊，它通向一场其乐融融的同学会。

小型宴会厅里一共有五桌筵席，摆成梅花形，欢笑声盛不下，随着走廊尽头的大门打开，一齐涌了出来。

"哈哈，是呀，那时候……真是太开心了。"

"谁来了？……啊呀，是姜珠渊。"

"她来了？"

"我知道她在格陵。还以为她不会来呢……"

"听说是毕赢在医院碰到，邀请她来参加同学会，一口就答应了。"

"是啊，谁能拒绝现在的毕赢呢……"

毕赢正被簇拥着谈笑风生，一见她出现，立刻走过来。他穿着名牌的休闲服饰，发型也专门修整过，活脱脱一个城中新贵。他朝姜珠渊做了个请的手势，语气亲切："过来，我带你见一个人。"

云泽二中高三九班一共有六十一名毕业生。今天来了五十四个人，真是波澜壮阔。

经过一张张熟悉又成长了的面孔，全都在灿烂地笑。

"嗨，姜珠渊，好久不见。"

七年的时间，毫无疑问，她变美了。大大出乎所有人的意料，体毛旺盛、肉乎乎的女孩蜕变成眉眼浓烈、体态曼妙的妙龄女性，不过这也在情理之中：“每年聚会你都不在，今天真赏脸。”

“我们可想你了。”

姜珠渊人缘一般——谁会喜欢和一字眉、一脸凶相的女孩子说话？更何况她还总和令人讨厌的云政恩保持同一立场。

可现在个个好似老友，有着十余年的感情基础：“你这条裙子真好看，是 MiuMiu 新款对不对？”

他们相识于一朵花枯萎都会哭泣的年纪，见过彼此最青春敏感的时光。现在？在这个险恶的钢铁森林中，他们撕咬过人，也被人撕咬过，谁不是闷头哽咽，擦干了泪从头来过？

过去？还是讲和吧。

“听说你是营养师——高端。有没有减肥妙方？”

“看看，看看，营养师就是不一样，姜珠渊还是和十八岁一样，没什么变化。”

“哪有，明明变漂亮了。”

曹慎行倚住椅背，吊儿郎当地歪着，他胖了至少四个码，穿一件绷住肚子的 polo 衫，不同大小、不同材质的手串恨不得从手腕戴到手肘，笑得三四个下巴抖作一团和气：“贵客！贵客！”

很多同学的名字就在嘴边，可是怎么也叫不出来。七年前的分别，他们还是在最后一刻知道了姜珠渊的身份，自然把她的沉默当作矜持，并不以为意。

一名个头不高的男孩子挤过来：“嗨，姜珠渊。”

他很面熟。姜珠渊想起昏暗的走廊外，他对她说过云政恩被欺负：“我们都是外地人，别去招惹他们。”

“你是……”

“霍超群，叫我小霍就行。”他笑，刚才姜珠渊一出现，他就给父亲发了条短信，“我爸说一定要替他带个好。”

姜珠渊突然想起曾经给爸爸开了三年车的霍司机。原来是霍司机的儿子。她在云泽二中读了三年高中，他一直和她同班，明里暗里帮助了她不少，她竟然丝毫不知他的背景："你……"

毕赢继续带着她往宴会厅后方的休息区域走："这个霍超群，一点眼力见儿都没有。"

休息区放着几组欧式沙发，一名少妇背对着他们，侧身而坐。黑亮秀发松松绾起，露出洁白脖颈和纤弱双肩。她声调柔和："小堇听奶奶的话。好好吃饭，吃完饭乖乖练琴。妈咪一定赶回来给你讲故事。"

"亭亭，你看谁来了？"

她收线，扭头，眼神里有恰到好处的吃惊，还点缀着一些喜悦："你来了呀。"

口气熟稔又不失优雅，寇亭亭袅袅婷婷地站起来。

她穿着一件简单到极致的白色连衣裙，浑身上下一件首饰都无，只在左手无名指上戴一只钻戒。

好一个眉目如画、窈窕婀娜的美人，只有她，才堪称青春不老。不，她也变了，青涩的校花，变成了精致的贵妇。

寇亭亭伸出手来："你好，姜珠渊。"

只要是同学，十年之后，你们都是好友。

霍超群考上了北京的一所大学，他的父亲也因姜挺的推荐调到北京，在某国企做车队队长。他读完本科去英国修了个硕士，然后回到格陵。他现在在一家外企做到中层，有一个相恋三年的女友，婚房已经买好："我算什么成功。真正混得好……"

他将目光投向了毕赢、曹慎行和寇亭亭。三人正在低声交换意见，然后毕赢点点头，拿起酒杯，起身。

"静一静，静一静。"他敲了敲酒杯，"既然我是本次同学会筹备委员会主席，那么就由我先说两句。"

宴会厅里顿时鸦雀无声。所有的目光都投向了坐在上席的三人。他们的气色、谈吐、服饰、车匙、头衔，无一不与其他人拉开了好一段距离。

那目光有羡慕、崇拜，也有嫉妒、不屑……不招人嫉是庸才。看到他们混得风生水起，当然有人嫉恨。可是人人都有衣锦还乡的冲动，不然怎么会有同学会这种产物？

“很激动，也很兴奋，在这样一个夜晚，我们云泽二中高三九班又重聚在一起。首先要感谢寇亭亭同学——不，应该是孟太太——提出了举办同学会的想法。”毕赢做了个手势，寇亭亭盈盈举杯，无声示意。

大家齐齐鼓掌。

成绩曾一度冲到全班第二的寇亭亭没有考上大学。她告别了酗酒的母亲，去格陵闯荡。

一开始她租住在母亲的一个朋友家里。这位伯母家庭美满，子女孝顺，人也透着一团和气。伯母的长子做茶叶生意，介绍她去一家高级茶馆工作。不到一年，报上就登出她嫁入孟家的新闻。她的丈夫，是孟国泰第六个儿子孟金毅。

从报纸上得知这一消息的同学们不由得感叹——上天果然还是偏爱美女，给了她一条最轻松的路走。

孟金毅自小痴迷昆虫，尤其是蝴蝶。因为他这一爱好，孟国泰专门设立基金，资助他到处采集标本和科学研究。一个痴迷于蝴蝶的男人，自然也爱他那破茧成蝶的美丽妻子。他们还有个可爱女儿，名叫孟堇，今年六岁。

“毕总不出点血，那可说不过去！”“毕总，赞助了什么？”

毕赢笑了一笑，指了指自己的脑袋：“智慧。将大家凑在一起太不容易，时间怎么排，真比做一本漂亮的账出来还难。幸好地点易乔，孟太太一个电话……”有人挤眉弄眼，无声地笑，寇亭亭倒是镇定自若。“说到做账，本次同学会，当然也需要一个好会计来管费用。”

毕赢家境虽不拮据，却也普通，原做好了勤工俭学的准备，却意外获批一笔丰厚的助学金，令他可无后顾之忧地求学。靠成绩和助学金支持，他得以顺利修完心仪的第二学位并考得专业证书数本。毕业后，他更因表现优异，被胥岷山教授选中做硕士研究生。

胥岷山是工程院院士热门人选已经传了几年，去年因为其婚姻问题被搁置，大约今年是要中选的。他甚是看重才华横溢的毕赢，名下几家公司的账务都交给他打理。胥教授为人宽厚，对身边人更是大方亲善，毕赢可谓是要风得风，要雨得雨，旁人都“毕总”“毕总”地称呼：“叫毕总来管同学会的钱，真是大材小用——那曹总呢？”

曹慎行的书还没读完，他父亲的猪场被划入城建范围，赔偿了一大笔钱。突然成了“拆二代”，还读什么书呢，借了政府鼓励民间资本进入金融业的东风，一家人开始做借贷生意。

借钱这回事，不过是你借借我，我借借你，让资金流动起来，便显得朝气蓬勃。钱有生气，人也精神奕奕。

“巧宗都被他们捡了，我可不就是个出钱的吗！”曹慎行叼着烟笑骂，烟灰掉在肚皮上，有人贴心拂去，“把你们这帮人从云泽拉过来，吃了饭，乐一乐，再好好地送回去。还不贴心？……还有什么？等下老表会宣布。”

“同学会，同学会，青梅竹马来相会；唱唱歌，跳跳舞，拆散一对是一对……”大家哄笑，毕赢也笑，“今天不唱歌，不跳舞，我们做个抽奖活动……”

主席台右边放着一台用红布覆盖住的餐车。毕赢一把掀开红布。

餐车上堆放着许多奖品。有手机、平板、手提电脑、数码相机、金饰——毕赢举起一张十万元的支票：“这些奖品都由我们亲爱的曹总提供。掌声在哪里？”

老同学们更加满意，拍掌拍得掌心发红。

毕赢十分满意此时的气氛。所有人的目光都聚焦在他身上，包括姜珠渊。众星捧月的感觉非常好，他高高举杯，大吼：“为了永远的高三九班！为了永远的友谊！”

友谊这东西，既脆弱又坚固，既漫长又短暂，有时激情四射，有时细水长流。不到最后一刻，谁也不清楚它的真面目。

一名身穿白裙的高挑美女坐在吧台边，手边放着一杯苏打水。

这间位于老饕门地下一层的品酒室内只有她一名客人。为她服务的是一名英俊男子。暧昧的灯光流转中，不知男人说了什么，惹得美女微笑着摇头："Sean，你知道的，Patrick 从来不赞成你这样做。他说成功率很低。"

"谢谢他一直为我收拾烂摊子。"英文名叫 Sean，中文名叫成少为的英俊男子弹了弹醒酒瓶，"律之是一个很有风度的男人。我很高兴因为一场心血来潮的火车旅行，收获到一个好兄弟。"

而寇亭亭，是一个很迷人的追求对象，他会用心感受这份情感。

"Sean，没有人希望你受到伤害。"

"伤害？"成少为笑起来，"琳达，你还不太了解我。哪怕一败涂地，我这颗心也不会受到伤害。爱与恨，我都甘之如饴。"

"我真的不了解你。我想 Patrick 也不了解你。"

"我这双眼睛看人很准。虽说你们是在美国长大的，对待情感却是比谁都更加单纯忠贞。当然不会理解我的玩乐态度。"成少为微笑，"美食入口一刹那的感觉是最无与伦比的。享受当下的心动抑或心碎，就已经很美好。何必一定要一个结果呢？"

"恕我直言，你所有追女生的招数——送花、送车牌、送车、看电影、看烟花、看海——在她身上都无效，不是吗？"

"自私的面目有很多种。在爱情里花样百出，也许我满足的只是我自己呢？再说，杀手锏还没亮相。"他从台下拿出一只酒杯，"律之说过，线性积累会通向最终结果。今晚见分晓，即使失败，也不会改变这瓶红酒的美妙滋味。"

马琳达见他喝了满满一杯红酒之后，又倒了一杯，不由得出声提醒："Sean，你妈妈不喜欢你喝酒。"

成少为脸色一变，声线陡然下沉："别提她。"

“Sean，一个有担当、有胸襟的男人，不应该和妈妈是仇敌关系。”

成少为与母亲代喜娟关系恶劣如同仇人，故而不想继续这个话题，剑眉一挑，话锋一转：“琳达，为什么你比律之更加抗拒美人计？是因为吃醋？”

“同时撩拨两位美女，并不会加大胜算。”门外传来一把沉稳清朗的男声。手插裤袋，辛律之闲闲走向正在交谈的两人，“偷着喝的酒，是不是香一些？”

“Patrick，我没喝酒。”马琳达很高兴看到他，“吃过了吗？我一直说，饭后散步很有好处。”

成少为也大感意外。辛律之说过，他并不欣赏将要发生的一切：“你该不会担心这场同学会，不按照你的剧本进行吧。也许，还会有些意料之外的小高潮。”

不可能。马琳达对辛律之很有信心，只有不了解他的人才会有疑问：“任何可能性都在 Patrick 的计算之内。”

两人齐齐望向他，想从气定神闲的表情中找到一丝波澜。

辛律之刚收到一封来自胥岷山的工作邮件。

这封因病申请推迟项目结算日期的邮件对他全盘计划的影响微乎其微。但会让一个原本不该出现的人，出席同学会的概率由 0.032% 上升到 14.7%。

数学就是这样令人信服。原本风马牛不相及的两个人，两个独立的事件，是否因为种种原因而彼此影响，一切都可以转换为数字，计算概率。

“最头疼数学了。但我应该没有理解错误——这个人仍然有很大几率不会到场。”

辛律之拒绝了成少为递给他的酒，拿起吧台上的遥控器，打开。

吧台正对面的墙壁上嵌着百寸大屏。屏幕亮起，二楼宴会厅里的每个角落都显示得清清楚楚。

老饕门用的是格陵亨安所设计的综合保安系统。该保安系统除了集成传统的闭路电视监控系统、防盗消防报警系统、出入车辆管理系统、门禁管理系统、电子巡更系统等等之外，还有数十条按照客户要求所增改的特殊功能。有些功能很刁钻，比如要求实现一卡通与移动终端简并；有些功能很琐碎，比如要求在成少为的办公室多加两个声纹保险箱。

相比之下，这条功能实在不出奇——将监控系统中实时生成的视频数据上传到云存储，再通过多重加密频道接驳到限定终端，譬如手机、平板、车载电脑，甚至于这间唯一没有监控摄像头的品酒室。

这种系统使得少数几个具有高级权限的股东，可以不受限制，随时随地全方位监控饭店内的情况。尤其是有突发事件需要处理的时候，隐私权似乎就不那么重要了。

“咦，是她？”马琳达走向屏幕，将毕赢身边一个女孩的影像放大，“她也来了。”

“谁？”

“是我和 Patrick 在云泽遇到的一个女孩子。”

辛律之背对着屏幕，放下了遥控器。冷淡的嘴角，慢慢地扬起了一个弧度。

她不是小公主，她是小概率公主。

城市的另一端，古德咖啡馆门口，一个糖果色美女从出租车上跳下来。

她的穿着与城中其他惹火少女无异——紧身 T 恤裹着一对姣好的胸脯，刚到大腿根的热裤，露出两条又白又嫩的直腿。她皱眉望了望咖啡店的招牌：“重新装修了？”

颇有点物是人非。她大力打开玻璃门进去，迎宾问她是否订了位置。

“找人。”

这人好找。五十来岁的年纪还穿白衬衫配休闲外套、喷发胶、修鬓角，自以为风流倜傥，和她四年前离开格陵时没什么两样。

“Hi，Dad.”许度在老父的对面一屁股坐下来，跷起二郎腿，吧唧吧唧地嚼着口香糖，“Long time no see.”

许昆仑被女儿不羁的登场给震住了：“……嘟嘟？”

口吻中的不确定以及否定让许度隐隐不快：“老眼昏花了？去配眼镜啊。死撑着干什么？至少要对病人负责吧。对了，做手术的时候能戴老花镜吗？和年轻女朋友吃饭时，要把菜单拿得很远才看得清，想想就觉得很悲凉呢。”

若是换个人坐在对面，许昆仑一定会有更加恶毒和折辱的应对方式。但这个女孩子，是他四年未见的女儿：“把衣服穿好。”

“嗯？”许度看了看打着脐环的肚脐，“哦，领口滑上去了。”她抓着 T 恤下摆往下拉了拉，露出缀满蕾丝的内衣边，“Perfect.”

“你长胖了。”许昆仑皱眉，“是不是生病？在英国适应吗？”

“我身体好得很，能吃能睡。”许度曲起手臂，“你看，不是虚胖，是实打实的皮下脂肪，不然怎么对抗英国湿冷的天气？小时候长得胖，人家说你有福相。现在长得胖，人家说你是大象。你不觉得人性很摇摆吗？”

“健康就好。但我实在欣赏不来你的衣着打扮。”

许度怜悯地看着父亲：“爸，这种时尚都欣赏不来，还想找‘90 后’女友？不对，是‘蛋蛋后’女友了吧？”她突然又换了欢快的语气：“四年没见面了，谈点实际的。四年你换了几个女朋友？我和妈押了五千英镑赌单双数……”

“说到你妈，她不是去陪读了？”言下之意，她怎么不管你？

许度一摊手：“她不怎么管我……也许是为了，恶心你？”

许昆仑心内五味翻腾：“你妈……她还好吗？”

“很好。”许度回答，“一个性生活和谐的母亲，是不会对女儿评头论足的。在英国每次出门，别人都以为我们是姐妹俩。”

“你……和你妈越长越像了。”

“是吗？妈妈倒是成天说我‘和你爸一个模子里刻出来的’。无所谓了，反正你们从来无法统一意见。”

许昆仑默默地把嘴边的话咽回肚子里，拿起餐单，举得稍微远些才看清上面的字：“点东西吃。你以前很喜欢吃这家的蛋糕，尤其是五颜六色的那种。”

“人是会变的。”许度翻着菜单，“在英国我已经用完了 70 岁以前的甜点定额。我现在看到彩虹蛋糕就想吐。”

在病人面前颐指气使的许昆仑只得放下菜单，又拿起旁边一本英文杂志：“你现在英文水平如何？给爸爸翻译一段怎么样？”

“OK！”无视许昆仑鼓励的笑容，许度张嘴就来，“Hey,guy,how are you?I'm fine,thank you,and you?I'm fine,too! 不满意？还有脏话。同学们都夸我发音标准。Bloody……”

许昆仑缓缓放下杂志，此时他心疼的不仅仅是付出去的学费、生活费。

许昆仑和妻子离婚后，曾有过半年的时间彼此怨恨还要生活在同一屋檐下。

那段时间家里的气氛诡异到了极点。父亲认为应该慢慢地告知女儿真相，让离婚对孩子的影响降到最低。但母亲并不认可，她觉得女儿应该越早知道事实越好，长痛不如短痛。夫妻俩无法达成一致，就各自放胆去实施自己的计划。这种分裂的育儿方式到底给许度造成了什么伤害，还有待观察，但她最终还是接受了父母离异的事实：“我知道爸爸妈妈分开了可都还爱我，我知道爸爸妈妈都不是坏人。其实我们班上有很多同学的父母都分开了，我没觉得自己很可怜。真的，我希望爸爸妈妈都能幸福。爸爸妈妈，你们答应我，我们三个人永远都羁绊在一起，好不好？”

曾伸出两个小手指和父母分别拉钩的小姑娘，现在撇着嘴，双手一摊：“拜托，我也没有做什么出格的事情呀！”

许昆仑揉了揉太阳穴，拿出手机。

“不许玩手机。”许度勾勾小手指，“曾经答应过和我永远羁绊在一起的爸爸，亲子互动十分钟就忍不了了？”

“许度，我们正常说话好吗？”

“等等，”许度做了个制止的手势，“为什么这样不正常？我以为我们有共识，尊重彼此的生活方式。”

“见鬼了，这算哪门子的生活方式？其实我早就发现你的朋友圈不对劲儿，一会儿疯闹一会儿孤僻——许度，你也是二十多岁的大姑娘了，要定性了。”

一句挖苦已经到了许度的嘴边，察言观色后决定收回：“好吧。我一直觉得我们是在虽然不认可，但彼此尊重的基础上对话。既然演变成了鸡汤大会，那我走了。”

许度霍然起身，转头欲走；才走出去两步，正好一名个子高高、手长脚长的帅哥朝这一桌走来，两人打了个照面。

一开始贝海泽还以为小姑娘是师父的新女友，心中暗暗叫苦，再仔细一看：“嘟嘟？”

刚才还在大言不惭表示价值观毫无缺憾的许度瞬间石化。

“真是你，前一阵子我妈还提到你。我是贝海泽，记得我吗？我们一起打过网球。你长高了，壮了，都快不认识了。”

看着这一脸比记忆中更加灿烂的笑容，许度的大脑一片空白。

怎么会不记得？T恤，蛮好再宽一点；热裤，蛮好再长一点——本来是要气气许昆仑，怎会偏偏叫贝海zhé看到？！

许度的拼音学得不好，一直分不清平舌音和卷舌音。贝海泽的名字读一读就成了海zhé，海zhé哥哥，听起来活脱脱一盘清爽脆口的下酒小菜。第一次在网球场见面，词穷的她对海zhé哥哥的印象，就是有一对很大的眼睛，黑得，黑得好像他穿的那件黑毛衣……

虽然这不是他预想中的见面——欣赏着女儿僵直的背影，许昆仑气定神闲地敲了敲桌子：“许度，你还记得海zhé哥哥吗？”

怎么不记得？刻骨铭心。

这个名字，这张脸，这对笑起来有卧蚕的眼睛，这双挥舞过网球拍的手臂，特别是这条曾经背过她的背脊，和青春一起，她编织了最罗曼蒂克的一个梦。

但发梦是发梦，现实是现实，混为一谈只会让气氛难堪。

许度内心咆哮，悻悻缩回沙发深处。在贝海泽看来，开放抑或保守，只是一种着装方式，应该尊重。但见他衣着清爽得体，比她记忆中更加英俊帅气，许度已经颇有些不自在——她抱着手，夹紧大腿，蚊子般哼哼了两声："啊……哦，记得。"

"那怎么不叫人呢？害羞？"

来自父亲的反击，令许度如梦初醒。

她抬起头，对上贝海泽微笑的眼睛："海泽哥哥，好久不见。你好吗？"

"挺好的，谢谢。你呢？"

内心戏丰富的许度，战胜了最初的惊慌，却逃不过这一句 and you。

为什么一句简简单单的问候，也能被他说得如此亲切，直击她心底最柔软的角落？

几度负隅顽抗，却最终兵败如山倒。

"啊……哦，我也很好。"

作为格陵的顶级食肆之一，一道新菜式，一种新风味，往往都是从拥有最好资源的老饕门流传开来。虽然近年来几次传出周转不灵、资不抵债的消息，却一直未有颓势，反而在小道消息中越做越大，足以见证其在格陵饮食界的地位。

"来来来，吃菜。"

既有寇亭亭等人做赞助，在大家的预想中，菜品必然精益求精。没想到凉菜过后，头四道热菜却是当年食堂的经典菜式——没有牛肉的土豆烧土豆，只有番茄的糖醋里脊，胡萝卜、笋丝、木耳、泡椒为辅料的鱼香肉丝，还有咸香鲜嫩的卤鸡腿。上过了这四道菜，才是标准的宴会菜式。

这样四道平凡的菜，混在其他的富贵菜品当中，显得有些不伦不类。

毕赢说了祝酒词，率先起筷，将一筷子鱼香肉丝夹进了姜珠渊面前的菜碟。

这般出位的殷勤，事先毫无预警。寇亭亭与身边人寒暄，眼角却掠向姜珠渊，看她反应。

出乎意料的是，姜珠渊没有狼狈或表示厌恶。淡定自若的表情，仿佛天生就该有人随侍左右，添酒布菜。

家教果然不同常人。这份端庄过一分，便是矫情，少一分，便是轻浮，但她偏偏分毫不差，浑然天成。也难怪她今日肯出席了。

菜甫入口，姜珠渊完全地愣住了。有一刹那，她甚至觉得自己回到了高中的课堂——上午的最后一节课，离下课还有三分钟，老师转过身去板书的那一刻，下面是一片饭盒从课桌里拿出来时磕碰的声音。

在食堂的菜式中，她最喜欢的就是鱼香肉丝，每餐必吃，自然对味道十分熟悉。难得的是，现在尝到的口感居然和记忆中的丝毫不差。

人通过形、声、色、味、触五感与外界交流。这五感与大脑之间有着非常神秘而复杂的联系。仅仅一个身影、一段旋律、一片色彩、一种味道、一种香气，都可能会触发大脑不同区域的记忆重播，继而心潮翻涌，感慨万分。

“卤鸡腿？这卖相，倒是和食堂夜宵一模一样。”曹慎行丢了一片鸡腿肉在口中，大嚼，“味道，似乎也没什么分别……”

这怎么可能？上天下海，国内国外，他吃过很多好东西，怎么还会觉得这样一只平淡无奇的鸡腿美味？虽说是平淡无奇，可是当年为了能买到限量供应的卤鸡腿，他会蛮横地插到第一位去，又或者去抢最弱小的同学，拿到手就迫不及待地大咬一口。

现在好吃的东西太多。只要肯付钱，什么不能吃个最新鲜？唾手可得，反而失去了那种掠夺的快感：“卤鸡腿的师傅来老饕门了？”

原来这四道菜大有乾坤。除了寇亭亭，大家纷纷下筷：“……真是和以前一模一样的味道。”

就算同一种味道，于不同的人，便有不同的回忆。所有人的脸庞，都蒙上了格外不同的动人光彩。

同学当中也有几个眼界开阔的，此时才明白了寇亭亭赞助的分量。老饕门之所以能成为格陵的顶级食府，除了拥有最丰富的食材资源、最出色的厨师团队之外，还有两项迄今没有被任何竞争对手所复制的特色餐饮计划——“万食如意”和“味·道”。

“万食如意”与主打珍稀食材和分子料理的“味·道”不同在于，走的是人文关怀路线。只要是曾经存在过的食物，只要你点得出来，它就能做，而且做得一模一样。无论你要吃的是小时候未拆迁那条小巷子里的糖画儿，又或者和初恋在路边吃过的胡辣汤，甚至是过世外婆做的一碗菜肉馄饨，它都能给你丝毫不差地复制出来，盛在记忆中的炊具里。不管你要求的是山珍海味，还是家常小炒；是垂涎欲滴，还是难以下咽——哪怕你的味蕾已经千锤百炼，照样能吃出当年的心境。入口那一刻，你就会五感全开，深深折服。

与一桌丰富的佳肴相比，只会吃到各种莫名骨头的炖土豆、酸倒牙的糖醋番茄，被好奇地夹了几筷子之后，便再没有人动过。当然，这两道菜也确实很糟糕，每每命运都是被边吃边骂。

这四道风味各异、有褒有贬的菜，正分别代表了高中回忆中的嬉笑怒骂、喜怒哀乐。

寇亭亭嫁入孟家之后，随婆婆一起吃素已有五年多。本次菜单由成少为帮她设计，他这人颇有情趣，一桌菜攒出来真正是雅俗共赏，主次分明。雅有蒸苏眉，俗有佛跳墙，主有鸡枞菌蒸宣威火腿，次有枸杞拌苦菊，荤素菌类各占三分，不仅满足了大部分人的口腹之欲，也兼顾了营养搭配。

这样丰富一餐下来，最后一道糖水又是普通至极的手搓实心小汤圆，水果汤头清甜，正好抵掉那一点腻。

寇亭亭不过略动两三样，又舀了碗甜汤慢品。有同学攀谈，她便柔柔回应一句。当然有人对她显赫的夫家好奇，想打听豪门秘辛，她倒是有问必答。你说是官方说辞吧，有些细节非自家人不会知道；你若要探究个中深意，却又滴水不漏，更难得的是全无半点招摇。席间众人络绎不绝地敬来敬去。寇亭亭滴酒不沾，一概都笑着推辞："别扫了大家的兴，随意一些吧。"

仗着酒意，有人说起胡话来："亭亭真是嫁得好……不知道有没有青年才俊介绍给我们？"

"我留意一下。"

"那可说定了呀。"

"听说孟家有位孙小姐今年二十有六——这么大的家业，肯定要招上门女婿吧。"

"一辈子都不用奋斗了，当上门女婿也不亏。"

"那怎么能行？生了孩子自然还是要跟男方姓。"

说得好似孟家的孙小姐是市场上的猪肉，随便他们挑选。寇亭亭心中促狭，若是叫孟薇听到——不，她一辈子也不会听到这种话，因为她永远不会和这类人接触。衣着土气，筷如雨落，推杯换盏，故作熟稔，甚至有些已经头顶半秃，脸孔蜡黄，腰身粗壮，哪里有半分朝气蓬勃的样子。

她记得第一次上孟家去吃饭，孟薇从头到尾没说话，只最后闲闲地对孟金毅讲了一声："六叔，爸爸说饭桌上能看出一个人的出身，我还不信呢。"

寇亭亭当时被这句话刺得心内大痛。等她排除万难成为了孟家人，回过头来想想，真是完全正确。

三代富有，才能出一个上等人。毕赢和曹慎行？还早得很。其他人？下辈子吧。

毕赢对她举杯示意；她亦举杯，杯沿轻轻一碰。

"亭亭是怎么收服老公的呀？讲出来大家学习学习。"

寇亭亭笑而不答。每个人的幸福都不可复制，说得清楚那不叫缘分，而是缘故了。

寇亭亭与孟金毅从相爱到结合，是一部标准的韩剧。目前只放到九十二集，后头大概还有几百集。剧情都是可以预想到的家长里短，小打小闹，最大的惊险不过是常有的桥段——婆家对她一直颇有些看不上。但那又如何？她的从容不迫带着些认命的哀怨感，是最惹人怜爱和敬重的地方，也是孟金毅不顾反对一定要娶她的重要原因。

“那是，亭亭的命真好。”

在毕赢看来，寇亭亭过得好是天注定，因为她一向善于将外界的雷霆雨露都化为自身的养分。公共场合她是孟家的儿媳，温柔贤淑；但私下里，当你有个常年不在身边的丈夫时，难免会散发出一些独特的光彩，引得飞蛾前仆后继。

但她一向懂得拿捏分寸，所以仍然是个完美的儿媳、妻子和母亲。

“说起来，亭亭这也是第一次参加同学会哪。”

“孩子年纪太小，很黏人。”寇亭亭笑着回答，“等她上学，我就轻松了。”

嫁入豪门的寇亭亭在第一时间就切断了和过去的一切联系。可恨有人多事，要拍一部反映校园欺凌的纪录片，为探究所谓“施暴者”的后续人生，先是找了毕赢和曹慎行，然后试图联系她做采访。

婆家的出面拒绝，并不能阻止这部获奖作品掀起轩然大波。

所谓受害人的生命永远定格在了十八岁，施暴者却毫无芥蒂地过上了幸福的生活，这是广大网络义士最深恶痛绝的社会乱象之一。社会乱象之二是受害者毫无隐私可言，施暴者却因为所谓的人权被保护。

很快他们的信息都被公布在了网上，更有知情者发帖，提到了七年前施暴者的家人在网上引导舆论，往受害人身上泼脏水，说得有鼻子有眼：“这位在格陵有一份体面工作的某某女士表示，人都死了，怎么能阻碍她弟弟的前程……”

毕赢狂打电话找她商量，她不得不再次求助于婆家，求助于大嫂。孟金贵的夫人杜丽聪并未帮她大规模删帖，而是集中处理了信息泄露问题。一周后，民怨烧得差不多了，义士们又去搔别的痒处。

杜丽聪的过人之处不仅在于借助女权运动塑造了寇亭亭“怀璧其罪”的形象，而且想到了更深远的问题。

“无风不起浪。你是否得罪了什么人而不自知？不解决这个源头，将来依然会有麻烦。”

云政恩是孤儿，怎么会有人替他出头？一切一切的开端，就是殷承那部横空出世的纪录片。她私底下请人去调查这部纪录片的背景，甚至也查了毕赢、曹慎行、姜珠渊和缪盛夏，却没有得到任何线索。

从这件事抱团开始，寇亭亭、毕赢、曹慎行就成了利益共同体。也正是因为网络风波所带来的一口浊气无法排解，促成了今天的同学会。

“那姜同学呢？”见她手指光秃秃的，浑身上下一件贵重首饰也无，颈上还挂着高中时期的项链，“有交往的对象吗？也是某家的公子？”

“姜同学的男朋友可是出身医学世家。”毕赢早已查过贝海泽的背景，“外公是大国手，父亲是大国手，舅舅是大国手，师父也是大国手，贝海泽医生前途无量啊。”

“啊？不会吧？贝海泽？怎么可能呢？”隔壁一桌似乎有人不相信，但渺小的质疑声被掩盖下去了，寇亭亭倒未搭腔。

“有这么厉害的男友，以后还少不了要姜同学帮忙了……”

姜珠渊微笑：“别，最好永远不找我。”

话中的意思，有人明白，有人糊涂。有人揣着明白装糊涂，也有人揣着糊涂装明白；霍超群将话题岔开了去：“哎呀，问女同学，问来问去也不过是恋爱婚姻；男同学们的事业做得如何，那才有意思。毕总，介绍一下成功经验嘛，莫不是也要说你的成功不可复制？那曹总，曹总发达总该想着点同学们。”

笑声此起彼伏，寇亭亭也微微地笑了。

也许，是她小题大做；也许，是有人意气用事。她已经是孟家的一分子，还能够调动这许多资源来针对她的，也就只有……

想到这里，她去看姜珠渊；没想到后者也正在看她，眼神在空中交汇。

她们都长大了，不会像以前那样，针尖对麦芒。要说的话，要表达的意思，都在菜里。

再糊涂，吃过了这顿饭，也请做个明白人。人生苦短，该吃的，都是美食；该记住的，都是快乐；既然新恋情里的男人十分完美，生活只会越过越好，就请不要再回过头去作茧自缚。

所以，请勿再提云政恩。

第四道

×

凉菜

手撕杏鲍菇

酒酣面热，见大家吃得差不多了，毕赢走向主席台，将气氛推向一个小高潮："在抽奖之前，让我们先来一段美好的回忆之旅——大家还记得以前的'放风'运动吗？"

所谓的"放风"班，真实名称是课外兴趣小组活动。为了响应减负的号召，云泽二中为高三以外的班级硬性规定了一个小时的课外活动时间——每周一、三、五下午第四节课结束后，学生在操场和体育馆自由活动到食堂开饭为止。跑步、做操、打球、练太极——凡是不会造成骚乱的体育活动，大可以随便玩。

这种活动虽然只是流于形式，但在一定程度上也缓解了学习压力。以至于现在云泽二中的运动场上仍然刷着"锁上教室一小时，劳逸结合一辈子"的口号。

方才吃到熟悉的味道时已经有人想起来了，现在更是响者云集："怎么不记得？我就是在‘放风’时学会的小擒拿手。”

“胡扯吧你，我还灌过篮呢！”

“那时候就亭亭一个人有 DV。每次我们开始自由活动，亭亭就会拿出来拍。”

“哎呀，多珍贵的记录。不知道还有没有留下来？”

“毕总这样说，一定是有准备啦。”

“不会吧？那时候的录像还保留着呢？哎呀，真是羞死了！”

就连姜珠渊都不免动容。毕赢很满意自己看到的反应：“本次回忆之旅，由我们美丽动人的孟太太亲自剪辑和配乐。掌声在哪里？”

嫁入豪门后境界格外不同。先是“万食如意”，然后回忆之旅。寇亭亭收获的掌声明显比曹慎行更加有分量。

服务员将顶灯全部关上，打开投影仪，幕布也缓缓降了下来。全场屏息中，毕赢按下了手边电脑的 Enter 键。这台电脑是他带来的，早已经调试好，却没有立刻响应——也许是因为待机太久和无线投影仪断了联系，幕布上仍然一片蓝色。

毕赢只得在服务员的帮助下重新连接网络。耽搁一两分钟而已，无伤大雅。他扫了一眼台下的同学——大家的注意力都在即将播出的视频上，除了姜珠渊，她正埋头摆弄手机。

影像连接成功，舒缓的背景音乐响起，开始播放。这时候姜珠渊也已经发完短信，抬起头来。

片头便已经做得很精致。在校歌的背景乐下，首先出现的是一块黑板。黑板上写着密密麻麻的数学公式、化学符号、物理图解，一只手伸来将它们全数擦去。紧接着，所有人在校友录上留下的登记照，四张一起，快速而随意地出现在黑板上，定格几秒，然后被风卷走。

记得人名不算本事。厉害就厉害在于，每张照片旁边不仅配了人名，还配了当时的外号，又或者特征，没有一个重复。

一个班级里，总会有那么一个四眼、胖子、瘦猴、长毛、痘神、大头、长腿、小白、老黑……曹慎行在看到自己的照片上配着几道青筋，外加“恶霸”的外号时，嘎嘎地笑得极响。

这一份用心实在值得赞叹。

姜珠渊的照片一开始便出现了。她那登记照拍得不好，眉毛几乎连成一片，一脸凶狠。即使这样，头上也用粉笔画了一道王冠，旁边写着“小公主”。她没有任何感觉，只是默默地看着，直到所有的照片都放完，黑板上写出了“二零 ×× 年 × 月 × 日至二零 ×× 年 × 月 × 日，云泽二中高三九班的青春记忆”的粉笔字，预示着正片开始。

虽然照片出现消失得很快，就像过去的记忆一样。

但总有那么一两人是你特别在意，便一直期待着他的出现，想知道他的外号或者特征是什么。毕赢是“学霸”的话，那么他就应该是“天才”。

直到放完，她才确定，并不是没来的人没照片，而是只有云政恩的照片没出现。

古德咖啡厅里，许昆仑和贝海泽师徒两个把许度丢在一边，激烈地讨论起手术安排来。待两人达成共识，缩成鹌鹑样的许度才被记起：“职业病发作，六亲不认。”

许度怔怔地咬着叉子，浑然不觉两块彩虹蛋糕已经落肚。贪吃的娇憨模样落在父亲眼中，更加确定她天性未改，只不过闹脾气罢了：“许度，你怎么看？”

“什么？”

他们聊工作，许度做听众，除了收集素材外，对四年未见的父亲以及贝海泽有了更进一步的认识。

离开格陵之前，她对父亲和贝海泽最后的印象是暴戾师父和老实徒弟。现在发现，徒弟的性格虽然温柔平顺，但不是毫无主见。相反会在自己坚持的事情上，据理力争。而颐指气使惯了的师父居然也能从善如流。

是因为父亲老了吗？懂得择善固执，无疑又给贝海泽的人设加了分。

真奇怪，以她从许昆仑处继承的挑剔毒舌性格，怎么重逢不到半个小时，所看到的全是优点？

“我问你有什么打算，毕业了，是不是该找个工作？”

“你是不想给赡养费了吧……”许度脱口而出，然后立刻想起贝海泽还端坐一边呢，“啊……哦，我会找的。”

在工作性质上父女俩又产生了分歧：“我不喜欢朝九晚五的工作呀！”想到加班更是要人命。

“做两年就习惯了。”

“为什么要去习惯会让我不自在的生活方式？我喜欢待在家里，现在很多工作在家里就可以完成。”

“自在？你这叫自由散漫。这件事我会和你母亲谈，生活费我会继续给。但你一定要找份工作，不然就继续读书，总之不能在社会上游荡。”

贝海泽见父女俩谈的是家事，道：“我还有点事，先走了。”

许昆仑一把按住他的手腕：“先别走，我有件事要你帮忙。”

贝海泽拜入他门下也有五年多了，虽然两人也有过争吵，有过不和，但他发自肺腑地越来越喜欢这孩子。也说不清楚是哪一天突然就有了这样的念头——如果他做我的女婿会怎么样？嘟嘟因为受到父母离婚影响，有敏感多思的一面，正需要温柔体贴的贝海泽包容；贝海泽隐藏的娇骄二气，又和嘟嘟的活泼直率互补。

天作之合。

许度回来前，他也曾将两家结秦晋之好的心思侧面透露给伍敏。伍敏倒是一副无可无不可的态度，表示要看两个孩子有没有缘分。许昆仑别的没有把握，伍敏介绍的那些相亲对象怎么能和自己的女儿相比？

心里想了千百回，许昆仑迟迟没有展开行动的原因也很简单——每个孩子都会有两个叛逆期。一个发生于青春期，一个发生于求偶期。家长乐见其成的好婚事，孩子反而会抗拒。尤其是许度今天这鬼样，他也不可能硬生生地将亲子互动变成相亲现场，而是迂回地提出希望他们之间建立起

“传帮带”的联系。

“‘传帮带’？松紧带？什么玩意儿？”

许度没工作过，哪里知道什么叫“传帮带”——“传帮带”指的是先入门者与后入门者之间一种传授、帮助、带动的关系。贝海泽也毫无把握，他和许度专业不同，能起到什么作用？

“专业不同不要紧，‘传帮带’不一定非要同行业。”贝海泽比许度大四岁，已经掌握了精湛的医学技术，可以独当一面，不仅在病人当中有着良好的声誉，同事之间也留下了不错的印象。不管从哪方面来看，都是个完美的年轻人，“我希望你能够在起居饮食、生活态度、为人处世等方面多指导指导她。”

“你觉得我不尊重你的立场和观念，想必是因为我年纪大了，和你沟通不良。如果有个年龄相仿的榜样，会不会好一点？尤其是在你说不想工作、只想窝在家里之后，给你一些正能量是迫在眉睫了。我相信你妈也会赞同我的做法，只是要辛苦海泽了。海泽？”

许昆仑的画风在专业医务剧和八点档家庭温馨剧中转换自如，可怜纯真的贝海泽上过林沛白的当也没有学乖，各种狗血大戏毫无对战经验，只能被推搡着上前线：“这个……既然师父信任我，我没有意见。”

街上传来一声闷响，许昆仑对许度道：“你呢？我可以放心把海泽交给你，而不用担心海泽被你带坏吗？”

许昆仑笑里藏刀，刀刀对准女儿。想必许度会反弹，但他有信心镇压下去。而他的信心，正来自许度面对贝海泽时的那一点小女儿情态。

出乎意料的是，许度并没有激烈反对。她手中的叉子跌落在盘中，发出清脆的响声。整个人如同中了定身咒一样，双眼发直，嘴唇微张。

“许度？”不要这时候给他发个羊痫风啊。

许度瞪着一双大眼，语气微慌：“爸，你刚才说什么啊？”

“我说，‘我可以放心把海泽交给你，而不用担心海泽被你带坏吗’？”

贝海泽笑道：“不会，这点定力还是有的。”

许昆仑拍了拍他的肩膀，表示嘉许。

许度猛然捂住嘴，一对黑溜溜的眼珠如同银盘上的乌丸，滚来滚去。

天哪！这一定是巧合！

否则不能解释为何她写在小说中的对白和动作，竟然真的会被面前这一对原型给演出来！

恰好远处又传来一声闷响，许昆仑皱眉：“什么声音？没完没了了。”

许度闷哼：“你不懂，是次元墙被打破的声音。”

“什么？”见女儿不想和他交流，许昆仑道，“你不说话，我就当你同意了。你们两个不要以为我只是说说而已，我要看到许度的变化。她不受教，要打要骂都可以。”

什么，还会从养成模式升级成调教模式——难道只有她一个人在想这些有的没的？！次元墙打破后许度的大脑也跟着涌入大量冗余信息，纷纷扰扰地没听清许昆仑的后续补充，只记得最后她乖乖地跟着贝海泽从咖啡馆走了出来。

重见天日的许度一脸茫然，贝海泽道：“师父他是真心为了你好，我从未见过他对任何人、任何事这么婆妈。”

许度忙着想少女心事，脱口而出：“他心里只有采阴补阳。”

天哪！许度你在胡说啥？！

贝海泽只当她童言无忌。都说医者父母心，父母也都有一颗医者心，想要治好子女的顽疾：“事不宜迟，咱们一鼓作气地把准备工作都做好。我带你去健身房报名。”

许度心内一紧：“不去健身房啦。我身体很壮实，不需要锻炼。”

“哦？”

她举起小臂，拍了拍肌肉：“我可以空手开所有瓶盖。”

贝海泽失笑，扫一眼她的人字拖：“车停得有点远，你介不介意和我走一段？”

许度耸耸肩，表示无所谓；贝海泽便迈开长腿走在了前面，许度紧紧跟上。才走出十来米她便觉得不对——贝海泽走得大步又利索，她只得加快双臂双腿摆动频率。

这是什么？医生的速度？她的小短腿是父亲遗传的，那许昆仑在医院怎么走路？手刀前进？

“喂，慢点……”

贝海泽置若罔闻。百米之外是一座行人天桥，他一步跨过三级台阶，轻盈矫健；许度只得张着嘴继续追随。

她可不愿意被抛在后面那么狼狈，不然在他眼中真成了毫无社会责任感、只知道“采阴补阳”这种猥琐字眼的“啃老族”。

她只顾着跟上脚步，浑然不觉身边街景改变。直到贝海泽在一台蒙迪欧前停下，气息平顺：“到了。”

“你很赶时间……”她直起腰，再一看，他们不就在古德咖啡馆的斜对面吗？！没有不许横穿马路的标示，为什么要绕一个大弯过天桥？她激动地伸长手臂，指着街对面，“你……”

贝海泽伸手搭上了她的脉搏，抬起腕表。

“快走不到三百米，就气喘吁吁、浑身冒汗、心速加快、脸色潮红。身体的状态最能说明问题。你真的需要锻炼了。”

嘴上说不要，但身体的反应很诚实嘛——等一下，许度你在乱想什么？！

看来她不是那种一味驳嘴的小孩子。从刚才到现在，两腮时不时就是气鼓鼓的，嘴上倒没有非要占上风，就是不知道到底听没听进去。

哪怕从来没有受到过来自父母的教育，还是会慢慢显露出和父母相近的表情和性格来，这就是奇妙的遗传现象。

面前这副抿着嘴唇、眼球用力的缄默表情，还真是和师父面对难缠病人时的反应很像。

“你说话啊，你要是听进去了，给我一个反应。”不能总把沉默当作同意，贝海泽做了个 OK 的手势，“嗯？”

许度扭脸看着别的地方，右臂还是慢慢地抬了起来，做了个 OK 的手势。

虽说人之患，在于好为人师，贝海泽还是油然而生一股“孺子可教”的感动。

“上车吧。”

上车后，他拿了纸巾和水给她，擦了汗，喝了水，许度还觉得热，又不好嫌他空调开得小，干脆整张脸凑到出风口上去……

一条披肩递过来：“坐好。系上安全带，不要对着冷气吹。”

“不怕。在家里都是这样吹，没关系。”

贝海泽将车倒出去，耐心解释：“局部温度骤降，会导致血液循环不畅，容易造成头晕、头疼甚至面神经麻痹，俗称面瘫。”

什么？吹空调和面瘫？将这样的因果联系起来，叫她以后怎么写面瘫角色？如何速成令万千少女腿软的面瘫男？每日只需直面空调四小时——许度你够了！不要一紧张就胡思乱想！

“以后我们要经常见面，”贝海泽边开车边和蔼道，“如果你不愿意说话，做个 OK 的手势就可以了。长大了反而变害羞。”难道还是与父母离异有关？思及此，贝海泽又深感冒犯，“其实也没有什么不好，不要怕在我面前说错话。”

那是因为人家的狂野奔放都用在小说里了啊——许度你真够够的了！

她披上披肩，强压绯红纷乱的心绪，做了个 OK 的手势。

孟堇正是爱用母亲化妆品、穿母亲衣鞋的年纪，故而常常跑进寇亭亭的衣帽间玩耍。小孩子有模有样地涂口红，穿大人衣衫是超级可爱的事情。寇亭亭常常跟在女儿身前身后用手机录像，同时也是为了防止她把化妆品吃下去、被衣物上的亮片和首饰上的珠宝划伤，又或者扭伤脚什么的。

奇妙的是，孟堇从来不会动寇亭亭的高跟鞋。她只喜欢妈妈和她婴儿时期的衣物放在一起的、一双过时的缎面平底鞋。也许是因为鞋上有熟悉的气味，也许是因为这双鞋子和她穿的芭蕾舞鞋很像，总之女儿与母亲真是心灵相通，那双鞋也是寇亭亭的心头爱。嫁给孟金毅之后，她穿过无数美妙绝伦的高跟鞋，出席过无数富贵华丽的场合。但最爱的始终还是这双陪伴了她整个高中时期以及怀孕期间的缎面鞋。

每个女孩大概都有芭蕾梦。寇亭亭没有学过，格外向往。这双鞋鞋跟处有两条长长的粉红缎带，可以在脚踝上绕两圈，然后系一个蝴蝶结，走起路来悄无声息，随时都能踮起脚尖，翩翩起舞。

她记得姜珠渊说过，小时候学芭蕾，拉筋最痛苦，练了半年，怎么也不肯进行下去。钢琴、国画、古筝，都是半途而废。说这话时她还笑嘻嘻，手里拿着各种零食。

生活，有些人软弱却唾手可得，有些人完美却要拼尽全力。

命运给的第一个提示是什么？是痴迷于酒精和赌博的妈妈不知道从哪里拿回来一台在当时来说还挺新潮的数码摄像机。

第一次取景，取景框里的每朵云都沉着脸。镜头朝下移，框住了正在操场打太极的十几位同学。有人注意到了拍摄的存在，向日葵般唰唰地转向镜头，原本懒散的动作齐唰唰地变得精神起来。

很难说他们是喜爱镜头，还是更喜爱拿着 DV 的女孩子。寇亭亭一向享受着众星捧月的待遇，不觉得这有什么。但她很快发现，镜头转向谁，要么直接逃掉，要么突然精神面貌焕然一新。总之就是比平时更加认真，这让她终于觉出了一点趣味。

平时如果有这种镜头压力，就会更加认真地对待人生吧。很快寇亭亭发现，这部 DV 不仅仅可以用来记录课余活动，还可以用来记录最真实的同学交流。她在教室内回放视频，下定决心，要做生活的导演兼女主角，其他人只是配角和过客。

所有人都目不转睛地盯着屏幕，为大屏幕上的青春重现或惆怅或感慨或激荡。

姜珠渊的心底也是五味杂陈。这段视频做得相当精致，从配乐到剪辑，简直是半专业水平。

但是每个镜头都没有云政恩，好像他从来没有出现过一样。视频播放了二十来分钟，真的一个镜头也没有，无论正面或背影，剪得干干净净。

也许是她太挑剔？高中生活明明不是这样，不是表演小擒拿手的赞叹，不是灌篮后的击掌庆祝。她明明记得这部 DV 记录了无谓的殷勤，云政恩叫她接过 DV，拍他教寇亭亭打乒乓球；记录了羞辱和殴打，毕赢对曹慎行耳语几句，后者就笑着助跑，飞起一脚踢在云政恩的后背上；记录了云政恩的隐忍和超脱，站起来，拍了拍衣服上的脚印，然后去捡球拍；记录了她出来阻止时，被曹慎行扯着衣服，甩到一边去；记录了其他人的麻木和大笑。

她倒在地上时，看到寇亭亭不知何时已经又拿起了 DV。

“刚才你们做的事情都录下来了。怎么办？呵呵，我这可是抓住了毕赢和曹慎行同学的把柄哪……”

从片头开始，就暗示着这段回忆之旅会完完全全地剔掉云政恩。用食堂的菜式试探大家的心理，然后删掉了云政恩的登记照，现在又将他所有青春的印记都剪掉。是不想暴露他被欺负的过去，还是不想沾上死亡的晦气？

其实也有几段素材很温馨，老师在场，云政恩难得没有被欺负——这些回忆难道不能放出来？就忌讳成这样？

不，不对，打乒乓球这段还是放出来了。不过只有寇婷婷将 DV 交到她手中，让她拍摄的情形。下个镜头就是大家都在笑，好像高中生活无比幸福，能和彼此做同学，是多么的幸运——可他们明明笑的是云政恩被曹慎行按在地上暴揍，换了舒缓的背景音乐，调慢播放速度，就想呈现出相反的氛围！

“怎么了？”霍超群察出了姜珠渊的不安。

“没事。”她的披肩放在贝海泽车上了，这种寒冷，也不是多穿一件衣服就能解决。

有人在啜泣，因为感动而流下眼泪才正常？难道只有她一个人在怀念云政恩？或者他们已经改过自新？大家都踏上了新的人生之路？思绪纷纷涌上心头，堵得她胸口一阵刺痛。

自私自利的寇亭亭变了，变得贤良淑德、优雅端庄；暴躁凶狠的曹慎行变了，变得大方豁达、热心快肠；刻薄阴郁的毕赢变了，变得平易近人、谈笑风生——你自己不也变了吗？冲动骄纵的姜珠渊不也一直尽力想变得从容不迫、利落干练吗？

为了保证不会出现某个死人的镜头，整部片子毕赢已经看过几遍，惊喜和激动要比其他人少得多。这场同学会的效果比他预期得还要好——连怀着最大怨气的姜珠渊也列席，过去的那件事情还有什么可担心？

他瞥了一眼左手边的姜珠渊。她的父亲真是个窝囊的政客，自己两袖清风也就算了，连子女也不帮扶。听说姜金山混到现在也不过是个清水衙门的小科长。

但是，她真比以前漂亮了许多。就是胖，应该减肥，不过，手感应该很好。

视线朝下探索，停留在她的一双手上。白嫩小巧，看不见的地方应该也是同样软滑细腻，这种幻想令他心旌神驰……

毕赢绝非没有冒险精神，七年人生路的顺遂让他胆子横涨。

美人在侧，他一面看着大屏幕，一面悄悄倾身。

若在平时，眼神的侵犯已经让姜珠渊警惕；但今夜她的感官受到了巨大冲击，麻木了许多。

她几乎都要被自己说服，他们已经放下过去，自己也不应该耽于过去。她几乎都要相信，几乎都要感动，高中生活原来是这样相亲相爱、其乐融融的，没有人受过欺凌，没有人溺毙在湖中。

视频快结束了。有人擦干眼泪；有人心绪难平；有人浑然忘我；有人得意忘形。

就在这时，整晚的气氛出现了第一个转折——画面一暗，正如恐怖片的效果，视频被粗暴切断，出现了灵堂的照片及哀乐！

花圈当中簇拥着一张遗照，这张遗照用的正是云政恩的登记照。帅气的面容严肃冷淡，永远地留在了十八岁。这追悼会大家都参加了，鞠过躬，流过泪，是他们第一次知道生命原来如此脆弱，死亡原来不远，想必还有人记得。

曹慎行“啊”的一声怪叫；毕赢浑身一颤，差点跳起来；寇亭亭的脸上闪过了一瞬慌张，立刻暗暗用尽全力抓紧餐椅边缘。

不像恐怖片的发展，死者穿着破旧的校服从幕布中爬出来，对着老同学挥一挥手，将宴会厅变成了炼狱。诡异可怖的画面只是一闪而过，立刻回到了正常的情节；但短短两秒已经足够印在每个人的视网膜和心上。

迟钝一点的女孩子终于喊了出来，立刻截住，慌乱地张望，想要获得共鸣。

在湖中掷下的石子，让不安和疑惑慢慢扩大，四下响起窃窃私语。

“你看到了吗……是云政恩……是他！”

“好可怕……”

“是故意这样安排的吗……前面都没有他的镜头……”

“故意也不会放这种照片哪……”

“是谁在恶作剧……”

“报应啊……”

霍超群也吓了一跳，他们这一桌离屏幕最近，受到的冲击也最大。他不相信世上有鬼神之说，但刚才发生的事情绝不是全体发癔症。他看向姜珠渊，然后愣住。

真真切切，她面上有泪珠流至腮边。

对照其他人姗姗来迟的不安，寇亭亭、曹慎行和毕赢早一步收起了慌乱的表情，强撑着要看完最后半分多钟。

谁也不能保证不会再出事，但他们也束手无策。现在去关电源，要怎么解释？之前的心血岂不付诸东流？还有接下来呢？接下来怎么办？毕赢不敢再看幕布，而是盯着寇亭亭；后者面色略显阴沉，正在发短信；另外一桌的曹慎行更是如坐针毡。

一分钟对于心怀鬼胎的人来说，太长；对于心不在焉的人来说，太短。诡异的镜头没有再次出现，视频结束后，全场一片死寂。突然，响起零星的鼓掌声，很快发现不合时宜，像被卡住了喉咙一般死寂下去。

毕赢知道寇亭亭在召救兵，而自己也该上去主持大局。他慢吞吞地站起来，走上主席台。

说话前，他伸出手，使劲将电脑合上，大力地按住，仿佛这样就能阻止冤魂出来索命。怎么解释？也许应该不解释。最后审查视频的是他，电脑也不曾假手于人——但谁知道呢，现在科技如此先进！是谁？是谁和他过不去！目光扫过台下众人，个个看起来慌张而茫然。特别是曹慎行，一副沉不住气的傻逼样！

只有姜珠渊。姜珠渊不见了……她去了哪里？

可惜没有时间想更多。想让大家都忘记刚才的事儿，就得按照原定计划继续下去。

“现在，就是众望所归的抽奖了。”声音干巴巴的，毫无诱惑力，毕赢不得不提高声音重复了一遍，尖锐刺耳，“……抽奖！”

这一遍终于得到中等力度的掌声。

电脑抽奖是一早安排好的，但他现在不敢打开电脑。

“抽奖前……大家先放松一下吧！有没有人自告奋勇地上来表演个节目？”

哪里放松得起来？一时间没人动弹。毕赢的目光一遍又一遍地扫过众人，姜珠渊的位子空着……去哪里了？

他点了几个人，却都摆着手讪笑，不愿上台。他本来耐心有限，加之刚才也受了惊，头脑一热，融化了一直以来的伪装。

“什么玩意儿？不卖艺就想拿奖品？今天之所以来也都是因为有免费奖品吧。现在心里想的都是赶快拿到好处就走人？”他阴恻恻地冷笑，“是不是还要我道歉，招呼不周？”

“你们有没有想过自己的人生为什么这样失败？没有可靠的爹妈，还好吃懒做。拿到这十万元又怎么样，够买什么？还不是拿去挥霍？可笑，我为什么要浪费时间应酬你们这种一辈子都不会有出息的人……”

这种刻薄言论，和他之前的风趣谈吐实在相去甚远。就在全场都震惊于毕赢的双面言行时，宴会厅的门开了。

两个人逆着光影站在门口，看身形，是一男一女。那男人做了个手势，让女士先入，自己随后走进来，关上投影仪，打开所有灯光。

灯火辉煌，大家看清楚了不速之客的容貌。

“成少为！”

他本人比杂志封面更立体好看。凡是第一次看到他的人，总不免要先注意那双迷人的眼睛，流盼之间，仿佛吐诉情话。眼睛如此漂亮却没有掩去挺鼻和薄唇的风采，再配上挺拔的身形、潇洒的举止，在场的女性无不心旌荡漾。

“太帅了……”

姜珠渊回到了自己的座位上，霍超群见她面孔清冷，迅速耳语几句。她没有说什么，抿了抿嘴。

她刚才出去洗了个脸，冷静地想了想。今晚一出接着一出，是为了改写大家脑海里的高中记忆。他们始终没有忘记，也没有改变。刻意的回避和掩饰，正是深刻的证明。

既然如此，她是不是也该投桃报李，送点意外给他们？

成为全场目光焦点的成少为走到寇亭亭面前，优雅地半蹲在她面前，就像一只温驯而美貌的黑狸，等待主人命令：“需要我做什么？”

他的眼神中满是爱恋，也不避人，看得在场异性都陶醉不已，也不免有人窃窃私语。

“看来传闻是真的……”

“寇亭亭都结婚生子了，也不知道看中她什么……”

“听说他的口味一向杂得很……”

“真不知道避忌……”

过得太顺遂，毕赢已经不知道挫折为何物，才会使得他在出了岔子之后，根本没法控制局面，甚至口不择言。寇亭亭轻轻对成少为说了一句话，他点一点头；寇亭亭想了一会儿，又对他附耳几句。他又点一点头，便起身快步离开。

不一会儿，他亲自拿了一个大红色抽奖箱过来，箱中嗒嗒作响。他拿出几个乒乓球给寇亭亭过目，寇亭亭点了点头，难得地舒缓了神情。

毕赢看到这里，再蠢也明白接下来该干什么了。

“哈哈，刚才只是激励大家……”他知道圆不了场，索性放弃，“大家把自己名字写在乒乓球上，抽奖正式开始！”

“什么？”第一个反对的是曹慎行，“不是电脑抽奖吗？怎么变成了乒乓球？这，这公平吗？能抽得好？”

毕赢不方便暗示，只得强力镇压：“少安毋躁！”

成少为亲自给大家发乒乓球和签字笔。有几个女孩子从他手中接过了乒乓球，还贴在脸上陶醉了一会儿；大家纷纷将名字写在乒乓球上，再交给他。

“这样才最公平。”有人嘟哝，“我们公司年会一直是电脑抽奖，大奖从来抽不中普通员工。”

“幼稚，只要是抽奖，永远有办法做手脚。”

“五十四个人，二十七份奖品，50% 的中奖率，我就不相信……”

曹慎行叽叽歪歪地不愿意动笔。寇亭亭叫成少为过去，附耳一句；成少为回到曹慎行那一桌。

“由我代劳吧。”

低沉稳重的声音颇具有说服力；在大家的注视下，成少为在乒乓球上写好了曹慎行的名字，放进抽奖箱，然后将装满了乒乓球的抽奖箱拿上去给毕赢。两人握了握手，他随即下来，在毕赢的座位坐下。

姜珠渊擦了擦手上的油墨，不免好奇地看了这传说中花一百六十万元投车牌的浊世佳公子一眼。

没想到成少为也正在看她。两人有一刹那眼神接触——他的眼睛远看如春日一般多情，近看却似夜海一般深邃，无时无刻不在对外散发着撩拨的信息。

霍超群对姜珠渊低声道：“再好奇，你还是和成少为保持一点距离的好。”

“怎么了？”

“他可是情场狙击手，例无虚发。目前瞄准的那位，你应该猜到是谁了。”霍超群道，“为了人家的太太举办同学会鞍前马后，这是一种什么精神？总不见得是人道主义。”

“他不知道寇亭亭有老公吗？”

“啊，这个嘛。”霍超群还是一如既往地饶舌，“孟金毅是跟着蝴蝶全世界跑的，已经快两年没回过格陵了。”

台上一共有二十七份奖品，按照价值高低排列整齐。包括十二颗三克左右的金珠红绳、五部数码相机、四部手机、三部平板、两台手提电脑和一张十万元支票。毕赢不想再在抽奖上出现任何差池，也顾不得是否得体，直接兼顾了主持与抽奖两职：“抽奖开始！”

他伸手进去拨了好几下，乒乓球在他手中咕噜噜地转动。这些人写下名字，装进抽奖箱，现在又一脸渴望地看着他开奖。那种被瞩目的感觉重新回到了毕赢身上。

不可能再有差错。他抓住一个乒乓球，高高举起。

“第一个抽到的是……”他大声念出上面的名字，“云……”

怎么会？！怎么会是云政恩？！他不敢相信自己的眼睛，但白色小球上明明白白地写着“云政恩”三个字。

毕赢蒙了。紧接着一股怨气从脚底一直冲向天灵盖，活着不能反抗，死了还想翻浪！他紧紧地攥着小球，然后猛地砸向一边。

“真是晦气，抽到个死人！”他阴沉地看向台下众人，“看来有人不喜欢今天的奖品，自动放弃了抽奖的权利。”

赛璐珞圆球弹性很强，小小橘球在台上强力蹦弹了好几下，落向了姜珠渊。她伸手去接，却碰到了成少为的手。他接住了乒乓球，然后递给她。

毕赢确定这些废物当中，有一个专门来作对。人选太明显，不作第二个想，只她有作对的本事。但他不相信，不相信还有第二个！就算有第二个，也没有再次抽中的几率！他快速地从抽奖箱里又抓出一个乒乓球，激动得几乎看不清楚，球又差点脱手，好不容易镇定下来，翻来覆去地看，确定是个正常的名字。紧绷的精神一下子放松，念名字时他几乎咬着舌头：“……上来领奖！”

七年来，他的运气一直好得惊人。想要打垮他，想都别想！

一面说，他一面将乒乓球抛了下去。宴会厅铺着厚厚的地毯，小球直接滚进桌下，那位同学只好爬行进去捡起来。

“是我，真的是我！”他高兴地跑上台，从毕赢手中接过系着红绳的金珠。毕赢拉着他，来了个大力的拥抱：“恭喜恭喜！要不表演个节目？开玩笑啦，下去和曹总干一杯！”

曹慎行喝了敬酒仍然一副不忿的嘴脸。

现在已经很像一出荒诞剧；姜珠渊攥着小球，心湖一片风暴过后的平静。真没想到第一个就中，她原以为会在毕赢更加不设防的中途被抽到。这个乒乓球是她授意霍超群写的，她的还在抽奖箱里。

抽奖仍然继续着，一个接着一个，抽出来的都是活蹦乱跳的人。毕赢的气色渐渐恢复，将一个个中奖的乒乓球都抛下去取乐。曹慎行喝了不少，胡喊乱叫："大奖！大奖！臭手，叫寇亭亭抽！"

早就说好了，大奖一定是抽给他，然后再捐出来做下一次同学会的经费。他要享受这种众星捧月的感觉。但刚才狼狈至极的毕赢还能相信吗？关键时刻还是一直表现镇定的寇亭亭比较可靠："寇亭亭！寇亭亭！寇亭亭！"

正准备抽出最后十万元大奖的毕赢停下在抽奖箱里拨弄的手，脸上笑着，心里却咒骂了千万遍。方才成少为和他握手时，已经将曹慎行的乒乓球悄悄放在了他的口袋，他当然会在最后"抽出"曹慎行。何必沉不住气？！

这种抽奖毕赢主持了很多次，如何玩猫腻也很顺手，贸然叫寇亭亭上来，出了差错怎么办？真是比猪还蠢！

看来孟太太是众望所归，在曹慎行的带领下，大家都在喊她的名字，就连成少为也笑着鼓起掌来。

毕赢不得不顺应民意："那么，就由孟太太替我们抽出最后一个大奖。"

深嫌曹慎行多事的寇亭亭，也不得不站起来，袅袅婷婷地走上台去。

突然有人发声："如果抽到自己怎么办哪？"

不可能。她厌恶一切抽奖活动，也不需要这些东西。所以乒乓球上随便写了姜珠渊的名字。

最后大奖必然是曹慎行，不然以他现在的情绪，恐怕要当场闹事。

钱赚了不少，可是一喝酒就原形毕露，贪婪、无知……

她端庄地笑着，将手伸进抽奖箱。毕赢笑着凑过来："一起搅一搅，我也沾沾豪门的喜气。"

寇亭亭的笑容并没有一丝波澜。等毕赢的手拿出来，她又搅了一会儿，才拈出一个乒乓球。

大家都屏息等着最后的结果；曹慎行更是冲向前去；乒乓球却突然脱了手，蹦跶一下，咕噜噜地滚下台。姜珠渊离得最近，抢在成少为前面将乒乓球截住，捡起来。

“是谁？是谁？”众人纷纷伸头去看，又哑了一般地缩回。醉醺醺的曹慎行过来一把抢去，又好像被烫着一样立刻扔掉：“云政恩？怎么可能？！怎么可能又是他！”

姜珠渊拿着乒乓球走上台去，对呆若木鸡的毕赢和面无表情的寇亭亭微微一笑，拿走了话筒。

“相信大家已经明白毕总、曹总和孟太太的良苦用心。有些人不仅仅需要放在心里缅怀，也需要付出实际行动。这个奖，就由我来代领。”她自行拿起支票示意，“我会以全班同学的名义，将这笔钱捐给云泽福利院。谢谢，谢谢大家。”

同学会草草结束。

瘫倒在沙发上的曹慎行已经完全被酒精给控制住。他确实有钱，而且钱来得很快、很容易，区区十万元可以不在乎，他要的是尊敬、面子和绝对的支配权。姜珠渊的举动真像往他嘴里塞了一把苍蝇般恶心。

寇亭亭为了安慰他，表示会另外开张支票给他，叫他忍耐——他忍不了！他就要他的那十万元！绝不给死人！

“其他人快滚，姜珠渊给我留下来。”

磨磨蹭蹭的霍超群发现姜珠渊真的没有离开的打算，不由得暗暗担心。

他当然不觉得姜珠渊是碍于曹慎行的淫威所以不走：“我们……我们对他们来说永远是外地人，别招惹他们。”

“没事，你先走吧。”

霍超群无言，拉过椅子坐下。

“你留在这儿，我还要分心照顾你，走吧。”姜珠渊见他似有所触动，问，“怎么？”

“姜市长第一次和云泽矿主座谈，对我爸说了一样的话。”

姜珠渊有震动之色，又缓缓低下头去，摸了摸白皙的脖颈，复抬起头来，已是一派平静。

“走吧。”

品酒室内，辛律之坐在一张正对监视器的沙发上。

科技进步，过去的影像能通过视频修复而重现；而现在，宴会厅里发生的一切都能实时传递到眼前。

“我不明白，这有什么好看的？”马琳达走到他身后，双手轻轻搭在他肩上，“她太年轻了，不该这么轻率地留下来。”

辛律之伸手摩挲她白皙的手指：“别这样老气横秋地说话，你比她大不了几岁。”

“是吗？”马琳达抽出手来，摸了摸他的头发，“我怎么觉得已经过了一辈子了呢？”

宴会厅里只剩下毕赢、曹慎行、寇亭亭和姜珠渊四个人。姜珠渊和寇亭亭相对而坐，曹慎行坐在稍远处的麻将机边，毕赢站于一旁，将手搭在他肩上，时不时拿起一枚麻将牌摩挲。寇亭亭掩嘴轻咳，略带嘶哑的声线撕破这诡异的气氛。

“太晚了，先走一步。孩子要睡觉，找不到妈妈会哭的。”

毕赢冷笑：“孟太太，这个夜晚已经完蛋了，不在乎多毁一个孩子的美梦吧？”

寇亭亭皱眉，嘴唇轻抿，似在忍耐什么，然而很快神色如常：“本以为会是一个美好的夜晚，无奈有些人就是见不得别人好过。”

闻言，毕赢恶狠狠地望向姜珠渊，那笑容既狰狞又扭曲：“不知道自己惹恼了什么人吧？我劝你还是收敛点。今时不同往日，我们可不怕你。”

马琳达捂住嘴，打了个哈欠。

“都是陈词滥调。”她伸手摘下辛律之耳内的蓝牙，“今天是农历十六，月亮会很美。你应该出去看看月亮，别老是对着屏幕。”

辛律之竖起食指，做了个噤声的手势："让我看完。"

"怕我？"姜珠渊出神地望着寇亭亭膝上的某一点，"为什么？亏心事没填补上？"

"亏心事？笑话！"毕赢厉声道，"胜者为王，败者为寇，游戏规则从来没变！承受不了压力就去死，难道还要怪我？如果同样的事发生在我毕赢身上，我还能爬到今天的位置！姜珠渊，你睁开眼睛看清楚，我才是第一名！"

寇亭亭并不喜欢毕赢狐假虎威，但也确实心有不甘："姜同学，说说看，我很想知道你是怎么做到的。"

很简单，她拜托霍超群一起，在乒乓球上写云政恩的名字："五十四名参与者，二十七份奖品，50% 的中奖几率，至少会抽中一次。第一次就抽中，真是小概率事件。可能是上天也看不过去，所以最后又让寇亭亭抽中一次。我在想，如果曹慎行也上去抽奖，会不会抽中不存在的第三个？"

就是这样？寇亭亭隐隐觉得哪里不对，但又说不出来。曹慎行的乒乓球是她叫成少为写的，直接交给毕赢，毕赢又在她抽奖前塞给她，她不小心脱了手被姜珠渊捡起来然后被偷天换日……不，脱手之前，她就已经看到了上面的名字，是因为看到名字才脱手……是谁？是哪个环节？

毕赢鄙夷道："你根本就算错了。呵，真可笑，我居然和蠢货讨论数学。"

高中的概率知识，此刻却被姜珠渊娓娓道来，无论对错，也是间接反映那个人的影响永远存在，而这种影响恰恰是他们处心积虑想要消除的。

"你想让我们相信，今天晚上发生的事情，都是巧合？"

"你他妈的放遗照是想恶心谁？"一直未出声的曹慎行突然大吼脏话，引得寇亭亭频频皱眉。

通过今天晚上的事情，姜珠渊可以确定无疑，这一切的背后，有人在操纵。

她本能地不愿意毕赢等人在她之前找出答案。但也无法全盘承认，只能避而不谈："巧合也并不止这一件吧。*Teen Bully* 采访了七名同学，虽然面部和人名做了处理，但我想大家都知道是谁。而这七个人，不多不少，正是今天缺席的同学。而且他们都因为各种各样的原因，在纪录片大热后离开了格陵。"

因为在采访中说了真话，所以被迫背井离乡，原本殷承导演的助理告诉她时，她还半信半疑。而今天在同学会上的所见所闻可以确定，欺凌还在延续。

旧事未清，又添新债，毫无悔意："你们想借这场同学会去改写所有人的记忆？做一盘假账出来，就认为可以骗过所有人？"

说者无心，听者有意。毕赢脸色黑沉，有一瞬间的心虚，但很快恢复镇定："所以你今天不是来参加同学会，而是来看我们是否受到了报应。哈哈，你应该看得很清楚……"

他们可是凭着实力和机遇，一步步走到了同龄人不可能达到的高度。如果有所谓的报应，他们就不会是现在的风光样子。

"对，我看得很清楚。"姜珠渊嗤了一声，"我看得更清楚的是，七年了，你们一点长进都没有。"

原以为他们社会化后会生一些人性出来。可是很显然这七年，他们增长的只有财富与地位。无脑冲动的曹慎行、狐假虎威的毕赢、作壁上观的寇亭亭，都不过是披着成人外衣的高中生而已。

"是吗？你也没变，还是一副道德至上的模样。说到底，和你有什么关系呢？你就不能像其他同学一样，放下，过你自己的人生吗？"

姜珠渊一摊手："两者并没有冲突啊。好好地活着，但如果有机会揭晓真相，我也不会放弃。这样说吧——直到现在，我依然不认为云政恩是被欺凌就去自杀的人。但有件事我一直没想通，最希望他是意外溺水的，应该是你们。可是你们丝毫没有往这个结论努力过。"

姜珠渊目光如刀，一一扫过毕赢、曹慎行和寇亭亭。

"是你们也都承认自己恶毒到要人命的地步，还是说——意外也和你们有关？”

曹慎行突然挣脱开毕赢，冲过来，抓住姜珠渊的肩膀使劲朝下扳：“支票留下来，你滚。”

感觉辛律之肩膀一紧，马琳达疑道：“Patrick？”

一张嘴喷着恶心的酒气。姜珠渊咬着牙，冷冷道：“毕赢，把你的加减乘除牵好。”

未几，毕赢阴阳怪气的声音响起：“老表，别忘了她是谁的女儿，就算是快要退休了，烂船还有三千钉，更何况她身后还有缪盛夏。”

曹慎行嘿嘿怪笑起来：“管她是谁的心头肉，我就是要动一动，又能怎样？”

辛律之霍然起身。

“Patrick！没有必要。”

是，没有必要。

从第一次见面开始，理智就一再提醒他，会有更好的认识她的方法，会有更好的解决困局的方法。

但不知道为什么，一旦她牵扯在内，他总是只能听从最直接、最快捷的思路。

“我可能要做一件错事……”

他一眼看见茶几上的酒杯，拿起来，仰脖喝了一半。

“不要去。”

“毕赢会主动让我离开。”他将另一半倒在手上，然后扔掉杯子，“我会带她出来。”

“你可以试试看——今天动了我，明天会有什么好事等着你？”姜珠渊冷冷道，“以暴制暴虽然很低级，但偶尔用一用也会觉得很痛快。”

闻言，毕赢瞳孔缩了缩。用手挡住视线，寇亭亭嫌恶道：“别吵了，姜珠渊，你走吧。钱我们不要了，以后也不要再见面了。就当大家没有做过同学，彼此放过吧。”

“老表，我不怕缪盛夏，也不怕姜挺。你们要是怕，现在出去，我一个人扛！”

辛律之大步流星冲出酒窖，快速解开衬衫扣子将手上的残酒擦在脖颈和锁骨上。做完这一切时，他已经到了楼梯前。

他考虑过他们之间最好不要再见，可她却再一次出现在不该出现的地方，还主动卷了进来，这使得他不得不改变自己的想法。

“老表！寇亭亭，现在是她不放过我们。”曹慎行道，“你还不明白吗？纪录片也和她有关，一而再，再而三，真没想到啊，姜珠渊，你这种大家闺秀也会鬼鬼祟祟，做这么多见不得光的手脚……”

“比你们在水里下药更龌龊吗？比你们扒云政恩的衣服更下流吗？和那相比，不管是谁干的，我都觉得太温柔了。”

曹慎行骂起了脏话。

辛律之三步并作两步登上楼梯的同时扯掉一对袖扣，朝旁一摔。成少为闪身出来，一把牵住跟在辛律之身后的马琳达，将她拉到一边，低声道：“他还说我莽撞？”

“Sean，阻止他！”

“他能随心所欲做的事情太少了。”成少为回答，“我将很乐意为他收拾一次烂摊子。”

曹慎行扳着她的肩膀，用力一甩。姜珠渊跌坐在地上，发丝散落。

“你以为我们会乖乖地任你捉弄吗？尽管放马过来吧，看看谁玩得过谁！”

她脑中突然灵光一闪；可是未待她捕捉到那一点灵光，宴会厅的门突然被推开。

一个衣衫不整、头发凌乱的男人靠着门软瘫瘫地将自己甩了进来。在看清了宴会厅的空荡之后，他使劲儿摇了摇头，又摇摇晃晃地朝他们走过来。

他脚步飘浮、语气轻佻，看来醉得不轻：“真是无情啊，不等我就散场了。”

自变量会引起因变量的变化。闯进来的这个陌生人，每句话、每个动作乃至于容貌、身形、衣着，所传递的信息，会引起房间内三个人的不同反应。综合精力、习惯、情绪、性格、学历、地位、背景，并不难得出他们可能的反应范围。根据因变量的慌张、好奇、怀疑、抗拒，及时调整下一步。

一切问题，归根结底都是数学问题。

除了小概率的姜珠渊。

醉酒男子脚步飘浮地走了过来，弯下腰，修长的手指滑过茶几边缘，拿起一个滚落在此的乒乓球，旋即一个脚步不稳，跌坐在姜珠渊脚边，曲起长腿：“只剩下你们了……好好陪我。”他靠着沙发，指指自己挺拔的鼻尖，笑。

这男人明显是喝醉了，袖口挽起，衣襟半敞，一身酒味，走路歪斜踉跄，说话颠三倒四。

要说毕赢、曹慎行和寇亭亭是披着成人外衣的高中生也确实小看了他们。他们已经不是和姜珠渊同窗三年都看不出她身份的新手，而是欺软怕硬的专家。什么人能随便欺负，什么人能给点苦头吃，什么人绝对不能得罪，这种见风使舵的能力可谓是炉火纯青。

毕赢紧紧盯着他的一举一动，常与理工精英打交道的财经新贵，精明地嗅出了他身上所笼罩着的顶尖人才特有的气场。

寇亭亭缓缓移开挡着视线的手，凭借美貌与心计跻身上流社会的孟家儿媳，敏锐地觉察出他掌控着庞大的金钱和权势。

曹慎行也不禁打量起他来，头脑简单、四肢发达的暴发户，所看到的是精壮身躯下，肌肉和骨骼所蕴含的强大力量。

总而言之，这人无论智慧、权势、金钱还是力量，都绝非泛泛之辈。

这也许就是为何成少为在宴会厅外安排了人，却还是让他误闯进来的原因。人影在门外一晃而过，寇亭亭知道是有人去通知成少为了，稍稍放下心来。

剩下的问题就是——他是谁？

似乎感应到了她的疑问，闯入者抬起头，瞟了一眼寇亭亭。

在过去的生命里，她还从未收到过男人如此冷淡的眼神。

寇亭亭一时间竟有些无所适从，紧接着便是一层酸意慢慢涌了上来。须知孟金毅的大哥，见多识广的孟金贵在第一次见到她时也流露出惊艳的眼神，更何况现在的她，正是一朵芙蓉开到最灿烂的时光。

这个英俊而又神秘的男人，不过三十岁上下的年纪，怎么可能对她的美貌无动于衷？更可笑的是，房间里两位女性，明眼人一看就知道孰美孰丑，他却朝着狼狈的姜珠渊走过去，现在更是不顾形象和她并排坐在沙发前的地毯上，简直当其他人并不存在。

寇亭亭突然意识到，现在这个眉眼浓烈、聪敏坚韧的姜珠渊，已经不是过去那个空有一腔孤勇的长毛怪了。

小概率公主受委屈了。虽然只是和他们对峙十几分钟的时间，却好像过了两三年那么久。

辛律之伸出手，将姜珠渊散落的发丝挽至耳后，细长的手指轻轻滑过发梢，同样温柔的还有他的语气：“我好像在哪儿见过你？”

忽闪的睫毛如同鸦羽般，遮住了姜珠渊眼中一丝疑问；辛律之扶着额头笑起来：“真是疯了。如果认识你，怎么会让你有一张受委屈的脸？”

这一份温柔，直直击在寇亭亭心上。

她极其厌恶醉酒，无论男人女人，醉酒后都有通红的眼眶，噜苏的言语，失控的举止。

可是，这个男人不一样。

他身上除了酒味外，还传来非常独特的女性香氛气息，芬芳馥郁。这气息仿佛一位美人缠绵的双臂，萦绕着他的肩膀、胸膛，久久不舍离去。

她不喜欢花花公子，自以为是、搞七捻三。

可是，这个男人不一样。为什么这个男人不一样？他身上聚集了所有寇亭亭讨厌的特质，却又宿命般地吸引着她，推着她开口发问：“你是谁？”

听到发问，他转过头来。那曾落在姜珠渊身上温柔的眼神，变作冷淡厌倦。

“我是谁？你们不知道吗？”他冷淡地回答，眼神内敛，声线低沉而清晰，“来玩个游戏吧……你赢了，就告诉你。”

手腕一动，乒乓球被他抛了出去；姜珠渊突然心口一窒；明明感觉到了危险的气息，寇亭亭仍不由自主地回应：“什么游戏？”

“他在说胡话。”毕赢后退一步，躲过了那个写着云政恩名字的乒乓球。和寇亭亭不同，他直觉上不赞成这个建议，“我们不认识你，快走。”

既然每一步都落在预测当中，当然应该顺水推舟，就此离开。辛律之起身，再去牵姜珠渊时，一句轻佻的情话已经在唇边：“这里真没意思。我们去爬月亮……”

“毕赢，你真的不认识他吗？”姜珠渊没动，她心跳得很快，几乎无法思考，“别着急，好好看看，好好想想。”

处境已经如此紧张，她还想做主导的自变量？这并不在他所预想的反应范围内。

当然了，她做出什么动作都不应该奇怪才对，和她有关的计算，从来都在意料之外。

辛律之突然明白，为何他一定要选择最直接的思路去面对她。

因为每样事都在计算内，真的很寂寞。

不能再拖延了。姜珠渊伸出发抖的手指，清冽的佛手柑香味让她镇定下来：“你不记得了？你是在我心里有百分百信任度的朋友。你是云政恩。”

一语惊醒梦中人。惊惧莫名的寇亭亭、毕赢、曹慎行再看来人，微卷黑发，高鼻深目，还有俊俏的如同女人般的唇形，似乎真有几分相似！

不！不可能！两个人完全是云泥之别！

在姜珠渊让毕赢好好想想时，辛律之已经猜到她接下来的打算；但当她真的说出那个名字时，他仍心海生波，无法平静。

他知道她对云政恩的感情，但这是他第一次近距离地听她说出弟弟的名字。云、政、恩，这三个字竟会有如此强大的力量，一鞭一鞭地抽打在他身上。

“姜珠渊，你够了！”

他们今晚受到的惊吓已经接二连三，要怎么勘破狡诈的同学和无稽的醉鬼即兴的闹剧？

不够。有这样的机会，为何不将他们玩弄到底呢？

“除了我，你们都没有亲眼见过他的尸体，追思会上也没有遗体告别仪式。也许我在撒谎，死的不是他。也许他从未撒谎，他确实有富可敌国的父亲，瞒天过海、暗度陈仓。想想看，云政恩并没有死，而且受到了很好的照顾和教育。现在又会怎样？”

毕赢和曹慎行不由自主地朝后退了一步；只有寇亭亭，仿佛被这个假设所吸引，情不自禁地趋前一步："姜珠渊，你到底知道什么？"

"他会成为这样的人，即使半醉不醒，你们也不敢轻慢的人。"

冥冥之中，她认识了辛律之，冥冥之中，他闯入了宴会厅。也许这都是天意吧。想改写记忆？我要你们终生难忘。

"胡说！"曹慎行大吼，"全是胡说！他不是云政恩！他不是！"

对，全是胡说八道。说完这一切，姜珠渊摇晃着起身，辛律之仰头看她，眼神很奇妙，仿佛天上的星辉，穿越了不知多少光年，带着所有的故事，落在他眼内。

她伸出手，握住他冰凉的手指："确实没意思。来，我带你回家。"

他明明比她高那么多，可是她牵着他，就像牵着一个孩子。

在三双充满了疑惑、惊惧和愤恨的眼睛注视下，他们离开了宴会厅。

贝海泽来接姜珠渊，却一直打不通电话。因为在不同区，他鲜少到老饕门来，状似兽头的入口，倒是颇令人惊奇。从兽头进入，金碧辉煌的大堂便是咽腔，一条条如同食管般的高低楼梯通向膨大宽敞的胃部，宴会厅的后部是如同十二指肠的幽静长廊，一把熟悉的女声传入耳中。

"你没醉？那——我不明白。"

"虽然没醉，但也喝了半杯。有没有人送你回家？"

"有……糟糕。"

"又忘记充电了吧。"贝海泽走向低头捣鼓手机的女友，"司机在这里，充电宝也带来了。"

一个贴心的男友稍微减轻了姜珠渊的疲惫感："不知道什么时候才能改掉冒失的毛病？"

"不管什么毛病都留着吧。"贝海泽帮她连好数据线，"否则要男朋友有什么用呢？"

原本在轻微出神的姜珠渊听了这话之后，方回过神来，抿嘴一笑。

两人相视一笑的融洽落在辛律之眼中，他微微扬起嘴角：“上次在云泽见面时，你还没有男朋友。”

贝海泽笑着望向姜珠渊：“看来我运气不错。你是珠珠的同学吧。你好，我是贝海泽。”

“辛律之。”

“酒后不能开车，我们送你。”

“不用了。”辛律之挥挥手，“珠珠，再见。”

辛律之目送这对小情侣离开，直至消失。月色无边，却一点也照不到窗内的他。

“我牺牲美色去勾引寇亭亭，你说多事；她不是更加鲁莽？”一把声音在他身后响起，“打草惊蛇。”

“死心了吗？”

“死心了。”他发现了，寇亭亭的心底总还绷着一根弦，谁也拨不动。这就是成少为的好处，拿得起也放得下。他终于承认，当他自恃魅力无边去引诱寇亭亭时，所有用心其实过于乐观单薄，“让我静静地感受一下心碎的美妙，再去考虑后续的问题。”今天之后，他所面对的将不仅仅是一个求不得的寇亭亭，想必猜疑和试探陆续会来。但他现在还不愿去思考这些：“真是讨厌，给我添了这么多麻烦。”

“琳达呢？”

“她有点生气，不过没事。”辛律之和马琳达不会有隔夜仇。

他从不希望姜珠渊会为了云政恩不再接受其他男人；相反，他希望她有更精彩的人生。如果马琳达能够像她一样，记得，但会放下，那就好了。

成少为将袖扣放到辛律之手里：“对你而言，女人是不是有点麻烦才够吸引呢？我有很多方法，可以追到别人的女朋友。”

“现在这话好像没有什么说服力了。”辛律之并不像他预想的那样，因为被说穿了心事而有片刻的慌张；成少为不得不怀疑自己一向引以为傲的眼光出了问题。

“你下一步打算怎么做？”

辛律之看了他一眼，迈开双腿，向前走去；成少为紧跟其后：“虽然无法拨动寇亭亭的心弦，但我还有无限潜能。”

“你想释放潜能，勾引毕赢和曹慎行吗？”见成少为一脸嫌弃，辛律之温言道，“我什么都不做。你，想做什么就做什么吧。”

每件事情都已经上了轨道，他并不需要再推动什么。让事态自然发展下去，就会得到他想要的结果。

“什么都不做？我知道你一向自信，”成少为奇道，“但你不担心又出差池？”

辛律之停住脚步，他回想起刚才姜珠渊的男朋友说的那句话。

“如果连她带来的偏差都不能解决，”他回答，“那还有什么趣味呢？”

贝海泽车上，姜珠渊闻了闻披肩，展开裹紧。

思路纷纷扰扰。辛律之并没有喝醉，为什么会闯入宴会厅？他对宴会厅里发生的事了如指掌？还有他说的话，每一句似乎都有深意。他长得像云政恩，她有几个设想，但似乎都不合逻辑，越想越烦乱。

“珠珠？”

惊觉贝海泽在叫她，姜珠渊才回过神来：“我刚才在想事情。”

“没什么。”贝海泽问道，“刚才那人是你师兄吗？”

“不是，朋友，刚帮了我一个忙。”略一沉吟，姜珠渊问道，“你对他第一印象怎么样？”

“唔，看起来肝脏很健康，应该是生活习惯很好的人。”

姜珠渊笑：“我们两个都有职业病。我第一次见到他的时候，大讲特讲早餐应该怎么吃。”

贝海泽松了一口气。

“怎么了？”

“防火防盗防师兄，刚才很担心你重遇初恋。”

“没有。”姜珠渊哭笑不得，“爱国爱家爱师妹，那你又是哪个师妹的心上人呢？”

贝海泽也笑了起来：“是我的错。讨论这种话题，男生总是很乐意处于下风。”

见姜珠渊不以为然地撇撇嘴，贝海泽又道：“不知道为什么，看到你就情不自禁地想油嘴滑舌一番。”

姜珠渊莞尔：“你都说完了，我说什么呢？”

说笑了一阵，姜珠渊又沉默起来；贝海泽见她始终闷闷不乐，总要想办法逗她开心。

“暂时别想心事了，你抬头看看。”

姜珠渊抬头，看到两边街景簇拥的一条狭长夜空，一轮满月垂下，又圆又大，仿佛仙女捺上的一个银白色指甲印。她不禁赞叹出声：“好漂亮。”

“这条街上有全格陵最大的月亮。”贝海泽的声音低下去，变得很温柔，“小时候，我和表妹一起发现的。这个秘密，我只告诉你。”

如果你的心因为初恋而摇摆，我总要想办法拉它回来：“月亮的引力够不够？”

就这样一直朝着月亮开下去，鼎沸的街也变得安静下来，仿佛只有他们和月光。

趁着月色，也问出了她一直疑惑的问题。

“为什么会喜欢我？”

你知道我高中时期的花名是什么吗？长毛怪。

曾经在晚自习上，被人用很大的声音说：“珠珠，你胡子长出来了。”

又在她泡脚时大惊小怪：“珠珠，你用沐浴露洗腿毛？”第二天全班就传遍了“姜珠渊的腿毛长到能搓出泡沫”。

也许是开玩笑吧。可是由你最好的朋友说出来，就好像被全世界背叛了一样。虽然读大学后改变了形象，但在心底总会有一块坚冰，封存着不自信的她。

你是长毛怪。

为什么喜欢你？

你很漂亮。

明朗的你很漂亮。

直率甚至有些冒失的你很漂亮。

为了完成工作而勇于克服困难的你很漂亮。

即使面对无理取闹的病人也会和颜悦色的你很漂亮。

喜欢去超市，一看到琳琅满目的货架就会开心起来的你很漂亮。

也许是说大话吧……但我想了想，就算留着络腮胡、腿毛迎风飘舞也可以接受。

最重要的是，除了这些，穿黄裙子、头发编起来、微笑的你最漂亮。

哪一天头发全白了，牙齿都掉了，你也会是个漂亮的老奶奶。

有时候会想，你这么漂亮，而我只是个会做手术的小医生……所以要变得更好，才能一直牵着你的手走下去。

怎么形容激励着我前进的你呢？还是漂亮。

他一句句地说着，像最轻柔的春风，吹拂着春寒料峭的两岸，透明的溪水，夹杂着碎冰缓缓地流动。

“海泽，谢谢你。”

其实他刚才来接她的时候，她心情很不好，但现在好多了。

想不通的事，无所谓了，下次再想吧。

姜珠渊在医院的研修即将结束，撰写结业报告就前前后后整理了一天，直到傍晚时分才合上电脑。

啪哒啪哒，虚掩的实验室门口突然探进来一颗可爱的小脑袋“咦……”

小姑娘戴着发箍，额上一个美人尖，她约莫五六岁的年纪，可爱羞怯、脉脉无语。姜珠渊放下水杯：“小朋友，你找谁？”

“这里有没有姓姜的阿姨？”小朋友皱着鼻子，“难吃的姜。”

姜珠渊大乐：“我就是，你找我？”

小女孩缩回头去；须臾，一袭薄荷色衣裙的美人儿出现在门口。

“姜同学，有时间聊两句吗？”

新住院大楼的一楼东南角开着一间小小的咖啡室。寇亭亭正式介绍：“这是我女儿孟堇。孟堇，叫姜阿姨。”

“阿姨好。”孟堇急着发问，“妈妈，有姓米饭、姓青菜的吗？”

“你问姜阿姨，姜阿姨有大学问。”

童音无邪，大人怎好横眉冷对：“等你长大就知道了，很多食物都可以做姓氏。比如牛、羊、鱼……”

“不对，奶奶说那些不能吃。”

昨天她注意到寇亭亭的素食习惯，看来孩子继承了家庭的饮食观念。

姜珠渊伸手抚了抚孟堇的头发，又握了握她的手指。头发、指甲、牙齿都生长正常：“牛奶和鸡蛋呢？”

“能吃！”她突然想到了什么，伏在寇亭亭耳边小声地问：“妈妈，有姓粑粑的吗？”

“啊，没有吧。阿堇，想不想吃冰淇淋？”

“嗯！”

“乖乖坐好，妈妈叫一客巧克力冰淇淋给你。”孟堇从椅子上滑下来，坐到一边去专心享用冰凉香甜的盛宴。

“她奶奶不喜欢她吃乱七八糟的东西。小孩子嘴馋，我偶尔会在外面买给她。”寇亭亭抚摸着女儿的头发，“从专业角度来看，小孩子能吃冰淇淋吗？”

她当然不是为了征询意见而来。

“适可而止吧。”

寇亭亭眼睛一眯。适可而止？是口腹之欲，还是客套寒暄？

“我们一直没机会好好叙叙旧。”她轻轻搅动着面前的咖啡，“同学会后，我老是想起我们以前的事情。我还记得高一入学，是一个中年妇女送你来的。我还记得我们说的第一句话。”

姜珠渊记得。

帮她整理床铺的是毛红英。她从未离家过夜，于是偷偷地在教室外面抹眼泪。一个漂亮的女同学过来拍她的肩膀。

“想家了？你妈一定很辛苦才供你读书的，别哭了。”

她抽抽噎噎地回答：“她不是我妈。”

“我知道我知道。”女孩子一脸了然，“别哭了，我给你喷点花露水吧，驱蚊的。”

漂亮的女同学就是寇亭亭。

“我们一直用热得快烧水。只有你，烧完水会不记得拔插头。”

姜珠渊记得。

她很冒失。烧完水之后，把热得快直接放在了寇亭亭的桌子上就去做别的事情了。闻到焦味时，已经燃起了小火苗。

她吓得赶紧去厕所接水，正在洗头的寇亭亭问：“你拿着漱口杯接水干吗呢？”

火是寇亭亭扑灭的，头上还带着洗发水的泡沫：“哎呀我的桌子……算了，等会儿数学卷子借我抄抄。”

她们也曾经十分亲密。

“是啊，你曾经是我最好的朋友。”

寇亭亭微笑。

“高院长说，有人去给云政恩扫墓了。是你，曹慎行，还是毕赢？”

“就当作是我们三个人一起去的好了。”

姜珠渊沉默了。寇亭亭道：“阿堇刚上小学一年级，班上有个女孩子是从云泽来的，名字叫云小恩。阿堇和小恩现在是最好的朋友。你一直在福利院做义工，知道这个孩子吧？”

她知道小恩来格陵上学，但不知道正巧和寇亭亭的女儿同一所学校：“我认识她的时候，她就已经叫这个名字了。”她问过高院长，但没有得到答案。孩子没必要知道以前的事情，所以也从来没有告诉过她。

“过去的事情就不能让它过去吗？云政恩死了，我们一辈子都得是仇人？还要再搭上两个无辜的小女孩？”

咖啡厅里流淌着美妙的音乐：“你不要太敏感。这个名字并没有什么特殊的意义。”

所以不是姜珠渊，昨天晚上的事情也不全是她干的。寇亭亭大脑飞快地转动着，她查了抽奖箱里的乒乓球，还有一个写着云政恩的名字。

所以还有一个人，在暗处窥伺。会是谁？成少为很明显是故意来挑逗她的，真是太可惜了，她也有过一瞬间喜欢过这个男人，如果不是姜珠渊突然发难，闹得她心情全无，也许她真的会爱上成少为。从这一点上来说，还真要感谢她。

不，这些都不重要。重要的是，到底是谁策划了这一系列事件？难道她姜珠渊不好奇？哦，她忘了，长毛怪的全部精神都放在美食上。她那张嘴，除了吃，就是喋喋不休：“寇亭亭，我是真心地感觉，他对于欺凌毫无触动。有些人因为欺凌会变得自卑、封闭，有些人因为欺凌变得暴躁、好斗，但他是真的没有因为欺凌而有一丝一毫的波动。即使是你，拿着录像机，拍他被欺凌的镜头，他好像也无所谓……”

真是愚蠢。到现在还不肯相信云政恩是自杀，因为这无谓的坚持而打扰她的生活。虽然这样想，但是寇亭亭没有表现出一丝不耐。

“应该是夏天发生的事情，云政恩曾经在我面前，被曹慎行从后面抱住，做了下流的动作。他看到我，脸很红，很窘迫。他在考场上拉肚子弄脏裤子，我也在场。他几乎要哭了出来。他不是无所谓，他其实很怕被我看到。”

姜珠渊目瞪口呆。

“他对很多事都是一厢情愿。包括虚构的家世，包括……对我的感情，我从来没有给过他任何暗示。如果你认为他的绝望是我的罪过，我无话可说。”

不会的，姜珠渊始终对同性宽容。高中时即使对她旺盛的体毛各种讽刺、开玩笑，她也只是尴尬一下就过去了。寇亭亭心想，好好感受一下内心的纠结，然后就像那些容易受到摆布的网友一样，承认她也是受害者之一，然后握手言和。

“这间咖啡室的店长是 BigBang 的粉丝，每次来的时候，他都在放韩文歌。你买完冰淇淋之后，就开始放孙燕姿的《我也很想他》。这是又一个巧合？”

她的声音很干涩。伸手去拿咖啡的寇亭亭一下子僵住了，良久，唇边绽开一个冰冷的笑容：“太刻意了？”

姜珠渊摇摇头，起身：“别在孩子面前说下去了。”

“所以我才让她戴耳机。”寇亭亭一歪头，显出一种与年龄不相称的天真，“难道你真的感觉不出来？毕赢对你刻薄，是因为喜欢你。”

在寇亭亭的预想中，姜珠渊应该会慌张、尴尬、愤怒、抗拒。没想到她只是很平静地哼了一声。

“难道你早就知道？”

“不知道。”

“那么是遇到过许多追求者，所以见怪不怪？”

“不。就像其他城市的天气一样，不关心，不关心真，也不关心假。”

“这么冷漠？”寇亭亭拿起了杯碟旁的银匙，“因为没有得到同等回报的爱意，因为你和云政恩走得太近，所以激起了嫉妒之心。这样也和你没关系？”

纤细的手指执着银匙，缓缓搅乱这一场暗局。

姜珠渊毫无畏惧地迎上她的目光：“所以，把我也拖下水，你们就无罪了？”

寇亭亭端起咖啡杯，掩去了嘴角的一抹抽动：“你其实没变。你对我，一贯比对毕赢和曹慎行都刻薄得多。”

“所以？”姜珠渊淡淡道，“现在是觉得我喜欢过你？”

“你怎么会喜欢我呢？”一个人能隐藏性格，却隐藏不了渴求，“你自始至终都倾慕智者，追随强者，所以毕赢绝对不是你的理想型。你现在的男友——我查过，不过是个小医生，满足不了你对伴侣的要求。”

姜珠渊听不下去，起身欲走，寇亭亭微微抬高了声音：“那个喝醉的男人到底是谁？我不相信，我居然找不出他的信息。”

见姜珠渊不回答，寇亭亭又道：“云政恩有没有对你说过，他哥哥来找他的故事。”

姜珠渊停下脚步。她一点也不奇怪，云政恩当然会告诉寇亭亭：“你什么时候开始相信他说的话了？”

“我很好奇，一个现实的人和一个虚构的人，会不会有交集？”寇亭亭道，“他说那个人吃饺子用叉子，讲电话用英语，我想知道你记不记得？”

“记得什么？”

“那个人的名字。云政恩告诉我前两个字，就在舌尖上，可是吐不出来。”寇亭亭伸出舌尖，“如果你告诉我，我应该能想起来。”

姜珠渊不知道。因为云政恩说过，他答应了那个人，不告诉别人他的名字：“寇亭亭，云政恩真的很喜欢你。你即使不喜欢，也不应该践踏。”

“践踏？”寇亭亭冷笑，“一个一无所有的人的喜欢，对我来说才是一种践踏，他的承诺就是一坨粑粑。哦，也不能这样说，他答应帮我考大学，做不到就去死，至少这一点他还是做到了。”

“寇亭亭，你的女儿还在这里，你有没有想过你的一言一行都会影响孩子？”

“影响她？”寇亭亭伸手将仍戴着耳机的女儿揽过来，“早点看清社会的真相，做出对自己有利的选择，这些在你看来冷血的行为，是我这种底层的生存本能而已——我不无耻，我的女儿将来怎么可以活得富贵，活得纯真呢？”

“姜珠渊，我们就摊开来讲吧，毕赢、曹慎行和我根本就不是一路人，他们的把柄，我也收集了一些。如果你们想找他们的麻烦，我可以助一臂之力，也算是我对云政恩的一点心意。”

她一字一句：“但如果你们要以云政恩的名义来伤害我，一定会后悔。”

第一道×热菜

姜炒仔鸭

老饕门饮食责任有限公司，不，改制后应该称为老饕门饮食股份有限公司，热闹喧哗了整整八个月的中心会议室，终于安静下来。

一屋书山文海，见证精英男女的殚精竭虑。投行工作组的全面撤出，宣告这场潜心准备两年半的IPO彻底失败。

而距离代喜娟与万象资本之间签订的最迟上市日期仅有四十二天。

“现在经济不好，做餐饮这行，码头太多，素质参差不齐，投资者一般不看好。”

“内部现金流不好统计，上市不如大变活人。”

“万象资本真是昏了头，才拿出两亿元投资在老饕门上。”

“此言差矣。哪有商人不逐利？万象资本看中了老饕门这块无价牌，谁知道近几年格陵政策瞬息万变，餐饮业进入冰河时代？惨淡经营的，也不止老饕门一个。”

四十二天内谈判六次，万象集团的戚具迩坚决不同意押后上市日期。大概也是看穿了现今经济环境下，餐饮业想要上市实在遥遥无期。既然无法上市圈钱，根据当初双方签署的一揽子协议，清算程序正式启动。

“万象手上只有老饕门 20.8% 的股份，怎么可以逼迫我们清盘？”

“不是清盘，是清算，我们和万象是用股份换资金。融资协议中列明，如果四年内不能如约上市，则需要按一定价格回购股份。”

“钱？都投在分店上了，代总恐怕拿不出那么多钱回购吧。我们在总店还好，听说内地的分店已经关了十三家，还有大量劳务纠纷没解决。”

“要看有没有第三方愿意接手。如果没人开出万象资本所要的价格，代总也得拿股份出来充数。不过多半这时候肯接手，也是趁你病，要你命。”

“那老饕门会破产吗？”

“破产？你想太多了。老饕门这块牌子，就能吃一辈子。区别只是在谁手下做事而已。而代总，恐怕要掏空口袋了。”

流言蜚语传来传去，老饕门中高层职员都有些惴惴不安。一片阴郁之中，只有成少为一副“人逢喜事精神爽”的嘴脸来开“万食如意”项目组周一的例会。

“做什么一个个都哭丧着脸，没吃早餐？我这还有两个蛋黄。”

他的行政秘书蔡媚媚发色亮丽、妆容精致，一点也看不出是近五十岁的人。她是老饕门的老臣子，人生第一份工作就是跟着代喜娟开辟疆土，现在又被安排在了成少为身边做眼线，哦，不，是继续辅佐。

蔡媚媚一开口便叹道：“少为，你妈就要被踢出局了。老饕门是她一生的心血，你还笑？生儿子真是等于生敌人。”

“媚姐，从小你就教我，凡事都有正反两面。”不愧是老饕门的颜值担当，穿着白衬衫的成少为就连吸牛奶的姿势也是那么迷人，再打点光，简直可以直接拿来拍平面广告。

不过说出来的话就没什么水平了：“积极点看，如果不是上市失败，怎么会有这么大的会议室给我们用？设备齐全、装修豪华，连我这张皮椅也格外舒服。”

此时整个“万食如意”项目组的全体成员正坐在人走茶凉的中心会议室内。桌上地下堆满了来不及处理的大量资料，绊手绊脚。蔡媚媚低声抱怨：“追人妻追到脑壳坏掉了。”

成少为并不是愚蠢——不管谁接手老饕门，想必都不会傻到不要这块金字招牌：“‘万食如意’做了四年，给老饕门积累了多少口碑？只要我还给你们发工资，管他洪水滔天。这件事情到此为止，不再讨论。”

他放下空牛奶盒，同样放下的还有一帮下属的心：“就知道组长有办法。”

“组长英明，为我们拨开迷雾。”

蔡媚媚提高声音：“别捧杀他了！”

这个为老饕门带来不少话题热度的项目组鼎盛时组员也不超过十个。在代喜娟的强力干涉下，经历数次人事动荡，如今老人只剩下负责人成少为、总领行政职责的蔡媚媚，以及双胞胎调查员范以丰和范以俭。其他人都是来了又去，时不时有新面孔出现，未熟悉就又离开。

“今天有新人来？”成少为一眼望见，敬陪末座的是一张曾给他留下深刻印象的面孔，“虽然我们见过面了，但他们还不认识你。你叫……什么来着？”

她的名字拗口，不记得很正常。女营养师抬起脸庞，蔡媚媚拍了拍她的肩膀：“小姜上个星期就来了。她是我见过第一个能在三天内把入职手续办完的人。恭喜，又添一员虎将。”

“大家好，我叫姜珠渊，是来进修的营养师。”姜珠渊上周一到岗，因从未在餐饮系统实习过，未免有些懵懂，幸亏媚姐在旁提点，大丰和小俭现在也能分辨了，“未来会和大家共事六个月，请多多关照。”

“你一个星期不见人也就算了，电话也没人接。”蔡媚媚补充，“你不在，很多字签不了。小姜这个星期一直在坐冷板凳，我不知道分配什么任务给她。”

姜珠渊刚说了个“我……”字，大丰和小俭已经拿出两沓票据：“组长，能不能先把上次调查的费用给报了呢？”

蔡媚媚立刻阻止：“他们不仅错过了报账时间，还超出了预算，不能签。”

双胞胎大倒苦水：“媚姐，错过报账时间而已，又不是卫星错过发射窗口。”

“有什么理由，一笔修车费要一万五千块？”蔡媚媚一笔笔计算，“医药费五千八……”

“又不是拍漫威电影，打烂花花草草当然要赔钱，脚崴了也不会自己好。我们都是为了委托人才拼命。”

“你们比拍电影还夸张。我们做餐饮生意，不是公路缉凶……”

他们不是第一次为经费争吵，组员分两派，保守派帮蔡姐，激进派帮哥俩；成少为一边吃切片鳄梨，一边有一句没一句地听着，不知不觉，视线移到了姜珠渊身上。

他一向是视觉动物，评判一个人先看容貌。上次只是匆匆一面，现在仔细端详，辛律之不惜为之犯险的女人，也不见得有多美多特别，并不会引起他的兴趣。

姜珠渊一开始还在听，听明白了报账流程后就眼神放空——想想中午吃什么也好过听同事为一笔超出的预算捉对厮杀。

这就是和组员们共事的态度？她丝毫没有参与讨论的意思，反而低着头在桌下摆弄着手机，偶尔还翘一翘嘴角。成少为有一种捉住学生开小差的促狭：“你不介意我和其他人一样叫你小姜吧？你可以和他们一样叫我组长。我们是一个很活泼的团队，不像你之前待过的医院那么严肃。放轻松，但也别太轻松。”

姜珠渊立刻放下手机：“抱歉，下次不会了。”

蔡媚媚道：“少为，我这里还有一笔，等会私下和你说。”

成少为轻咳：“不用私下说，财务要公开化、透明化。”

“二中高三九班同学会那笔账还没有结，孟太太说你会结的。”

成少为一挑眉，且放下待训示的新人。心底有暗涌，笑意便慢慢浮现在嘴角。

“真是……有趣。”

在老饕门，成少为的地盘上，他追求的女人遭遇了惊魂夜，一个未解释加安慰，一个未追问加指责——一对心怀鬼胎的男女，也许在这段扑朔迷离的攻防关系里投入了些微感情，但更多的是计较着各自的得失，而得与失又岂是一句话说得清？感情事，谁先追求便输了；连环计，谁先发动便落了下风。

“孟太太几百万元的车牌都不收，这笔钱又怎么会看在眼内？”误以为他介意，蔡媚媚摊手，“积极点看，人家打算和你好聚好散，才给你一个请客的机会。”

成少为略一沉吟，发动场外求助：“小姜，你不妨发表一下看法。”

这姑娘倒是干脆得很，用词委婉，口吻坚决：“对不起，不是工作上的事情，我不方便给意见。”

她越是回避，他越要捉弄：“方便，怎么不方便？你和孟太太是同学，现在又是我下属，你的切入点也许会给我带来不一样的思路。”

姜珠渊并不想自己或者哥哥参与到成少为和寇亭亭剪不断理还乱的关系当中：“组长，我更希望把这种优势留到工作中发挥。”

成少为从蔡媚媚手中抽出账单，轻轻一弹，纸片滑到姜珠渊面前：“这就是工作，别把财务不当事业。”

厚颜无耻的言论，令组员们的目光齐唰唰地望向了姜珠渊。他们早就习惯了成少为的公私不分，倒要看看新来的营养师怎么接招。

薄薄的账单碰到了营养师的手指，白皙的手指缩回去，合上摊开的记事本。

成少为修长的手指在桌面上不疾不徐地敲着，敲击到第七下的时候，营养师开口了。

“既然组长强烈要求我在工作会议上就他的私事发言，那我打个比方吧。自然界有很多具有特别风味的食材，人们的评价两极分化，喜欢的非常喜欢，讨厌的非常讨厌。比如苦瓜，苦瓜虽然苦，但用来炒菜、做汤，不会将苦味传递给其他食材；又比如香葱，香葱虽然香，一旦菜里、汤里放了葱，香味就会一直存在。”她徐徐道来，“君子可以选择自苦，可以选择留香，看淑女的喜好而已。”

在医院待久了，她说话不似桌上大部分人那般快速急进，虽然是被迫发表意见，也语调平和，自有一种绕指柔的气势。

听了她一席话，成少为一张俊脸依然是毫无破绽，丝毫看不出被揶揄的不快：“臭豆腐呢？不仅臭自己，也臭整条街。”

不作声不代表词穷，世上食材千千万万，成少为总不会比姜珠渊还熟悉。不在熟悉的领域穷追猛打，是她的善意。见成少为不知趣，如拉面般将话题越扯越长，蔡媚媚打岔道：“嫌小姜辣得你不够吗？还是开会吧。”

演过了六国大封相的闹剧，又语带机锋地你来我往了一回，看上去战斗力很弱的成少为办起正事儿倒是半点不含糊。他简洁明了地将手上评估过的几个案子分配下去，每个人做什么，怎样做，该重视的，都有精确指示——这是姜珠渊第一次接触到“万食如意”项目的核心。在她看来，委托人交代的，是一本本无字食谱，再能干的厨师也无从下手。偏偏成少为能够将记忆里的所有残片一一捡起拼好，继而炮制出一道道美味佳肴，收服委托人的身心。

也许他在别的方面有所欠缺，但在自己负责的工作上确实天赋过人。难怪大把人在网上讨论区赞美他、迷恋他，称他为“时光中逆流而上的撷珠者”。

这和寇亭亭身边温柔多情的成少为完全是两个人。为什么他这样一个优缺点都很鲜明的小少爷，会放弃自己的本性，去人妻身边扮演忠犬角色？姜珠渊想不通。

此时，例会演到了有事启奏、无事退朝的戏码。

"等一等。"

撷珠者容禀，新人还有话要说。

老饕门并未设立营养师岗位，这是一开始姜珠渊无所适从的原因。现在她也发现了，"万食如意"项目非常成熟，自有一套运作方式，而营养师并不在规划之中，所以与其他人成明显对照的是，成少为没有给姜珠渊安排任何工作。

"媚姐说你已经来了一个星期，总不会真的就呆坐着啥也不做吧？如果一个星期都不会主动去找适合自己的事儿做，那以后也没有什么可给你做的了。我们这里不欢迎意见多、建树少的人。"

这一个星期姜珠渊做了什么？虽然入了职，但由于缺少成少为签字，她无法拿到"万食如意"项目相关的任何资料，甚至是到了今天的会议上才知道工作流程——于是在过去一个星期，她申请参观了总店的中央厨房，整理了冬季菜单，根据配菜重量、调料数目和烹饪方式计算了每道菜的热量和营养比例。

其他人知道她每天忙忙碌碌奔波来去，也知道她在做营养分析，但没想到她真能把这件琐碎又乏味的事情给解决了，还总结出了一份报告。

"……这种事只要把数据输入软件，稍微调整一下，一天就做完了。"成少为接过报告，翻了几页，手指划过一张张统计图表，"这几道菜可以改名了——爆血管、肾衰竭、糖尿病——有没有地狱套餐？"

"我针对普遍的顾客组合，设计了二十款营养风味兼备的冬季套餐。"在设计套餐的同时，她还列出了一些可能有用的营养加权系数和计算公式，"现在老饕门大多数门店都采用移动终端自助点餐，我建议可以将这批数据和公式加入进去，将点餐软件做得更完美。"

原本只是漫不经心浏览内容的成少为动作停顿了一下，开始仔细阅读。蔡媚媚听得入味，问道："你的意思是，顾客只要输入就餐人数、性别、年龄、偏好、忌口，系统就会自动推荐适合的套餐，再也不用为点菜伤脑筋了。"

"这正是我的初步设想。未来的点餐方式应当为顾客提供更多元化、更全面的服务。”

“其实有好几个养生专家在老饕门做挂名顾问。在他们看来，吃饭和金木水火土有关、和心肝脾肺肾有关，但从没有谁把吃饭拆分成一堆数据。”

“我有个同学曾经说过，一切问题归根结底都是数学问题……对于我来说，食物可以被拆分成一堆营养素，问题可以被拆分成一堆数据，异曲同工。”

“那食物相生相克呢？”

“如果对自己的身体有足够认知，就会知道哪些食物不适合同时进食，哪些食物吃完会引起过敏反应。相生相克的说法是错误的。”

成少为的目光从报告转移到了姜珠渊身上，后者并未回避：“网络上流传着很多错误的营养学知识。最新膳食指南已经不再将胆固醇列为健康杀手，蛋黄里不仅有胆固醇也有优质蛋白和维生素。我会慢慢解释给大家听。”

成少为面前的一次性早餐盒中只剩下两个蛋黄，他微微扬起嘴角，合上盖子，推到一边。

“其他人散会，姜珠渊留下来。”

姜珠渊不知道他将自己单独留下来有何用意。

成少为坐在他那张舒服的皮椅上，仰着头，似乎在想着什么。

“你的专业是营养学？”

“是。”

成少为起身，伸手从面前的一摞文件中抽出一张空白纸，又从地上捡起一支签字笔。

他走到姜珠渊的位置，将纸和笔放在她面前。

“你打个报告，我来签字——调你去‘味·道’项目组，或者餐饮研发部。去那边进修吧，我会推荐最好的导师给你。”

“我知道那两个部门都有资深营养师做顾问。但我还是想问——为什么？”

“你，知道‘万食如意’项目的宗旨吗？”

“寻找失去的味道，重拾忘却的记忆。”

“宣传词记得不错。”成少为道，“既然你没有看起来的那么蠢，那我就大发慈悲告诉你真相吧。‘万食如意’不是饭堂，卖的不是饭菜，而是情怀。”

委托人需要的是共鸣，不需要营养来添油加醋。没错，姜珠渊在同学会上看到的那四道菜，不仅是拿到了食谱，还从相同的进货商那里拿到了“一滴香”“嫩肉精”等添加剂，就连土豆上剜掉的芽，一切都是神还原。

即使如此，还不够。

没有同学会的氛围，会有一模一样的味道？别天真了。情怀，才是都市人最急缺的营养素：“‘万食如意’项目和营养师没任何关系。”

成少为自认为已经解释得非常清楚，不管是谁，都应该知难而退，更何况他还给她铺好了后路。

“这样啊。”姜珠渊起身，将桌上的纸和笔推开，开始收拾自己的东西，“从现在开始，得有关系了。”

蔡媚媚在网上看换季童装时，接到了成少为的电话，大为纳罕：“你上午不是打过电话了？”

“我作为组长，关心项目运行情况，不行吗？”

果真如此，倒是太阳从西边出来了。

“自从周一开过会后，你每天都打两遍电话。”以前哪有这么频繁？蔡媚媚比较着几件童装的价格，随口发问，“你上一次这样干，还是我给你买的玩具一直没到。”

“媚姐，需要把二十年前的事情拿出来说吗？”

“好，那眼下是什么事让你如此挂心？”

周一会后，蔡媚媚私下安慰姜珠渊：“小姜，少为是我看着长大的。

他除了公私不分，没几句正经之外，其实本性纯良，人不坏。”

讲完，她自己也觉得毫无说服力：“你第一次开会，不习惯很正常。他做事天马行空，随心所欲。不过这样的性格，才能想出‘万食如意’吧……反正他也不常来，习惯就好。”

“在这里工作的感觉和之前很不一样。”膳食指引是整个医疗体系中的一环，有成熟且严谨的工作流程，而在“万食如意”，她得独自摸黑前进，“是一种截然不同的培训方式，我会努力的。”

看着她清丽的面容，蔡媚媚欲言又止。

“您有什么要提醒我的吗？”

姜珠渊万万没想到蔡媚媚说的是：

“小姜，你觉得少为帅不帅？”

虽说成少为是蔡媚媚一手带大，两人有二十来岁的年龄差，但面对着妆容从不松懈、状态一直在线的蔡媚媚，组员们都心领神会地叫她媚姐。

长辈的心不能掩盖。面对越来越让她喜欢的姜珠渊，蔡媚媚想要知道她对成少为的观感——她甚至说不清楚自己的想法，是怕姜珠渊对成少为第一观感太差，还是希望姜珠渊能够略有好感，然后慢慢培养。

因为成少为正是需要这样一个可靠而又智慧的伴侣管束啊。

想到自己竟然脱口而出，问了姜珠渊这么私人又无聊的问题，蔡媚媚也不禁笑了起来，以至于没有听清成少为说什么：“……嗯？”

“我说，姜珠渊在干什么呢？”

“你别防贼一样防着她。”蔡媚媚一边下单一边道，“不就在做你交代的事情吗？”

蔡媚媚并没有得到姜珠渊的答复。大丰和小俭抱了两大箱资料过来，往姜珠渊桌上一放，打断了两人的谈话。

“这是什么？”

“这是近两周来收到的委托书。组长让我交给你，从里面选两个你感兴趣的去做，不过我们没有时间帮忙哦。”

姜珠渊道了声谢，从最上面拿起一本来看。偷听了墙脚的蔡媚媚知道成少为这是故意要给姜珠渊苦头吃，不禁大摇其头——可还是想知道姜珠渊的答案。姜珠渊见她追问，只好笑着回答:“我还是觉得我男朋友帅一点。”

原来她有男朋友。从语气神态也看得出来两人感情很好。蔡媚媚遗憾之余，转而对她的男朋友产生了兴趣，连连追问是哪里人，从事什么工作。待听她说了贝海泽的职业和工作地点：“医院离我们这里很远啊，开车至少一个小时。你们见面岂不是很不方便？”

“没关系呀，我可以去找他。”

贝海泽每个周三下午都要和许昆仑来这边的分院坐诊，分院离老饕门只有两个路口的距离。上周三姜珠渊办完了入职手续，一时兴起便去了医院，看能不能碰到他。

候诊的病人太多，闲杂人等根本进不去。上个病人刚走，贝海泽的目光一直盯着电脑屏幕，待下一个病人的名字跳出来时，他明显愣了一下，转过脸来时，脸色都变了。

拿着病历，从门口进来的正是他的女朋友，姜珠渊。

她轻快坐下，对他挥了挥手：“贝医生……”

贝海泽猛地站了起来:“你哪里不舒服？师父就在隔壁，我带你过去。”

姜珠渊原本是想给他个惊喜，没想到他却是惊吓多于高兴。她看了看外面还在候诊的病人，轻轻地在胸前摆了摆手，把空白病历摊开来给他看:“我没有哪里不舒服，我只是来看看你。”

她吐了吐舌头，贝海泽这才反应过来，不免又气又感动。他原本就穿得正式，此时顿觉束缚得紧。他松了松领带，重新坐下来。

“感觉好久没有看到你了。”他工作太忙，两人隔得又远，感情正处于上升期，却只能周末见面，委实凄惨了点。

“昨天不是还在讨论器官移植宣传的事情吗？”

网上聊天是一回事，见面又是一回事：“等会儿我还要回总院查房……”

姜珠渊点点头，表示明白，拿出一盒酸奶给他：“喝完它，我就出去了。”

贝海泽想起上午在手术室，沈最给了他一颗很甜的糖，此时便从衬衣口袋里拿出来给姜珠渊：“太小气了，只给了一颗。不过真挺好吃，拿来当喜糖也不错。”

他表姐伍见贤下个月结婚，故而聊起天来常谈到此事。姜珠渊含着糖，突然觉得不对：“她只给了你一颗，这一颗在我嘴里，你怎么知道好吃？”

贝海泽：“你说呢，舔一下不就知道了。”

见女友拿了病历就要拍他，贝海泽一躲，接住，顺便握住她的手：“开玩笑的。上次在健身房，许度也给过我一颗。”

他胸怀坦荡，奉师命和许度一起健身的事情，第一时间就向女友报备了。姜珠渊常被父亲批评娇生惯养，也约束着自己不要为这种事情作天作地：“隐形眼镜好用吗？”

因他上次在健身房出了点小事故，不仅跌掉了隐形眼镜，右眼也红肿了好几天。姜珠渊建议他换了另一个牌子。

贝海泽眨了眨眼睛：“戴着呢，好多了。”

只是短短三四分钟的时间，只是短短十来句，贝海泽见她要走了，不由得伸手牵住她：“珠珠。”

“嗯？”

“……你来看我，我连杯水也没有。”

姜珠渊指指嘴巴：“有糖呀，真的很好吃。”

糖在她嘴里，甜的却是贝海泽：“下个周三你再来。”

“不一定。”姜珠渊眨眨眼睛，“看你准备什么好吃的了。”

贝海泽回去找沈最问糖在哪里买的，沈最岂会放过他，逼着讲了这件事，也来掺和的林沛白不禁大摇其头：“没有给你女朋友做个查体吗？

多好的机会。”

“下流的人闭嘴。”

沈最火上浇油：“你就舔一下再给她又有什么要紧？喂给她吃才浪漫嘛，接吻都做过了……啊呀，我的天啊，林沛白你快看小贝这表情。不会还没有亲过吧？天哪，不会还停留在上次的摸摸手吧？太纯情了。林沛白，你想想办法，我没招了。”

“关键还是我们提醒晚了。看小贝那眼神——其实在后悔，对不对？对不对？”

“两个魔鬼！”

姜珠渊突然想到一个问题：“媚姐，‘味·道’项目组那边的营养顾问还是格陵农大的兰若天教授吗？”

“是啊，虽然不常来，但‘味·道’的每一个项目他都会参与评估。”

姜珠渊看着面前的两箱资料，不禁懊恼地叹了一口气。

“你不是让她从过滤掉的委托书里找两份独立完成吗？她很看重这个工作。”

“她选好了吗？”

“选好了。”

那边沉默了一阵，又问：“怎么选的？”

“开始还一份份地看，做笔记，后来就趴在桌上睡着了。等她醒过来的时候，说‘这样不行’，就随便抽了两份。”关了电脑，蔡媚媚开始详细讲述，“满意没？”

“她选的哪两份？”

“那倒没注意，你不是要我们别帮她吗？”蔡媚媚突然想到，如果完全置之不理，任由姜珠渊做主，可能会对“万食如意”造成不良影响，“要不我现在拍下来发给你？”

“她不在？”

“我把她做的冬季菜单的报告给了你妈。你妈刚叫她上去了。”

“媚姐，你领一份薪水，打两份工，不觉得吃亏吗？”

“不觉得。如果你觉得不好意思，就把我从小带你到大的保姆工资结一下。”

“……快去拍，不然一会儿她回来了。”

蔡媚媚便去姜珠渊的座位上找文件。她很快就找到了，翻开第一份：“……哇，这个不简单。委托人两百八十斤，要吃扣肉盘。不知道吃完会不会爆血管？你笑什么？我怎么觉得你的笑声颇有点幸灾乐祸的意思？”

“这和小姜的理念完全是背道而驰，不知道她会不会找到委托人教育一番。看来我还是要干预一下。下一份呢？媚姐？媚姐？”

“哦哦，”那边蔡媚媚好像如梦初醒一般，“我拍给你，收到没有？”

“收到了。媚姐，你还在担心清算？不要担心了，这是既定的事实。”

“你妈到底有什么对不起你？你要这么顶心顶肺的？不就是工作忙了点，对你严了点，搅了你几段感情……你这个孩子真是太绝情了。”

“媚姐，我不是绝情的孩子。我会养你一辈子，感动吗？拿纸巾擦擦眼泪，别把妆哭花了。”

“你这孩子！油嘴滑舌的，哪怕拿一半的心思来哄你妈妈也好呀。真的，你的那个朋友，辛先生，能不能请他帮忙？你不是说他很有钱？他如果肯注资的话，老饕门说不定还有得救。”

成少为挂了电话，推开瑜伽室的门。

室内放着舒缓的音乐，地板中央铺着一卷软垫，软垫中央盘腿坐着一名身穿红色瑜伽服的女性。她皮肤白皙、身形瘦削、腰肢纤细，一点也看不出已是三十四五的年纪。

成少为走到她面前，同样盘腿坐下。

“无聊了？打了这么久的电话。”红衣女子扁平的面孔上，有一个很突兀的高鼻，使得她的容貌看起来有一股很特别的味道。她闭着眼睛，声音轻缓，“上礼拜应酬我的时候，还一直关着机呢。”

成少为笑了笑，他原本就英俊迷人，一笑起来更是让人无法硬起心肠：“我总归还是有点事业心，也想学戚大小姐一样，运筹帷幄之中，决胜于千里之外。”

“听起来不太开心啊，还以为母子关系恶劣的你，听说老饕门必须清算，会很痛快呢？”戚具迩慢声道，“我虽然拒绝了你，坚持让老饕门清算，但也没有亏待你呀。‘万食如意’已经写进合同里，你仍然有完全决策权。你应该很满意了，一个一直在亏本的项目，对方能答应得那么爽快，甚至主动提出将未来的预算翻三倍，也是出乎我的意料。”

虽然闭着眼睛，戚具迩也能感觉到成少为并不如她预想的那般高兴。

“已经有人开价要买老饕门了？”

她默认。

“多少钱？”

“少为，你不方便知道价格。”戚具迩道，“本来告诉你也无妨，但何必让自己不开心？反正难以向其他股东交代的是占63.9%的代喜娟，不是只有1.2%的你。在股份调整的时候，能做到只分给儿子1%的母亲，是有多么不信任自己的基因。还好，她的不信任，现在反而保护了你。”

那一瞬间，成少为突然觉得胸口空荡荡的，仿佛被大力抽走了什么。

他对老饕门并无归属感，甚至也曾在生命的某个时间憎恨自己有继承老饕门的宿命。但现在得知有人会从代喜娟手中拿走她为之奉献半生的事业，他仍然有种不适，甚至呕吐的感觉。

“别再想了。你现在应该希望代喜娟别硬撑，早点签字，大家有个新的开始。”戚具迩睁开眼睛，棕褐色的瞳仁定定地看着眼前这个英俊到不像话的男人，“少为，你仍然有机会得到更多。”

“更多？”

“我希望每次睁开眼睛看到的就是你，每次闭上眼睛前也是你陪在我身边。”虽然是肉麻情语，但从她口中说出却十分坦荡，“你在我身边的时候，我整个人都很平静，我好久没有这么平静过了。”

她做了个起身的姿势，成少为伸手相扶。两人走到休息区，后者倒了一杯水给她。

“谢谢。”戚具迩拿着水杯，若有所思，“我考虑过，和能让我平静的男人结婚会是一个不错的选择。”

听起来似乎是求婚一般的宣言，却又带着点戏谑的意味：“估计婚前协议会像字典那么厚，我看字看多了会头疼。”

戚具迩忍俊不禁，拍了拍他的手：“只有你，哪怕一句话也不说，哪怕回过来的话顶心顶肺，我也没气可生。你如果肯来帮我分担万象集团的工作，我不会小气到只给 1% 的股份。我对丈夫会很大方。”

成少为抿了抿嘴：“我对你这个万字头的项目没有什么兴趣，大家各有各做吧。”

戚具迩叹了一口气，幽幽道：“接下来，你要去向 Patrick Shin 求助吗？”

“看来你还真是打算要和我结婚，连我的朋友也调查。”

“那你可就错怪我了，孟金毅的老婆我就一点兴趣都没有。”戚具迩示意他往杯里放上一片柠檬，“你到底对你这个新朋友，和他名下的欧拉基金会了解多少？”

成少为耸耸肩：“我知道他和我一样，交朋友不看身份、地位和背景。反正不可能比我帅，也不可能比他有钱。”

听他语气如此轻松，戚具迩不禁暗暗摇了摇头。

“少为，Patrick Shin 可不像你也不像我，他的时间很宝贵。他父亲 Albert Shin 七年前去世，现在欧拉基金会是由 Patrick Shin 负责。你可能不知道，他们的委托人个个大有来头，我不认为他会有闲情逸致在格陵待这么久，吃吃喝喝、交交朋友，他不会无缘无故地出现在一个地方。七年了，他现在是动一动脑筋就能颠覆时局的人。对于这种人，我会敬而远之。”

见他一副不以为然的模样，戚具迩道：“我给你讲个故事吧。有个男孩子很小的时候全家移民去了美国。也许是因为肤色，或者性格，他一直适应得不好。他想打入当地人的圈子里去，于是他吸大麻、酗酒、参加棒球队，和白人同学做朋友，和黑人同学打架。也因此他和家人的关系相当恶劣，常常夜不归宿，父母拿他也没有任何办法。”

“辛律之不是这样的人。”

戚具迩失笑：“我说过是他了吗？别心急。这孩子长到十八岁，有一次和队员们开派对，酒驾出了车祸，车上包括他在内的四个孩子全死了。”

成少为了解戚具迩的脾性，多半会认定如此忤逆的孩子还不如死掉的好。但说到四个孩子全都丧生时，她嘴角微微抽动了一下，显然是内心有所感触。

“发生了这种事情，总要有人出来承担责任吧？”

“因为聚会地点是在啦啦队队长的家中，按照当地法规，未到法定饮酒年龄的孩子们在家中饮酒，家长未能起到监督作用，罚款五千美金。”戚具迩低声道，“这个死去的孩子，他的家庭很有钱。在朋友的建议下，他们建立了以孩子之名命名的图书馆和奖学金，用以纪念早逝的儿子。能做的都做了，剩下的伤痛，他们打算交给时间来慢慢治愈。讽刺的是，与死者家属的低调相反，被罚款的家庭仍然夜夜笙歌，纵情声色。虽然刚刚丧子的这家人极力回避，但圈子就那么小，派对的消息仍然不断地传到他们耳中。”

“孩子的父亲非常愤怒，几经周折，认识了欧拉基金会的负责人，也就是 Patrick Shin 的父亲，Albert Shin。”

“我知道辛律之主持着一家数学研究中心，为客户提供精算服务，就是你所说的欧拉基金会？那辛律之的父亲能帮他做什么？”

“主持精算中心——这是他告诉你的？”戚具迩笑笑，不置可否，“也对，确实不算骗你。”

成少为的好奇心被她挑起来了：“你不是说我可以得到更多吗？告诉我你所知道的那部分就行。”

戚具迩皱了皱眉，似乎在想如何向成少为解释；但思考了一会儿，也没有什么更好的总结方法，反而想到另一个说辞：“这样说起来倒是很有趣——你的事业，是‘万食如意’。而他的事业，是万事如意。”

这个解释显然并不能让成少为更明白一些。戚具迩咳了一声：“讲回刚才的故事吧，Albert Shin 本来并不接这种小案子。但可能是被对方所打动吧，接受了他的委托，然后交给了他的独子，当时刚刚二十二岁的 Patrick Shin 来完成。”

成少为鄙夷道：“你越说越像《教父》的情节了。”

戚具迩哑然失笑：“听你这样说，还真有点尴尬。在你的想象中，大概 Patrick Shin 会授意黑帮出面，制造一起完美车祸，杀了那对纵容孩子开酒精派对的混账父母。”

讲完这句，她便不再作声了。成少为等了一会儿，见她似乎没有讲下去的意思：“后来呢？他做了什么？”

“你下次来陪我的时候，我告诉你结局。”

成少为不禁失笑，声音却有些气恼：“戚具迩，你把我当小孩子哄吗？”

一抹微笑慢慢地爬上唇边，戚具迩的面孔算不上美丽，但是很有辨识度，叱咤风云的女强人，流露出一丝小女儿神态时自有一股特别的魅力：“不，现在的我，只不过是一个想让喜欢的男人多陪一阵的女人罢了。”

她鲜少流露出脆弱的一面；成少为一愣，然后大力搓了搓脸，托腮看她：“如果不是认识了你十几年，真的就被你骗过去了。”

戚具迩笑笑：“今天讲完了，明天也许你就不会再出现。除了辛律之的故事，我也没有什么办法能把你留在我身边了。”

姜珠渊回到办公室，工作了一会儿，才想起有一份资料要找蔡媚媚签字。

蔡媚媚并不在办公桌旁。姜珠渊起身环顾一周，五十平方米左右的办公室，下午三点一刻，就只有她一个人坐班。

之前在医院营养科，下午三点一刻，所有同事都端坐在办公桌前工作，鼠标声、打字声，此起彼伏。

她等了一会儿仍不见人影，便打给蔡媚媚："媚姐，我需要你签字。你在哪儿？什么时候回来？"

蔡媚媚正在开车："哎呀，我不在公司。"

姜珠渊以为她在跑外勤："你什么时候回来？我等你。"

"别等了，今天保姆放假，我去接外孙放学了。现在小学放学也太早了，一年级三点半就放学，普通上班族根本没办法接孩子嘛……喂？小姜？听见了吗？"

"……听到了。"姜珠渊没想到她已经有外孙了，"那您忙吧。"

"小姜，心急吃不了热豆腐，明天早上给你签。"

蔡媚媚的一对外孙蔡子轩和蔡子萌今年六岁，上的是区内最好的私立小学，在格陵市内也能排到前三位。不少有钱有权的家长都脑袋削尖了把孩子往里送。蔡媚媚从未接送过孩子，她驾驶着一辆旧标致，在街上绕了几圈，见各类高档轿车已经在校外排起了长龙，不由得暗暗咋舌。

她颇找了一会儿车位，正在烦躁之际，又一个电话打进来："妈，孩子接上了没？接上了就到医院来。"

蔡媚媚眼睁睁地看着一个车位被一辆奥迪给挤了进去："去医院干什么？小孩子免疫力弱，去医院容易感染病菌。"

"不是和你说了吗？今天老胥出院。"

"你们怎么还在医院？都几点了，还没办完出院手续？"

后面有车按喇叭，蔡媚媚只得再朝前开；洛洛低声道："老胥前妻徐学惠和女儿胥丹都来了，要接他回去休养。你快带孩子来，给我撑撑场面。"

"撑什么场面？"

“我、老胥、子轩、子萌，还有你才是一家人。她们来算怎么回事？”

“你知不知道老胥委托‘万食如意’，说想吃他前妻二十年前做的凉面。”

“凉面？老胥脾胃不好，不能吃生冷食物。再说，徐学惠不就在这里吗？想吃叫她做呗，我是那么小气的人吗？”

“据说徐学惠也做不出当年的味道了。”

“真可笑，一碗凉面而已，你们难道做不出来？我看杂志上说，你们连失传的名菜都能做呢。”

自己的女儿不到二十就未婚生子，现在为了五十多岁的男人和对方的前妻勾心斗角；同样是二十四五岁的年纪，小姜才干过人，还有一个年岁相当的优秀男友——思及此处，蔡媚媚不由得心中五味杂陈。

接上了一对可爱的外孙，她那复杂的情绪也就随风飘散了。

虎头虎脑的蔡子轩是哥哥，手长脚长的蔡子萌是妹妹。

“外婆，你来接我们吗？外婆，你的车呢？”

“外婆没有找到车位，停在隔壁街了，我们走过去好吗？”

“好！”蔡子轩举起小拳头，号叫着朝前冲；原本就皱着小眉头的蔡子萌直接翻了个白眼；蔡媚媚嗔怪地拍了拍她的脸：“我的小乖乖，怎么又不开心？”

两个孩子，一个是没头脑，一个是不高兴。

“蔡子萌不吃甘蓝，生活老师说她了。”

“蔡子轩是告密狗！”

“还有还有，好多人叫子萌。所以她老是翻白眼。”

“笨蛋！同音不同字！”

不知两个异姓孩子，如何给她撑场面？大人已经足够尴尬，何必还要带上两个孩子？

三人走过停满高档轿车的校门；蔡子轩性格外向，不停和同学挥手告别，同时告诉外婆那个、那个，还有那个都是我的朋友：“那是小恩，她画画可厉害了……她爸爸妈妈是大学教授。”

“我也想姓云，姓蔡好难听。”一直满脸不高兴的蔡子萌突然挺直了背脊。

“哦！那是小堇。她妈妈好漂亮的，像个大明星一样。小堇！”

蔡媚媚也看到了那位驾着酒红色宝马来接女儿的贵妇。两人四目相对，但对方似乎没有认出她来。快活的孟堇并没有注意到蔡子萌同学有暗暗与她媲美的意思：“蔡子萌，蔡子轩，周末来我家玩啊！”

寇亭亭笑着对女儿说了两句，孟堇又纯真地挥着手：“什么都不要带，我家什么都有！”

蔡子萌的脸又垮了下来。蔡子轩早已挣脱了蔡媚媚，跑到另一边去和男同学比画着夸张的动作，口中还连连发出怪叫声。

“外婆，我的朋友都在桃源小学上学，为什么我要来这里？”

“你不觉得这里更好吗？教室又大又亮，老师个个都很厉害，将来可以直升全市最好的中学。桃源小学那么破旧，对口中学也不行。”蔡媚媚蹲下来，看着蔡子萌的眼睛，“胥叔叔很不容易才把你们送进来读书，要珍惜。”

蔡子轩跑过来：“胥叔叔的巧克力很好吃。”

蔡子萌的白眼要翻到天上去了：“不好吃。”

“好吃！”

“蔡子轩觉得粑粑也好吃。”

“蔡子萌！”蔡媚媚出声警告。

蔡子萌颇有些不服气：“孟堇也说粑粑。”

“我可没听见，淑女不会大声说粑粑。”

蔡子萌这才闭嘴。

待上了车，蔡媚媚说带他们去医院见妈妈和胥叔叔，蔡子萌又不高兴了：“明明比外婆年纪还大，为什么叫叔叔，不叫爷爷？”

蔡媚媚循循善诱：“就好像娓娓姨婆，娓娓姨婆很年轻，但和外婆是一辈的，所以要叫姨婆。有年轻的姨婆，也有年老的叔叔。”

蔡子轩没头没脑地说了一句：“他已经和妈妈结婚了，妈妈说不是叔叔，是爸爸。妈妈说要喊爸爸。”

“那么老！我不喊！”

蔡媚媚当机立断，播放起当下最红动画片的主题曲。欢快的前奏一响起来，一对兄妹瞬间忘记不快，大声地唱起歌来。一遍又一遍，一直吵到医院。眼见快到病房了，蔡媚媚急忙约束了一对外孙，又蹲下来替他们整理好校服：“我不管你们高不高兴，见到长辈要喊，这是礼貌……”

里面传来徐学惠的声音。

“……你有两个小孩要带，老胥还是跟我回去吧。学校里面环境好，丹丹最近也都住在家里，方便照顾她爸。”

“子萌和子轩每天都想爸爸，问我爸爸什么时候回去，我们一家人分不开……胥丹你笑什么呢？看到什么有趣的新闻了吗？”

“是啊。雌企鹅上岸后发现老公有了第二春，三只企鹅打成一团的视频，你要看吗？”

“你慢慢看。”

学惠一遍遍重复带前夫回自己家休养的好处——已经是第三轮介入，马上要评估介入效果，家就在学校里，比外面环境好，她也熟知老胥的口味等——蔡媚媚实在不想孩子参与这么复杂的成人的世界，正踌躇时，手机响了，是女儿打来的，蔡媚媚无奈摁掉，推门进去：“子轩，子萌，快叫胥叔叔。”

蔡子轩怪叫起来：“胥叔叔，你瘦了好多！像骷髅架子！可是你肚子好大。”

蔡子萌藏在外婆身后，她看得出这个曾经胖乎乎的叔叔外形上的变化，也能感觉得到他精神状态上的变化。她记得刚入院时，这个比外婆还老的胥叔叔会说笑话，会许诺出院了带他们去游乐园；而现在这个胥叔叔好吓人，看起来好累，也不爱说话了。

她害怕，不敢出声，也不敢靠近。

“子轩，子萌，快过来！”洛洛招手道，“我们一起接爸爸出院。”

胥丹不耐烦地站起来：“妈，看他这有滋有味地做着便宜老爸，你还舍不得走吗？”

徐学惠仍然不放弃游说前夫跟自己回去，无非还是之前的那些说辞；就连蔡媚媚也看出来她情绪不妥，急忙哄了两个孩子出去。

“老胥，学校里面环境好……”

“胥丹，你妈这句话已经重复七十三遍了。”

“妈，你别说了。”

“我又没说错，学校里面环境好，可以天天散步……”

“爸，你不让一小步，妈妈是不会罢休的。”

“学惠，你明天做点凉面送过来吧。”

“老胥，天气这么冷，还吃什么凉面啊？我做牛肉锅给你吃。”

“我心口燥得很，想吃口冷的、酸的。”

“行，你最喜欢吃我做的凉面了，我记得我记得，放点芝麻酱、鸡丝……不行，不行，芝麻酱和鸡丝不能一起吃……”徐学惠絮絮叨叨地说着凉面的做法，又问胥岷山要放些什么配菜，胥岷山叫她拿主意，她又絮絮叨叨地说出一大堆意见来。胥丹道：“家里什么菜也没有，我陪你去超市，走吧。”

“现在都下午四五点了，还有什么菜？不新鲜。我明天早上去菜场买，菜场多近呀，就在楼下……还是学校里面环境好。”

洛洛低头削苹果，但明显是在冷笑。

七十五。

胥丹挽着妈妈要走。

“丹丹，和爸爸握握手吧。”

胥丹顿了一顿，走到父亲跟前，伸出手。

胥岷山伸出手和女儿使劲握了一握。

胥丹小时候常这样被父亲握住小手，那时总觉得父亲的力气很大，她很疼；现在也感觉得到胥岷山用了很大的劲儿，但她已经不会疼了。

平心而论，胥岷山和徐学惠的感情走到今天这一步，并不完全是面前这个带着两个拖油瓶的女人造成的。若是嫌老爱嫩，胥岷山有更多更好的选择。母亲的情绪病和抗拒解决的心态，也要为他们的婚姻破裂负很大的责任。

胥丹一向理智地认为，自己对于爱情、对于婚姻的全部无感，并不是受到父母婚姻破裂的影响，而是天性淡漠使然。即使面对着身患绝症的父亲，她所希望的，也只是他能从容走过这最后一程。

“床下的苏打水就不要带回去喝了。”

洛洛道：“你懂什么？苏打水能治肝病，弱碱性体质是最健康的体质。就要多喝，当水来喝。”

胥丹不屑于批判民科：“贝医生说了，小苏打介入的方法他会和内地的同行沟通好、确定好，根据介入的效果来指定下一轮的治疗方案。喝进胃里和注入肝内是两码事，爸爸你应该懂的。”

“好的，不喝了。”

出门后，徐学惠仍不停唠叨，胥丹嫌弃道：“别再骗我来医院了，他已经不是你老公了，跟你回家算什么？”

“蔡洛根本没办法照顾你爸，她还有两个小孩要照顾。学校里环境好……”

大概是从十年前开始，不管是否有回应，徐学惠可以把一句话重复上百次，她并没有老年痴呆，这是心因性的病态。心理医生看了好几个，干预方式换了好几种，都没有效果。

胥岷山受不了可以离开，而胥丹只能习惯，习惯于在母亲沉闷而冗余的语调中自己找乐子。

“难听我也要讲——丈夫是你自己越推越远的。”

“只要你爸过得好就行。我就怕蔡洛照顾不了他，她还有两个小孩要管，学校里环境好……”

“爸的主治医生，那个叫贝海泽的挺不错。”面孔长得帅，体形结实有力，凭胥丹阅人无数的双眼，可以肯定是穿衣显瘦、脱衣有肉的类型，“现在格陵真难得看到一个内外兼修的男人，要么长得不端正，要么体重管理有问题。”

徐学惠终于不再无限循环上句话了：“贝医生真是没得说，态度好、技术好，我每次找他都非常耐心，比你们对我耐心多了。要我帮你打听打听吗？不知道他有没有女朋友？”

她又不是要和他谈恋爱，有没有女朋友关她什么事：“不用，我拿到他的电话号码了，我自己会处理。你还是考虑一下毕赢那件事，能瞒多久。”

胥丹不无讽刺道：“为了车子被划这种小事，就找社会上的小混混打小孩，乃至于破相，这就是胥岷山疼爱到心里去的徒弟。”

“也不完全是毕赢的问题。是他的高中同学硬替他出头，他也不知道会打得这么重。”

“他不知道？读书的时候，模型构建有剽窃嫌疑，是师兄提供的原始代码有问题；在爸的公司管账，账做不平，是销售交上来的发票有问题。从以前到现在，哪一次他不是把自己的责任摘得干干净净？哪一次爸爸最后不是原谅他了？现在家长找到单位要说法，你打算怎么办？”

徐学惠疲惫道：“你爸哪有精力处理这种事情？让毕赢自行道歉和赔偿吧。”

“他会道歉？他宁可躲起来也不会道歉，他多久没有来看过爸爸了？”胥丹冷道，“受过高等教育的人都知道，不要和未成年人计较，有理都变无理。我看他是这些年太得意、太顺遂，得狠狠跌一跤才记得住教训。”

许度在咖啡室内等贝海泽下班一起健身。

她曾去过一次肝胆外科，后来便再也不去了。旁人觉得她大约是避嫌，因那是她父亲的地盘。实际上是她总觉得自己一张脸写满了“我爱慕小贝医生”，生怕别人取笑。

咖啡室内人不多，只有一名中年妇女，带着两个小孩，似乎在等人。男孩子攀高爬低，好有活力，女孩子则乖乖坐着吃蛋糕。

许度出神地看着，思绪却飘向了远方。

原本她很笃定暗恋肯定都是美化了对方，但随着和贝海泽的相处，哎呀——他怎么会比她印象中的那个人更好呢？

从一开始的难堪到现在期待每次健身时的见面，从一开始的跑两步就气喘吁吁到大汗淋漓完成三千米变速跑，她的身体比刚回来时清爽多了，大脑也不再是一片混沌。

许度不在格陵的这几年，贝海泽已经从邻家大哥哥变成一个有着强大吸引力的男人。

眼睛亮晶晶的海泽哥哥很帅。

言语温柔、待人亲切的海泽哥哥很帅。

里面衬衫领带、外面白袍的海泽哥哥很帅。

换了运动装，接她一起去健身房的海泽哥哥很帅。

在她认定教练故意针对而唉声叹气，来激励她的海泽哥哥很帅。

在她第一次跑完三千米后，依约买了一副运动耳机做礼物的海泽哥哥很帅。

为了接住从动感单车上摔下来的她，结果掉了隐形眼镜，捂着眼睛到处找的海泽哥哥帅爆了。

哪怕有一天变成贝中珏叔叔那样腰骨劳损、只能叉着腿坐的老头子，也还是帅人一脸。

海泽哥哥这么帅，总带着一股柠檬气息；而她只是一出汗就会很臭的无业宅女。

真希望自己也能越来越美好，然后勇敢地剖明心迹……

“许大作家，好久不见啊。”一双手拍上她的肩膀。

许度回头一看，尖叫起来：“小羚！粲粲！”

她跳起来，三个女孩子抱着尖叫连连。她们原是高中同学，亲密到互相之间以老公老婆相称，后来天南地北各自求学，联系少了许多。现在又在医院碰面，自然是喜出望外。

庄羚笑道："想啥呢？大老远就看你一脸春意荡漾。"

左粲粲埋怨道："你回来多久啦，为什么不找我们？"

许度嫌弃道："作家，亏你们喊得出口，估计我写的小说翻都没翻过吧。"

庄羚摸了摸她的脸："你知道我们重口味，纯爱不适合。不过你出的书，我可是买了十来本送亲戚朋友。别回避问题，回来为啥不找我们？"

许度低下头嘿嘿地笑："我这不是比出国的时候重了二十斤嘛，想把肉甩掉了再找你们。"

"英国的水土很养人吗？"庄羚将她上下一打量，"我看也还好啦。我给你开个餐单，照着吃，没问题。不过还是要运动增肌，提高基础代谢率。"

"我现在也有在健身啊。"许度对她们倒起苦水来，"现在的健身教练怎么跟人生导师似的？我一去就问我为什么健身，我明明是上了贼船，还要我说出个一二三点来。我说来了不就是为了减肥吗？他说不对，你的目的是培养健康的生活习惯——不是搞笑吗，你知道还问我？嘲笑我五百米都跑不下来，还想跑完人生吗？我只想慢慢爬到人生终点行不行？每天嫌我屁股大，我屁股小就不找你啦。"许度总结道，"真的很讨厌！"

庄羚和左粲粲笑得眼泪都出来了："我们嘟嘟还是那么幽默。"

大家又聊了一会儿彼此的近况，许度知道她们是在医学院读营养学的研究生："忙吗？营养专业是不是每天做特别多好吃的？"

"你傻呀，那是厨子做的事儿。我们是评估你吃得有没有营养，告诉你怎样吃才健康。"庄羚道，"你爸是大国手，有专门的营养配餐，不知道吗？"

"他？总吃最嫩的，能不健康吗？"

许昆仑花名在外，无人不知，无人不晓。庄羚笑起来："有件事情，怕说了你不开心。"

“有啥不开心的？”

“和你爸有关。”

“快说，让我开心一下。”

原来是肝胆外科收了一个肝巨大海绵状血管瘤的病人，手术做得挺成功，事后病人送来女儿亲手写的感谢信，感谢又高又帅的 wochan 叔叔给了妈妈第二次生命。大家都以为 wochan 叔叔是许昆仑，于是安排了小朋友来医院和许昆仑拍照宣传，结果小朋友来了皱眉头：“不是这个眼袋叔叔呀。”

许度笑得拍桌子：“绝，人小朋友没叫他爷爷算不错了。”

左粲粲笑道：“卧蚕叔叔是他那个挺帅的徒弟贝海泽吧。”

庄羚点点头。这个名字从老友口中说出，又是不一样的感觉。左粲粲敏锐地发现许度的脸红了，笑嘻嘻道：“对哦，听说你小说的男主角原型就是他。”

“都是创作，创作。”许度赶紧解释，“源于生活，高于生活。”

她看到网上有读者人肉他了。她一开始只想随便写写，没想到会有那么多人喜欢。所以出书的时候把背景改动了很多：“不会有很多人误会吧？造成困扰就不好了。”

“没有啦。现在什么新闻能持续发酵三天？也就是爱你关心你的老公，突然想起来了才问你呢。”庄羚道，“还好你不是暗恋他。”

许度一下子紧张到喉咙发紧：“怎么了？我会被他的女朋友打吗？”

“说什么呢？别看贝海泽性格很好，他妈妈那一关可不好过。”

“你怎么知道？”

庄羚：“告诉你吧，前不久卫生系统有个领导看中了贝海泽。”

左粲粲：“是不是肝移植中心挂牌那天来的张司长？我就觉得他看贝海泽的眼神很不同。”

庄羚：“可能吧，我记不住这些头衔。反正那人有个独生女，很俗套的，他想介绍贝海泽给自己女儿认识，伍处给婉拒了。我有个同学在医务科工作，无意中听到伍处打电话才知道的。”

是无意还是有心八卦就不好说了。左粲粲笑道：“还真不愧是我们嘟嘟笔下男主角的原型，无论小说还是现实，都是好女婿人选。”

许度听了，倒不觉得伍敏阿姨做得过分：“可能海泽哥哥自己也不想和对方相亲啊。金枝玉叶，不好伺候。”

“哎哟，海泽哥哥叫得这么亲热，还说你不是喜欢他！”左粲粲笑道，“才回来多久啊，发展得挺快，矜持点嘛。”

“没有没有，不是那样的。”许度赶紧澄清，“我和海泽哥哥不是那种关系。”

庄羚若有所思：“来得早不如来得巧，说不定这就是缘分呢？”

“缘分”两个字戳中了许度。她双颊绯绯，欲言又止的样子，愈发勾起了庄羚和左粲粲的好奇心，催促着她说出内情。

“小羚，粲粲，其实我也不知道怎么会这样。我写小说的时候，顶多是对他有些美好的幻想，我想等我回来了，看到他在我爸手下当个呼来喝去的小医生，这些幻想都会破灭的，所以就任由自己把他想成了一个很完美的样子。”

“听起来很理智——此处应有转折。”

“我刚回来的时候觉得吧，他除了帅，也不见得和我笔下的男主角有多相似。毕竟是我写出来的，当然是有多完美写多完美了。但真的好奇怪，从第一次见面开始，我笔下写过的那些情节全都一样一样地在现实中发生了。”

庄羚和左粲粲面面相觑：“什么？你说清楚点。”

“我知道你们没看过我的小说。网上可以搜到全文，你们看了就知道了。我一回来，和我爸大吵了一架，我爸叫海泽哥哥带我去健身，在健身房，我们打赌，如果可以跑完三千米他就送我一副耳机，我差点从单车上摔下来，他来救我，结果掉了隐形眼镜，我们一起在地上找，差点撞上——这些全是小说里的情节……”

如果换了别人大概会顺着许度说下去，反正也不会有什么损失；但庄羚和左粲粲不会，她们是真心将许度当成朋友，所以提出了自己的疑问：“许度,你是不是太沉溺于虚构世界了？很可能你有了一个思维惯式之后，就把之后发生的事情都往里面套。”

“我没有。我发誓，这真的都是我小说里的情节。一开始我也觉得都是些惯用梗，但发生在自己身上的感受就完全不同。”

谁不希望自己的爱情故事和小说一样美妙又富有戏剧性呢？种种迹象看来，她和海泽哥哥的缘分简直是天注定啊，所以她也要赶快改变自己的生活态度，好配得上优秀的他：“不过也还是有些不一样。本来我小说里写男主有一个金枝玉叶的挂名女友，还会各种刁难女主，但你们说伍敏阿姨直接拒绝了。还是伍敏阿姨比较厉害。”

庄羚和左粲粲交换了一个眼神。左粲粲正要说什么时，见一身运动装束的贝海泽推门进来，许度赶紧示意她们别再说了。

“海泽哥哥，这是我的高中同学，庄羚和左粲粲。”

贝海泽见她们亦有些面熟，互相问了好，又问许度可以走了吗？

“我们还有好多话没有聊完呢。”

“对啊，要不今天别去了，一起吃饭吧。”庄羚亦出声挽留，“好多话想和你说。”

贝海泽无所谓地笑笑：“随便你，放松一下也好。”

许度犹豫了一下，不想他以为自己是玩花样偷懒。

“下次聊，下次聊啊。”

见许度选择和贝海泽离开，庄羚也无话可说。她并没立场阻止许度和贝海泽接触，但她反复回味着许度说过的话和她所知的事实，又着实矛盾重重。

她往椅背上一靠，望向四周。那带着一对顽皮幼童的中年妇女恰巧也看了过来。庄羚不禁皱了皱眉头——许度的大嗓门啥时候能改改就好了。

“贝海泽和姜珠渊已经是过去式了吗？”庄羚出神地望着那妆容精致

的中年妇女，后者一边接电话，一边带着孩子离开了咖啡室，“姜珠渊离开医院后他们就没联系了？”

左粲粲摇摇头表示不清楚：“如果是过去式，好像也没必要由我们讲给嘟嘟听吧。”

“要说伍处也是厉害，硬是把姜珠渊在肝胆外科的轮值调在了最后一站，就是不想给他们培养感情的时间吧。”

“好像没啥用。我看她走之前挺春风得意的，和贝海泽出双入对呢。”

“有什么用呢？现在还不是一个天南、一个地北，隔了一条过海隧道呢。”庄羚道，“要怪就怪姜珠渊自己太轻佻，贝海泽没费什么劲儿就给追到了。”

“这倒是。贝海泽虽然长得帅，也不能说勾勾手指头就过去呀。”

庄羚了然地笑：“你看过姜珠渊的身份证照片吗？简直了，雌雄难辨啊。大凡她这样的女孩子，青春期长得不好看，现在会捯饬自己了，总还是有点小自卑的。但凡有个男孩子表露好感，可不是勾一勾手指就追到，再弹一弹手指就甩掉了吗？”

她们和姜珠渊不是朋友，没义务去顾及姜珠渊的感受：“只要贝海泽不是一脚踏两船，伤害嘟嘟就好。”

“他总要考虑许昆仑的感受吧。”庄羚道，“许大国手的脾气你不知道吗？平时怎么开玩笑都可以，如果是他在意的事情——听说他当年为了从聂未手上抢这个徒弟，还是用了些手段的。”

“所以现在又要手段招女婿？志在必得？”左粲粲无奈地叹了一口气，“人生被这样操纵的话，会很烦躁吧。”

“许大国手是不会管先来后到这些的。”庄羚道，“不管过程怎么样，只要最后嘟嘟和贝海泽可以像她写的书中那样，‘从此幸福地生活在一起’不就好了吗？”

第二道 × 热菜

山水豆腐

无惊无险，又到周一例会的时间。蔡媚媚开着新车来上班，在公司楼下，看到姜珠渊还自行车。

“小姜？今天没开车？”

姜珠渊笑着将一绺散开的头发别到耳后：“挡风玻璃坏了，送去修理了。如果云泽也有专门的自行车道就好啦。”

想到上次姜珠渊撞见她提早下班，蔡媚媚主动拿出手机，印证两个外孙的存在：“小姜，我给你看他们的照片。”

据说这个世界上有三样东西无法掩盖：咳嗽、贫穷和爱情。

随着科技发展，还应该加上两样——人类对于自己幼崽的展示欲望，以及人类对于他人幼崽的兴趣索然。

但蔡媚媚一心想要展示人类延续的奇妙之处，完全不顾尚未婚育的姜珠渊一脸茫然：“你看，这是刚刚在学校门口拍的。”

两人边聊边走入电梯，未曾注意到旁边有人侧目。待她们进了电梯，四下议论声才肆无忌惮地响起来。

“那个女的是谁？怎么以前没见过？和媚姐有说有笑。”

“新来的营养师。”

“‘万食如意’还在请人？听说‘味·道’那边的顾问费已经拖了两个月了。”

纷纷的议论声中，大家达成一个共识——“万食如意”这个唯一亏钱的项目，不会受清算影响的消息，看来是真的。

“大家都说他们眼睛像我，反而不像他们妈妈。”

这次受邀评判人类幼崽，至少不会尴尬过上次评价成年男性是否英俊潇洒：“小脸红扑扑的，看上去很健康。”

误打误撞。老人家不在意孩子美不美，健康才是金标准：“他们可皮实了！哎哟，精力旺盛得我都吃不消。”

蔡媚媚的手机存了不少照片。同一个场景，同一个动作拍上几十张：“你看他们吃面包的样子，真是太可爱了。”

来到办公室，她们照例又是最早的两个人。

“不是九点开会？”

蔡媚媚见她指着墙上的壁钟，摆摆手道：“那个钟停了很久了。”

“上个星期我装了新电池了。”

蔡媚媚定睛一看，果然秒针在动：“少为说他今天会晚一点到，要去接机。你可以先休息一下，反正其他人也没来。”

她一张张地滑动着照片，沉浸在一对外孙带来的幸福中：“他们的妈妈总是让我头大，幸好还有他们。”

哎呀，心事就这样自然而然地流露。

“……她自己还是个孩子呢！书嘛不好好读，鬼使神差，又弄两个小人出来。现在好了，嫁了一个老的，走出去像三代人。”

姜珠渊并未追问孩子父亲是谁，去了哪里，以及蔡媚媚的新女婿又是哪位。因她觉得那是旁人私事，不好多问，只得岔开话题：“这张照片在哪里拍的？”

“哦，这是上周末在孟堇家里拍的照片。洛洛要照顾老胥，我陪孩子们去了。”蔡媚媚重戴上老花镜，“孟堇你知道吧，她妈妈就是你的旧同学寇亭亭。上周末她家开乐高派对。”

寇亭亭花了很多心思在女儿的派对上——事先用乐高将复杂的部件拼好，藏在各处，让孩子们边玩耍边寻找，最后再搭拼起来。

“不仅小朋友玩得开心，连家长也觉得很有意思。”

除了恐龙、熊猫、美人鱼、飞机、汽车、城堡等模型之外，一应派对用具也全是乐高拼成。最有心思的是，因孟堇的奶奶长年茹素，派对上只提供素食汉堡、水果比萨、薯条和汽水，但作为甜品的果冻都被做成了乐高形状。

“孟堇妈妈真的很有心思。听其他家长说，从小堇三岁开始，每隔一段时间她都会为女儿举办一次主题派对。音乐派对、亲水派对、蝴蝶派对、海洋动物派对、迪士尼派对，每次都很有特点，她还会和孩子们毫无形象地一起疯闹。做人妈妈做到这样真的是无人可比了。”蔡媚媚摇摇头，“不知道少为是哪根神经搭错，去追求她？一个把自己女儿宠上天的妈妈，生活这么充实，怎么可能去出轨？”

照片上的小朋友们站在模型前面，手里拿着乐高拼成的花朵、宝剑、魔杖，笑得一派无邪；只有站在最边上的蔡子萌板着脸。

“全班小朋友都去了？”

“差不多吧。”

“他们班上有个女孩子叫云小恩，不在照片里。”

“对，她周末要上美术课，没去。你认识她？”

“嗯。”

蔡媚媚又说起孩子的趣事来，见姜珠渊没有回应，不免有些讪讪：“我是不是妨碍你做事了？”

“没有。”反正成少为还没来，姜珠渊正在比较几种茶叶的味道，“喝点茶？”

她倒了一小杯给蔡媚媚：“试下。”

“谢谢。你自己怎么不喝？”

“我不爱喝茶。”

“也是，年轻人喜欢喝咖啡。”蔡媚媚喝了一口茶：“你都挺怪，不喝茶买这么多种茶叶——和委托有关？”

姜珠渊点点头：“每样只买了一点点，不到一百元。”

“如果是大丰和小俭，至少买两斤回去送亲戚了。”蔡媚媚道，“把发票保存好，将来报账要用的——哎呀，我还没有给你解释过报账流程。”

姜珠渊从案头拿起一本厚厚的小册子：“入职时发的《员工须知》里面有，我看过了。有问题我会问您的。”

蔡媚媚叹道：“你这个女孩子，做事勤力、做人认真，真是越接触越讨人喜欢。最难得的是一点都不多嘴饶舌。”

“其实我也有很多缺点。”姜珠渊将发丝别到耳后，“只不过才来半个月，来不及闯祸而已。”

“半个月。”蔡媚媚靠在椅背上，“大丰和小俭他们刚来三天，就缠着我问为什么组长和他妈妈关系那么恶劣？‘万食如意’做不做得长？发不发得出工资？这些问题你统统没有问过。”

“单位发我基本工资，保险也是单位缴纳，‘万食如意’不用发钱给我。”姜珠渊道，“所以我没有问题。”

“基本工资？够生活吗？”

姜珠渊点点头。

“你家庭条件一定不错。你爸也在卫生局上班？”蔡媚媚记得她的入职简历上，社会关系一栏里，父亲和哥哥都是公务员，母亲是全职主妇。

“我大学毕业后就不向家里要钱了。”姜珠渊道，“虽然也没攒下什么钱。”

其实她也有很多事情想知道答案，可是怎么也得不到。久而久之，她在某些想不知、不想知、知不想的事情上，就不那么执着了，继而去关注一些一定会有答案的问题："看来今天上午不会开会了吧。"

"也不知道少为去接谁的机，几点，到底来不来？"蔡媚媚侧过头来看姜珠渊，"你真的一点也不八卦。大丰和小俭问我，我只会告诉他们少为有一个好漫长的叛逆期。"

蔡媚媚毕业后第一份工作就是在老饕门，那时候还是一家勉强维持的小酒楼而已。她的工作是服务员，间中帮代喜娟带带孩子。代喜娟什么事都亲力亲为，从早到晚，忙进忙出，根本没有时间管成少为。而那个时候的成少为也非常乖巧，从幼儿园回来就自己乖乖地坐在收银台后面玩，从来不让大人操心。服务员和客人们都很喜欢逗他，因他长相可爱，童音清亮。只有代喜娟嫌他黏人，如果被他缠得烦不过，还会踢他一脚。

阿媚，你带少为玩一会儿。

阿媚，明天幼儿园开家长会。

阿媚，你带少为去剪个头发。

阿媚，少为今天有手工作业。

少为一开始叫她阿姨："媚阿姨……"

蔡媚媚一直都很喜欢小孩子，像成少为这样可爱乖巧的更是爱不释手。她从后厨拿些甜糕和汽水给他，两个人坐在门口分享。

"少为，你不要叫我阿姨。我有一个表妹，比你大一点而已，你叫我媚姐姐吧。"

他们胜似亲人的感情就是在那个时候建立起来的。有一个总来吃饭的小学老师，偶尔也逗逗少为，和蔡媚媚攀谈："一个人带孩子挺累吧。"

"还好，他很乖的。"

"……他爸爸呢？"

"我不知道。"蔡媚媚奇怪他怎么会问这个问题，"我们是打工的，怎么能问老板这些事情？”

“我还以为是你的孩子。原来不是！哈哈……还好不是！”

蔡媚媚脸一红，笑骂了他一句，牵着少为走了。

大概也就是一年的光景，因为经营不善，酒楼做不下去了。代喜娟带着孩子回内地去找前夫筹钱。所有员工都遣散了，蔡媚媚拿了遣散费，糊里糊涂地和小学老师结了婚，一晃三年过去，又离了婚。

离婚后的蔡媚媚考了会计从业证，在桃源里的一家小饭店里收银。

突然有一天代喜娟打电话给她。

“阿媚，我回来了。”

两人寒暄几句，蔡媚媚才知她又重新开了一家酒楼，换了名字，生意还不错：“听说你在股市里赚了一大笔？我就知道你总还是有办法。”

“少为上小学了。不听我的话，我管不了他。”代喜娟说到重点，“要不你还是到我这里来做吧，听说你生了个女儿？古人说易子而教，会不会好点？”

蔡媚媚沉默了。

“洛洛判给她爸爸了。看到别家的孩子……我心里会不舒服。”

踌躇再三，她还是回到了老饕门。

重新见到成少为，蔡媚媚委实吓了一跳。

他的头发许久未剪，刘海也遮住了眼睛，加上漂亮的面孔，宽大的运动校服，简直像一个受了委屈的小姑娘。

他抓了抓头发：“媚姐姐。”

见他一副没人管的样子，蔡媚媚就心软了。上去牵住他的手：“老师不说你吗，这么长的头发？！”

“老师以为我是女生。”他笑，“我上男厕把他吓坏了。”

“媚姐带你去剪头发。”

等他剪头发的过程中，蔡媚媚拿着代喜娟给她的信用卡，帮他从内到外买了好几套衣服还有学习用品。

头发一剃，又是一个漂亮清爽的小男生。蔡媚媚笑着摸摸他的头："比以前更帅了，长高了好多。"

现在的老饕门不是以前的小酒楼。富丽堂皇的大堂，金碧辉煌的吊灯，花纹繁复的沙发，穿制服的侍应生拿精致的点心和果汁过来给他们。

"少为，在老家玩得开心吗？"

"还好。"

她一直在观察他，她不认为金钱的多寡会改变孩子的天性。况且母子之间怎么会有隔夜仇？

"我看你好像不太开心？"

"没有。"

他手腕一歪，果汁顺着垫子流进夹层。他很小的时候就已经不会失误，他是成心的。蔡媚媚阻止了他："少为？这沙发很贵。"

成少为看着她，仿佛并不觉得自己把沙发弄脏有什么错。

"媚姐，你回来吗？"

"嗯。你妈工作忙，还是我们两个混一混好了。"

渐渐地，蔡媚媚看出了端倪。

男孩子嘛，皮一点才聪明。天马行空的小男孩在学校和家里惹出来不少麻烦，在蔡媚媚看来都无关紧要。哪怕需要她三天两头地去给家长、给校长赔不是，她也不觉得有什么，最多笑骂两句。

成少为总是避免和代喜娟有任何接触，身体、语言乃至于眼神。两母子交流一贯的少，而且多了一种剑拔弩张的气氛。

无论蔡媚媚如何明示暗示，如何劝导开解，都无法打开这局面。

有一次晚上九点多，蔡媚媚接了成少为补习回来，和其他几个相好的同事坐在一个小包间里吃夜宵。

吃到一半，代喜娟应酬完了，一身酒气。蔡媚媚连忙将成少为旁边的位置空了出来，她坐下。

“开家长会为什么不告诉我？”

蔡媚媚道：“我去了。少为一直保持在年级前二十名，老师表扬了他。”

“表扬他？听说他这次又把班上的电视弄坏了？才赔了一整套四十件课桌椅。”

这事老师已经找过蔡媚媚了。成少为他们年级每个班都配有一台电视机，那天晚上全年级的同学都在观看录播的生物竞赛视频，突然信号一转，播起了刀光剑影的武侠剧。

恶作剧的再没有别人，只有成少为。

年级主任气坏了，关了电视还想不通，没有天线，是怎么收到电视台信号的呢？

蔡媚媚道：“男孩子，哪有不皮的呢？又不是原则性问题，再说了，那是《双姝传》的最后一集嘛，全城都在等着看结局。我已经说他了，以后不会了。”

成少为一口汤圆含在嘴里，含混不清道：“媚姐，是《双姝传》。”

“对对对，《双姝传》，就你能干。”

“我算什么能干？隔壁学校的孟觉，弄了个大屏幕挂在操场上播给全校同学看，那才能干。”

“我看你在电子工程方面还有点天赋呢。”

代喜娟不耐烦道：“学什么电子工程？你不接我的班谁接？”

蔡媚媚打圆场：“少为他有数的。”

代喜娟又道：“为什么烫头发？像个女孩子。”

蔡媚媚回答：“现在流行，好几个偶像都是这种发型。”

代喜娟怒喝：“是我儿子还是你儿子？他没长嘴？要你说？”

一直把代喜娟当作空气的成少为这才冷冷出声：“和媚姐没关系。”言下之意，是我不想和你说话。

代喜娟冷笑：“那你又出声？”

也许是发泄自己的愤恨，她从回到格陵说起，从成少为成了一个不省心的孩子说起，从成少为不断闯祸她不断收拾烂摊子说起，这里不好，那里不对。

“你这个孩子……简直没救了……成绩好？有本事考第一名……就你这样的，将来工作都找不到……还不是得回来做事……”

灯光下，看得很清楚，代喜娟的口水喷到了成少为的碗里。

成少为放下了调羹。

“给我脸色看……也不想想，你读书的钱，生活的钱，都是谁供的……狼心狗肺……”

他站起来，往代喜娟的汤圆里吐了一口口水。

满座脸色俱变。

代喜娟倏然起身，一巴掌打在儿子脸上，说出了单身母亲的那句经典台词。

“我这么辛苦是为了谁？”

挨了一巴掌的成少为，看着满脸怒色的代喜娟以及拉着代喜娟、忧心忡忡的蔡媚媚，突然笑了起来。

“我也很辛苦啊。”

代喜娟一脚踹过去。

事后代喜娟向蔡媚媚道歉。

“这件事和你无关，不该迁怒于你。”

“代总，你们当初回内地是不是发生了什么事？”

代喜娟支支吾吾：“都过去这么久了，问来干什么？”

“就是因为过去了那么久都没有解决……”

代喜娟复又变得烦躁：“我从来没有亏待过他！他是我儿子，我不疼他疼谁？哪怕最困难的时候，我也没有让他吃不饱、穿不暖！我就算杀人放火也是为了他……”

蔡媚媚道：“我不是八卦，我只是看到你们这样，觉得很不好。别看少为平时乐呵呵的，我感觉得到他心里很寂寞。也正是因为这样，所以才老惹事……”

代喜娟嗤之以鼻：“他才多大，胡子都没生，懂得什么是寂寞？！”

因为亲情上的缺失，寂寞的成少为在升上高中后，开始和一向避之唯恐不及的女孩子有了交集。有一个眼睛生得很漂亮的小姑娘，成少为和她逛了几次街，还带回老饕门吃过甜品。

代喜娟知道后，并没有像以前那样针锋相对、恶语相向。

她并不反对儿子早恋，反正吃亏的不会是成少为。她冷嘲热讽：“你的眼光就那样？为什么不多挑挑？”

好的，多挑挑。

蔡媚媚说起来居然眉飞色舞：“我记得那一天，是他高二下学期期末考完试，请了好多女孩子来老饕门吃杨枝甘露。”

一直默不作声充当听众的姜珠渊“咦”了一声。

“组长的高中是不是在外国语中学读的？”

“你不是云泽人吗？怎么知道？你也听说过？我是听说少为的初恋成了专栏作家，把这件事写了出来。”蔡媚媚笑道，“他也是很有面子，来的全是他的学姐学妹，把整个大厅都坐满了。代总知道了，也无可奈何，总不能把所有人都赶出去吧。”

“……没想到一碗糖水的背后，还有这么曲折的故事。”

“也只有成少为做得出来，你见过代总，她是那种控制欲很重的人吗？并不是。”

但那一次真是让代喜娟感觉到了事情的严重性。蔡媚媚早就对她说过，成少为是那种要顺着毛摸的孩子，吃软不吃硬。如果他喜欢你，就算是陌生人也会两肋插刀；如果他不喜欢你，就算是亲生父母，也一样顶心顶肺。

为了保住家长的权威性，代喜娟开始在钱、感情、工作等各方面都疯狂控制儿子。报考专业、交往对象、求职就业，而少为又是一个绝不愿受到管束的人。

“他谈朋友，代总会把人家祖宗十八代都调查出来，所以现在他谈每一场恋爱都不会超过两个月，不给他妈调查人家的机会。他在外面找工作，代总会搅局搅到他自动辞职。最后还是把他留在了公司，好，留下来就和你对着干。代总喜欢低调，他就一定要高调；代总要做分子料理，他就亏本卖情怀……”蔡媚媚道，“我希望哪天出现一个女孩子，既可以得到少为的喜爱，又得到代总的欣赏，从而改善他们之间的关系。”

“如果她还能有一技之长，帮助老饕门的生意更上一层楼就更好了。”

蔡媚媚笑吟吟地盯着姜珠渊。

哎呀，气氛有些微妙。

叮的一声，姜珠渊收到一条短信，她站起来，走到一边去查看。

是以前医院的同事庄羚，问她近况如何；她回短信时，便听见门外有急促脚步声。

大门被从外面重重撞开，大丰和小俭冲进来：“组长在后面，准备开会。”

“几点了？”蔡媚媚望向墙上的挂钟，“我们正准备出去吃午饭呢。”

“组长说订餐了，一边吃一边开会。”

没想到他订的是火锅。

来了一男一女两名服务员，拎着硕大的外卖箱，看上去也颇有些吃惊怔忡的样子。

想必是没料到今天这次的外送地点是老饕门，而客人们整理出了一张干净的会议桌，好整以暇地等着吃火锅。

他们专业地将电磁炉、鸳鸯锅、汤料、配菜、蘸料、碗碟筷勺，一样样拿出来摆好。

“你们为啥会订我们的火锅？”终于男服务员发问，“老饕门不也有订餐服务吗？”

成少为抽出一次性筷子，擦擦上面的毛刺：“吃厌了。”

“你们要研究我们的锅底？”女服务员怀疑道，“这样很没有职业道德唉。”

成少为脱了外套，挽起袖子，抖开围裙，系在衬衣外面：“小姑娘，想象力太丰富了。我们只是单纯想吃一餐火锅而已。”

“也是。我们的白汤底不像外面只用猪骨熬，还加了另外两种骨头；红汤底有八种中药和十三种香料；你们吃不出来的。”

成少为这人就是激不得：“小姜，给这位妹妹露一手。”

他手一挥，指向姜珠渊，有心看一本正经的营养师会有什么有趣的应对。

但这次姜珠渊要让他失望了。

“对不起组长，我做不到。”

“做不到？做不到这三个字，不像是你字典里会有的词。”

“我字典里还有很多词。”姜珠渊笑笑，“嘌呤、尿酸、痛风、肾结石。”

“你这本字典挺阴郁的。”

女服务员不明就里地望向姜珠渊。后者道：“他和你开玩笑，别在意。”

“你们在做什么？”

服务员走后不久，汤还没有开，菜还没有下锅，突然一道严厉的中年女声响起在虚掩的门口。

一位身材丰腴、装扮富贵的中年妇女噔噔噔地走了进来。在她身后，一名身材纤弱、穿着保守的青年女秘书亦步亦趋地跟着。

“代总？”蔡媚媚有些尴尬，“……我们正准备吃饭。小司，你们吃了吗？”

秘书小司推推鼻梁上的眼镜：“媚姐，我和代总刚巡视完分店回来，还没有吃饭。”

其他组员也站起来问好；代喜娟用嫌弃的目光梭巡了一遍这些她完全看不上的杂牌军，在看到姜珠渊时，眉头才微微舒展了一些；她又将目光投向正在专心烫肥牛的成少为，似要说些什么，却又觉得无味。

虽然都在商场上浸淫了多年，但戚具迩和代喜娟是两种完全不一样的女强人。戚具迩坚韧内敛，常常在谈笑风生中令对手一败涂地；而代喜娟胆大心细，常能在颓势中另辟蹊径，绝境逢生。

但两个人又有一个共同点，即是深藏不露，不容易让人猜到她们的真实想法。

蔡媚媚让出成少为右手边的位置，让代喜娟坐下，又拿了新的一次性碗筷给她。代喜娟坐下，小司提醒：“办公区域刚刚升级过亨安最新的烟感探测器，一旦检测到 150 以上的烟雾，就会启动喷水程序。”

众人齐齐望向天花板中央的圆形探测器。

蔡媚媚道：“少为，你肯定有办法关掉它。”

“没有。”成少为道，“好嫩的牛肉，大家快吃。”

“喷水程序受中央保安系统控制，不能关闭。”

“那还是别吃了。”

“在探测器下面吃火锅就做好了被淋湿的准备。”成少为道，“媚姐，你最喜欢吃的毛肚。”

代喜娟夹了一筷子鱼滑：“在座的每一个人，都跟着你混饭吃。水喷下来，谁也跑不了。”

“所以，一开始就不应该吃火锅。”

蔡媚媚道：“少为，火锅是你订的呀。”

姜珠渊突然起身，走了出去；再进来时，手里拿了一包湿纸巾递给成少为：“我刚上网查了，可以用湿纸巾包起来，不妨试试。”

成少为瞟了她一眼，他那眼神的意思似乎是嫌小姜多事，但她不想冒险："这里组长最高，劳烦您上去一趟吧。"

她从手腕上褪下一根黑色皮筋，递给成少为。

代喜娟和蔡媚媚这两个成少为生命中最重要的女人，齐齐看着他爬上桌去，将检测器用湿纸巾包住，又用皮筋固定。

她们所思所想，却大相径庭。代喜娟清楚知道成少为每句话都意有所指；而蔡媚媚却又重新动起了那点小心思。

"你看，小姜一直都挺有办法，和少为配合得很好。"

"世上的事都这么容易解决就好了。"

"就算解决不了，试一试也好。"

从会议桌上跳下来的成少为很明显有些懊恼，仿佛被人打断了节奏一般，不知道下一步该做什么。

"……开会。"

他先问大丰和小俭进展如何。他们最近跟进的一单委托是婚礼上所要呈现给宾客的十八种八十年代后期的"三无"零食。两个平时极伶牙俐齿的壮汉，在代喜娟面前竟磕磕巴巴，前言不搭后语，显然是心中大为紧张。

代喜娟道："就当我不在场，反正你们组长也很熟于此道了。"

"……现在已经找到了十二种，有六种停产，但我们已经和最后接手的厂家联系好，找到了生产日记。还有两种的名称，我们怀疑是委托人记错了，还是再碰头核对一次比较好。"

蔡媚媚补充："注意预算。"

姜珠渊注意到，在大丰和小俭汇报时，代喜娟嘴角一直噙着一抹轻蔑的微笑，似是对他们的工作十分不屑；大丰和小俭也感觉到了，所以完全不敢和蔡媚媚争辩报账事宜："一定一定。"

成少为又嘱咐了几句，接着转头朝向正在吃冻豆腐的姜珠渊："让我们听听小姜有什么进展。"

"我和第一个任务的委托人约了周五见面，第二个任务的委托人下周五见面。"

成少为有些吃惊。在他设想中，姜珠渊会毫无头绪，举步维艰，然后不得不求助于自己：“你已经找到食谱了？胥岷山的凉面委托我可以理解，毕竟你可以找媚姐帮忙……”

“等等。”蔡媚媚纠正道，“小姜没有和我讨论过这个案子，她不知委托人是我女婿。我还找她咨询过癌症患者化疗后的饮食安排，她一句话都没有多问。”

此言一出，举座皆惊。盖因蔡媚媚鲜少在公司说私事，但大家多少也了解一些。她女儿自幼跟着她前夫长大，长到十六岁时未婚先孕，被父亲视为奇耻大辱，赶女儿回格陵投靠母亲又不说清缘由，等蔡媚媚发觉不妥时已经来不及对胎儿做任何处理，一对龙凤胎就此出世。

少女升级做了妈妈，犹未停止堕落的脚步，男朋友换了无数个，最后找了一个比自己大三十岁的老男人做丈夫。

这个男人现在还得了绝症。

姜珠渊是完全不爱八卦的人，和成少为是两个极端。念及此，蔡媚媚突然觉得哪里不对，但又说不上来。

代喜娟冷冷道：“快三十岁的人了，什么该说，什么不该说，一点分寸也没有。”

蔡媚媚倒是很坦然：“我就知道你一定会说漏嘴，没关系，我也会有说漏嘴的时候。就当你欠我一个人情，将来哪天我把你的事说给小姜听了，可不能怪我。”

成少为深觉自己中计，但又觉得媚姐的逻辑无懈可击，只得作罢：“好，不谈这个。高端武的扣肉委托，发生在十年前北城区的一个城中村内，现在已经全部拆掉重建，当年那家馆子的老板也已经因为赌博欠了一屁股债，你不可能这么快找到他。”

“确实不好找。”姜珠渊道，“我得到的信息也是如此，真是躲债功夫一流。”

“那你怎么办？”成少为道，“还建区居委会查档案、加入业主群、查了拆迁后各门面房的签约情况、地下钱庄、线人、附近菜场找线索、跟踪？”

他一口气说出十几种大丰和小俭常用的调查手段。姜珠渊赞道：“真没想过，还可以在菜场里调查肉类和干货的流通模式来推断他当年用的哪种肉以及哪种干菜——这些方法虽然很好，但我一个人来做的话，工作量太大了。”

成少为露出得意的嘴脸：“需要我帮忙吗？”

“不用。”姜珠渊道，“高端武的大伯是云泽福利院的院长。我打电话看他有没有线索，他说他对这道菜印象也很深刻，当时特地问过做法。”

成少为仿佛被人兜脸揍了一拳。

姜珠渊道：“而做法，他现在还记得。不过组长提醒了我，我应该拿着食谱去菜场双向确认一次。”

成少为往椅背上一靠：“还以为你有什么大智慧，正准备洗耳恭听。”

“没有。”姜珠渊正直地回答，“如果不是有这一层关系，我早就向组长求助了。”

大丰悻悻道：“你这是运气好。五百多份毙掉的案子，居然让你随机挑中了熟人的委托。这么小概率的事件都被你碰上，我们大多数的案子都是做到脱一层皮。”

姜珠渊道：“我认为每个人的运气都是一个定值。现在花得多，将来能用的就少。现在攒起来，将来就不怕没得用。”

“我倒不这么认为。”秘书小司道，“如果每个人的运气都是一个定值，那所有人的运气值标注出来，就应该是一张正态分布图。大多数人都处于中间态势，而极小的一部分人分处两端。有人特别幸运，也有人特别倒霉。而姜小姐，大概就是属于特别幸运的那一类。”

姜珠渊笑笑：“看来我得反思自己了——为什么总是埋怨倒霉的事情都发生在我身上，而在别人看来我却是幸运的？”

代喜娟放下筷子，擦了擦嘴：“人一辈子的高低起伏并不能只用运气来解释。现在的年轻人已经没有‘人定胜天’的勇气了。”

她起身，一口也没吃的小司立刻跟着站了起来：“媚姐，别忘了周五前交下季度的预算。”

代喜娟来去都很直截了当，她一离开，很明显气氛松懈下来了。

“做人儿子，怎么一句软话也不会说呢？”蔡媚媚埋怨道，“你妈现在压力已经够大了。”

“媚姐，走了个不消化的人，又来个不消化的话题？”

“听说新老板下个星期就来签约了。”

“组长说过，我们不会受到影响。”大丰和小俭开始大快朵颐，“媚姐，别操心了。”

“就我一个人在担心吗？”蔡媚媚无奈地摊摊手，“每个人操的心是不是也是一个定值？我现在多操点心，以后就可以少操心了？”

成少为放下筷子，打开一瓶汽水，遮住了若有所思的面庞；大丰和小俭继续风卷残云中；姜珠渊将手机相册打开，翻给蔡媚媚看：“这些食材是我在超市和菜场拍的，之后进行了拼接。每张照片上的食材能满足一名病人一天的营养需求，一共有七张图片，刚好一个星期不重复。”

她只是随口一句，想着得到一些建议即可，没想到姜珠渊做得这么仔细。蔡媚媚不由得交口称赞：“每天买菜真是头大。以后我就按照你的推荐来买菜好了——小姜，虫草能不能吃？”

“据格陵食监署抽查，市面上大部分的虫草都有重金属超标的问题。”

“海参呢？”

“媚姐，什么补品都比不上好好吃饭，这是我的观点。”

“吃饭？现在食品安全问题也很多——咦，这是什么？”

“哦，这是我在菜场拍到的一种很奇怪的肉。”

“看起来很新鲜！”

“不，这种颜色不正常。”

成少为勾勾手指，示意她把手机拿过来："注入一氧化碳，保持肉质的鲜嫩色泽。营养师连这个也看不出来吗？"

"听说过，没亲眼见过。"

"这么好看的肉居然注入了一氧化碳，吃了会不会窒息？"

"不会，哪个菜场？随手举报，福泽社会。人人献出一点责任感，媚姐也不用那么怕食品安全问题了。"

不待姜珠渊回答，成少为已经开始左右滑动手机屏幕，他原意是看姜珠渊推荐给蔡媚媚的食材，没想到却误翻到一张两人合影。合影中的男方气质温润，一身黑色带银色暗纹的西装，英挺不凡；而女方正是姜珠渊，她身着一条简单而不失质感的鹅黄色连衣裙，乌黑长发扎起，端庄大方。

"男朋友？"

现代社会，对方给你看手机上的照片，你就老老实实看那一张，不要左右翻动，这是最基本的社交礼仪；而成少为显然不在意这些，又或者认为自己的皮囊是一张黑卡，可以无限刷人品。

姜珠渊平心静气："是。"

蔡媚媚伸过头去："我看看我看看。"

姜珠渊不爱谈自己的私事，接电话也一般出去，平时的只言片语偶尔会透露一点感情生活。

"小姜，你这个颈枕挺有趣。"

"嗯，平时可以折叠起来，用的时候充气就好了。"

"你从来不在办公室午休，要这个干吗？"

"看电影时睡着了可以用。"

"咦，上面还画有正字。"

"是的，看电影睡着一次，就画一笔。"

"媚姐，电动车可以放哪里充电？"

“西办公区有充电桩，你换电动车？”

“嗯，下班高峰期骑电动车比开车快。”

但她只骑了一次。

“怎么不骑了？”

“哎，骑电动车太危险了，所以二手处理掉了。”

“卖了多少钱？”

“换了这个娃娃。”

“……造型挺奇怪的。”

“小姜，你看这条新闻。一对情侣下班搭公交，车上只有一个空位，两人竟然因为该谁坐吵了起来，还被拍下来了。”

“为什么？都要对方坐吗？”

“男方说，自己在外面跑业务跑了一天，筋疲力尽，女朋友是办公室里做文书工作的，所以应该自己坐。女方说，自己是女孩子，无论在什么情况下男的都应该让女的，就算累成狗，也该女朋友坐。所以吵起来了。小姜，你怎么看？”

“很简单，谁累谁坐。”

“让自己女朋友站着，好意思吗？”

“如果今天是女朋友很累，那就女朋友坐，和性别没有关系。”

“归根结底，还是一穷遮百好啊。”

“媚姐，有事吗？”

“我想问问你，上次说的那个……”

“对不起啊媚姐。我现在在球场，很吵，你等我找个安静点的地方……你说吧。”

“你上次说用来煲汤的山药用哪一种好？”

“我记得你是煲排骨给小孩吃，对吧？铁棍山药对促进脏器发育很好。”

“哦，好，谢谢！你在球场？”

“嗯。”

“你不是不喜欢对抗性的体育活动吗？”

“陪男朋友来的，他喜欢打网球。”

蔡媚媚甚至问过她：“你和男朋友在一起多久了？怎么认识的？看得出你很紧张他。”

“这都看得出？”

看得出。为了和他见面，换了电动车；他不喜欢，就卖掉，换一个奇形怪状的娃娃；和他看电影，他会睡着，你不但不生气，还帮他准备颈枕；不喜欢对抗性运动，还陪他打网球。你说他是医生，平时肯定很累了，按你的性格，一定是你体贴他多一些。

在得知他们认识并没有多久而迅速确定关系时，蔡媚媚婉转地表示了不认同：“你这么优秀，这么漂亮，还会有很多选择。就像吃自助餐，你可以把想吃的都先夹一点到盘子里，然后慢慢选，慢慢吃。如果一上来就吃和牛吃到饱，哪还有胃口吃海鲜？你说是不是？”

“媚姐，假如你以后只能吃一种肉，你会选择哪种？”

“心理测试？如果只能吃一种肉，那就吃鸡肉，鸡肉便宜又有营养。你呢？”

“我喜欢贝类。如果一辈子只能吃一种肉，我要吃扇贝肉，就吃扇贝肉，别的不能吃了也不可惜。”

现在蔡媚媚终于看到了这位只活在姜珠渊只言片语中的“贝类”男朋友。

“……这是你男朋友？”

“是。”

贝海泽的表姐结婚，他是伴郎之一，周末去试礼服。她原先以为真的没人陪他，结果去了才发现他的兄弟姐妹都在。

因她在产科和内科轮转过，所以和伍见贤，还有伍思齐都共过事。但他们两个因为姓伍，一生所见皆是青眼，一生所遇皆是礼待，所以在外人面前，都颇有些清高自持。

像姜珠渊这样的研修生，哪怕表现出色，也轻易入不了他们的眼。

当时的研修生，现在换了一个全新的、平等的身份出现在他们面前，心里未免有些不受用。

姜珠渊倒不会为他人的态度耿耿于怀，落落大方地与他们一一打招呼。

文质彬彬的伍思齐，和她只是礼貌寒暄一句；表姐伍见贤倒是毫不客气地从头看到脚："我记得你，之前在产科轮值，你做了两件事，我印象很深刻。一是一个产妇每天吃什么都被限制得很厉害，这不能吃，那不能吃，只能喝下奶的、不放盐的汤，天天有气无力，你和家属交流，人家根本不理你。二是你批评一个产妇的家属把她喂得太胖了，导致剖宫产后伤口脂肪液化久不愈合，结果把产妇给惹哭了，你又去道歉。"

贝海泽忍不住笑，眼睛亮亮地望向姜珠渊："没错，这是你会做的事情。"

伍见贤一见他的眼神就全明白了，一时感慨万分。

在她心里，昨天的贝海泽还是对她恭恭敬敬的弟弟，怎么一转眼就有了心上人，要走入人生的下一个篇章了呢？

"你是云泽卫生局公派的研修生，研修结束后能留在格陵吗？"

姜珠渊一愣；贝海泽也没想到伍见贤会突然问出这么尖锐的问题；恰在这时，林沛白推着闻人玥进来了，闻人玥一看到姜珠渊就笑起来："珠珠！我就说海泽表哥应该带你来。"

伍见贤奇道："你们也认识？"虽然姜珠渊会在神经外科轮转，但闻人玥的膳食营养一向由专人负责，她也鲜少与外人见面。

林沛白道："说来话就长了。我要拍阿玥的水中康复操视频给师父，她怕丑，不肯，我们两个差点在游泳池打起来。小姜经过，把我当变态，上来阻止……”

他本就幽默，又放得下身段，一件糗事说得绘声绘色，逗得在场的人都笑了起来，就连伍见贤也笑骂：“你拍阿玥泳装镜头，不是变态是什么？等小师叔回来治你。”

营业员拿了几套西装给伴郎试，都挺适合，一时难以抉择，贝海泽将目光投向其他人寻求帮助，闻人玥支着腮，正要给出意见，姜珠渊道：“第二套很好。”

于是选了第二套。姜珠渊替他整理领带时，低声道：“你说没人陪你？小贝医生现在撒起谎来头头是道啊。”

“难得打扮，当然想让你第一时间看到。帅不帅？咦，你耳朵红了？”

他去摸她耳朵时，手腕靠在她腮边，姜珠渊微微张嘴，作势要咬，贝海泽一缩，又在她脸上刮了一指头，姜珠渊瞪他，他辩解：“手指滑了一下。”

他捉着姜珠渊的手指去摸自己的脸：“真的，不信你自己试试。”

看他笑意几乎要从眼中溢出来，就知道是在逗她了，姜珠渊简直拿他没有办法。明明是个挺正派的人，怎么会越来越不正经了呢：“你……”

小情侣的互动落在单身汉眼里，刺激实在太大了：“好了，别打情骂俏了，注意一下影响，在座还有不少是单身呢。给你们拍张照怎么样？”

姜珠渊将手机递给林沛白；林沛白给她和贝海泽拍了一张合影：“站好，靠近一点，绝对的郎才女貌——我突然有灵感了，婚礼上要玩一个与众不同的游戏。”

火锅桌上，成少为道：“媚姐，看你表情认识？”

蔡媚媚掩饰道：“我女婿的主治医师，别看年纪轻轻，专业水平很高，性格也很好。”

成少为嗯一声，将手机还给姜珠渊：“眼光不错。”

蔡媚媚尽量让自己的语气比较随意：“小姜，像小贝医生这样优秀的人，肯定很多人喜欢。你要看紧一点了，襄王无意，经不住神女有心啊。”

姜珠渊并不喜欢和其他人分享感情话题。但蔡媚媚一再提起，也不得犀利回应同事对于私人事务的热情：“怎么看紧一点呢？把他锁在我的手机里吗？即使那样，仍然也会有人不识趣地翻来翻去呀。”

这语气已经带着一点薄怒，任谁都听得出来。大丰和小俭一向觉得她表面端庄大方，实则矫揉造作，如今撕破亲切的面具，乐得看笑话，悠悠地剔牙；蔡媚媚有些讪讪，腹稿全乱，不知从何说起，或者闭嘴更好；而被不点名讽刺的成少为看上去心情没有受到任何影响。吃完饭，他又叫姜珠渊单独留下来：“我有件事情想问你。”

“组长，如果是私事寻求意见，我不会回答。”

“不是私事，是心理测试。怎么，只准你给媚姐出题，不准我给你出题吗？”

姜珠渊先是不知他从何说起，旋即想起来，不由得失笑：“老饕门是家庭作坊式的企业吗？也不是啊。为什么我说的每句话都能病毒式地传播出去？还是说我认知有偏差，‘万食如意’是挖隐私卖情怀的项目，不该指望参与者有隐私可言？”

被当面挖苦，成少为并未恼羞成怒；他先是低头莞尔，手指流畅地转着桌上的一支笔，又抬起眼笑微微地望着她。

“还是真实的、有脾气的你比较可爱。追求完美并没有错，但没必要硬撑。”他说，“不得不承认，工作上的事情你完成得很好；媚姐请你帮忙，你也尽善尽美。你绝不会向大丰和小俭求助，也不喜欢媚姐问你的私事，彬彬有礼地和所有组员保持距离，是因为你从来没有想过和他们发展同事以外的友谊。”

“你想做一个值得信赖的专业人士，一个值得信赖的同事——哦，我想你做人女友也一定非常称职——但你却不想，也不愿意去做一个值得信赖的朋友。”成少为停住笔，在桌上点了一点，凝视着她的眼睛，“因为，他们不配？”

姜珠渊面上有一晃而过的恼怒。

她一向以端庄大方的姿态示人，尤其一对杏眼，盈满了活力与善意。但此时那对大大的瞳仁却在急剧缩小，展现出特别明显的愤怒与厌倦来。

一刹那，成少为觉得她可能要破口大骂，甩门而去——那样也好，至少可以证明她并不是一个程式化的机器人。

但她还是控制住了自己，活力与善意又慢慢地、一点点地回到眼睛里。

“说吧。”

“什么？”

“心理测试。”

“哦，对。”成少为斟酌着词句，“如果有一个孩子死于非命，法律却无法制裁间接造成他死亡的凶手——他的亲人向你求助，你会怎么做？”

她的瞳孔再一次急剧缩小，面上的表情也是全新的、成少为从未见过的暴怒。

她放在桌上的左手，紧紧地攥了起来，手背上一根蓝色的静脉格外显眼：“为什么问我这样的问题？你想暗示什么？”

“很简单，因为我想知道答案。要得到这个答案，我得卖身，而我偏偏最近想要守身如玉。”

姜珠渊松开拳头。

“我承认我很无能，什么也做不了。”

“假设你很强大，可以调动全部的资源。”

“组长，这已经超过心理测验的范畴了。”

桌上有两听饮料，成少为拿过来，嘭地打开，递给姜珠渊：“顺顺气。”

姜珠渊接过，喝了一口，皱眉看着罐身：“啤酒？包装像汽水。”

她从不喝酒，苦涩中略带水果口感，很新鲜。她起身走到窗边，初秋的阳光很暖，投射在眼内，令她全身温度回升，一时恍惚，好像回到了中学时代。

等她转过身来，成少为发现她的双颊已经红透，不免暗暗诧异她的酒量如此之浅。他不留痕迹地将放在窗台的啤酒拿走：“不想回答就算了，去做你的事情吧。”

“如果换在以前，我会觉得法律解决不了的事情，要么用最简单的方式，将羞辱一样样回报于施暴者的肉体，又或者布下缜密的陷阱，让他们尝到几倍甚至几十倍于受害者的痛苦，会何等的畅快淋漓。但现在的我觉得这样并不行。”

“为什么？”

“因为那等于是默认了施暴者的游戏规则，胜者为王。对改变整个生态没有任何好处。”

“所以你是废死派。”

“当然不是。这不是在讨论法律触及不到的灰色地带吗？我的意思是，如果我真有调动全部资源的能力，那我就去改变它。”

“改变什么？”

阳光真的很炽烈，姜珠渊不禁摸了摸发热的脸，脸上的绒毛在阳光下散发着碎金般温暖的光芒，眼神却坚定果决。

“游戏规则。”

微醺的姜珠渊在天台上晒着太阳。

她并不是很记得喝了啤酒之后说了什么，她知道不应该把成少为说的话太当回事，但仍然有些在意。

这么多年来她一直致力于源源不断地传递正能量给身边的人，尽力帮助生命里的每一个过客，成少为却用一两句话来否定。

不服。

更可气的是，她现在想到了很多反驳的角度，却来不及了。

她的大学同学群有六十多个人，平时潜水的多，一般有事才冒头，抛一个文献链接上来：“速度，等着用，多谢。”

“谁有 ××× 的联系方式？”

“哎，×××，你的档案取走了没有？”

“今年校庆还有免费自助餐吗？帮我弄两张餐券。”

“我也要，三张。”

“我也要，两张。”

“要餐券的，赶快报名。我正在统计校友人数。”

“有个留校的同学就是好，给我来两张。”

“加我一个。”

姜珠渊打出这句话，配上一个笑脸，发出。很快，有人回了一个问号：“谁？美拉德少女是谁？实名实名。限三十秒，不然踢了。”

她才想起自己加群之后没有改过昵称，赶紧改过来：“我是姜珠渊。”

“姜珠渊？你不是回老家了吗？现在怎么样？”

“挺好的。”

说完这句，群里出现了短暂的沉默。然后她又问道：“现在学校怎么样？桂花应该开了吧。”

“早开了，今年比较暖和。”

“哦，对了，变形金刚大楼被炸掉了，不能保卫学校了。”

姜珠渊忍不住笑起来：“新闻里看到了。”

“××× 在格陵创业，自己搞了个农场，你和他联系了吗？”

“联系了，他现在也挺好的。”

整个群突然又静了下去。她并不是一个会制造话题的人，等了一会儿，负责登记人数的同学将统计后的餐券数放了上来，就散了。

她登上自己的社交软件浏览，回答了一个老粉丝关于食品营养的问题，然后发现一个叫 Queenie-Ting 的人关注了她。

她点进 Queenie-Ting 的主页，绝大多数都是育儿心得或者转发的育儿知识。Queenie-Ting 也上传了不少生活照，大多数相片中都会有一个或背影或正面，但脸蛋被有技巧遮住的小女孩，发辫可爱，衣着打扮整洁精致而不招摇。除此之外，Queeine-Ting 与粉丝的互动也很多，语气亲切温和，有时介绍一些好用且平价的日常用品，有时分享一些夫妇婚姻相处之道。每个粉丝都在羡慕她有丈夫疼爱，有女儿暖心，夸她是天底下所有妻子、所有妈咪的好榜样。

姜珠渊关上社交软件，又想起庄羚，曾问她近况。于是她发过去一条短信："在 *Food & Nutrition* 上看到你的文章了，恭喜。"

庄羚的回复很快过来："什么意思？"

姜珠渊莫名其妙，不知她为何这样回复，于是置之不理。官瑜在线，看见小姑敲她，心中一乐："咦，怎么有空找我？"

紧接着又发一条链接给她："你看这套衣服怎么样？你哥一定喜欢，抱着不松手。"

小姑那边沉默了；官瑜上网浏览了一会儿，又发了数条链接给她，才发现自己发给她的第一条链接是一套透明内衣。

补救也来不及了，只得双双沉默，就当没有发生过。

而庄羚，又噼里啪啦给姜珠渊发了一堆字过来："我们都很感谢你在分析问卷方面的努力，文章里面也感谢你了。作者署名是秦教授定的，你不是我们医院的正式职工，把你列为作者的话，将来会有知识版权的归属问题。"

过了一会儿，庄羚又发一条短信过来："已经出版，不能改了。"

姜珠渊收起手机，起身，活动一下腰骨，下去工作。

走到媚姐桌边时，她迟疑了一下。

"媚姐？"

正在回复邮件的蔡媚媚抬起头来，依然是妆容精致，嘴角含笑："什么事？"

"……没什么。"

"那你帮我一个忙。"蔡媚媚指指电脑屏幕，"这封邮件是供货商发来的，要用英文回复。我看得懂，但不会写。"

"你说，我来写。"她坐下，按蔡媚媚的口述翻译成英文，"OK。"

“真不错，谢谢。”

“不用谢。大家是……同事嘛。”

“我知道。”蔡媚媚拍拍她的肩膀，“好了，邮件处理完了，我还有点事，先走了。”

“去接外孙？”

“你有没有什么文件需要签字或者盖章？或者现在拿给我，不然就等明天早上。”

姜珠渊摇摇头。

“那我走了，明天见。”

办公室重新变作空空荡荡。姜珠渊让自己集中精力在工作上，很快就忘记了种种不快。

再抬起头时，就到了下班时间。

等她从公司出来，骑上自行车，才想起自己还有什么事情没做，急急忙忙赶回会议室。

灯关了，窗帘也拉上了，会议室内漆黑一片。她摸到墙上的开关，打开，朝上一看，烟雾检测器上并没有她的发圈。

“Lights off（别开灯）.”

角落里，突然响起一把带着鼻音的低沉男声。

姜珠渊吓了一跳，环顾四周，并未见到人影，于是怀疑自己幻听。可立刻又见到一只手从会议桌下升起，拍在桌上的一大沓资料上；紧接着，一个年轻男人坐了起来。

毫无疑问，他刚才应该是躺在椅上睡着了。

他穿着一件啡色樽领毛衣，头发有些乱，细长眼角含着倦意，略苍白的脸颊，看上去简直像一个备考的学生在题海中死而复生。

“是你？”

辛律之抬起睡意蒙眬的眼睛望向她，虽然语气中仍然带着懒散，但立刻改作了中文：“几点了？”

“六点一刻。”

他起身，拉开紧闭着的窗帘。

暮色正渐渐地降下，温柔地包裹住他颀长的身影：“抱歉，我在倒时差。”

他转过身来：“有咖啡吗？”

她好像还一时反应不过来，呆了两秒，转身出去。

辛律之按了按太阳穴。

同学会后，他因手头一个重要项目临时出了些变故而连夜飞往马里兰。此项目牵连甚广，他原本已经计划得当，谁知因一项新法案的推动失败，导致各利益方牵制失衡，他不得不当机立断，做出安排，亲自在两周内跑了二十三个城市，快速完成善后工作。

高强度的工作安排，每天不足四个小时的睡眠时间，纵然是他这么好的体能，也实在是透支了。

别人在啧啧称赞虎父无犬子的同时，却不知道他在背后付出了多少。

上了回格陵的飞机后，他好好地洗了个热水澡，又休息了足足十个小时，还是没有完全恢复。

“不用赶时间。”上机前，马琳达劝他，“完全可以晚两天过来直接签约。Patrick，我很担心你的身体。”

“我们在马里兰的项目，并没有把希望全压在蒂姆法案上。你知道，这项法案对整个案子的加权值只有0.1218。但这项法案在马里兰未受通过，给我们带来了很多麻烦。”

马琳达沉默不语。她知道这个项目对辛律之来说，可能带来的，对整个局面的长远影响比眼下的利益要大得多。

“如果我们没有认识Sean就好了。”

“为什么？”

“他其实是一个很不错的小伙子。想起我们在火车上第一次见面时，他的种种行为，就像一只骄傲的军舰鸟，真的很有趣。”

辛律之回想起那日的巧遇，也不由得微微笑了起来："对。他很风趣，很健谈，很适合做朋友。"

"我相信你是把 Sean 当作朋友了，对不对？毕竟他一问，你就把你弟弟的事情都告诉他了。"

"当然，我确实把他当作了朋友。"

"即使他幼稚地在同学会上，插入了恶作剧的照片，更是配合姜珠渊恐吓他们，同学会草草结束，你也并没有告诉他，他的即兴表演使得你的计划偏离了轨道。"

"虽然那七个同学没能赶上，但事情的发展仍然在误差内。"

"那你有没有想过，你现在做的事情，如果被他知道了，他会有什么反应？"

"什么反应？我不明白。"

"对，Sean 和他妈妈不和，也多次表示自己压根儿不想继承老饕门——但是 Patrick，母亲和儿子之间的感情不能被简单定义。"

"就像我和你之间的关系一样复杂？琳达，如果成少为开口向我求助，作为朋友，我不会让他失望。"

"什么？可是那样的话——我困惑了。"

"代喜娟和魔鬼签了契约。自始至终，需要付出代价的只有她，不包括她身边的任何一个人。如果这都做不到，我就根本没有能力负责马里兰项目，没有资格主持欧拉基金会。还记得 *The Merchant of Venice* 吗？我的看法从来和其他人不同。"辛律之语气平静，"琳达，我会得到那一磅肉，而不流一滴血。"

抵达格陵，果然成少为来接机。他用开玩笑的语气聊起老饕门目前的困境："我想，很快我就会被格陵最具价值的十大单身汉排行榜除名，转而成为新一届的软饭王。"

辛律之看了一眼马琳达："好的，不绕圈子了。我现在就清楚告诉你——

我有能力干预这次清算行为。”

成少为不置可否：“中国有句古话，冤枉来，冤枉去。也许清算会是一个不错的结局，琳达，你又要骂我没良心吗？”

马琳达摇摇头。

“我只希望你不做任何会后悔的事情。我也希望你和你母亲能够重归于好，不管以前发生过什么。”

“如果现在上帝站在这里，估计也只能满足你前一个愿望。琳达，你真是个天使。”

成少为将他们送到下榻的格陵洲际酒店，接了个电话便走了。辛律之和马琳达吃过午饭正准备休息，他又打电话来：“当然，如果你有兴趣，可以看看老饕门的清算资料。”

“好的，少为，我现在过来。但是我只会帮你看，而不会有任何下一步的动作。如果你不切切实实地说出口，我不会帮你。”

“……并不是我到了山穷水尽的地步。如果我有那么一天，一定会抱着你的腿，求你救我。”

“好，希望将来你不会后悔。”

老饕门的清算资料早已有核算师整理过，即使如此，辛律之拿到手的仍然是厚厚一叠文件。

他一张张地翻看。每一个数据，每一项图表，有条不紊地一一填入他脑海中所列出的公式当中，并立刻得到答案。所有的答案再被放入一个个矩阵当中，得到最终结果。

他只翻看了一遍，就已经得出结论。

“毫无意义。”

他将几张椅子一拼，躺下立刻睡着。

他没想到睁开眼睛看到的第一个人会是姜珠渊。

她还真是无处不在啊。

也就两三分钟的工夫，她进来了，手里拿着一个一次性杯子：“只有媚姐喝咖啡，经典速溶。算我借的吧，明天再告诉她。”

他喝了一口她递过来的，与其说是咖啡不如说是糖水的东西，然后仔细打量起她来。她的装束一向是简单大方，一件嫩黄色当季新款连衣裙，一头乌黑的秀发用一根深蓝色发圈束起，几绺头发很自然地垂在耳前。

因为晚上要去见男朋友，她化了一点淡妆。两颊绯绯，唇色鲜嫩，等到了医院，再稍微补一点，就显得十分自然。

女为悦己者容，这容却令另一个人耳目一新。

当她侧过头时，后颈上露出一段细细的链子，显是戴久了的家常旧物。

不知为何，辛律之想到了西方新娘的惯例，行礼时，是需要 Something Old，Something New，Something Borrowed，Something Blue（一点旧，一点新，一点借，一点蓝）的。

他将一个发圈放在她手里：“你的？”

“嗯。”

其实姜珠渊一看到他，就想起了那天晚上的情形。如果不是贝海泽出现，她其实有很多问题想问他。但是过了那个时机，好像一切都不太对了。

他听见她问：“……你刚从国外回来？”

姜珠渊突然想起姜金山说过，他的工作地点在巴尔的摩：“哦，应该说你回家了，然后又来格陵。”

“是的。”他声音低了下去，带着一丝说不清道不明的惆怅。华灯初上，车灯蜿蜒，视野所及之处，大概都是归心似箭，“我——回家了一趟。”如果那还能称之为家的话。

辛律之再也想不到她接下来的问题。

第三道
×
热菜

蟹饼

“你家那边有什么特产吗？好吃的东西，常吃的料理？”

好吃的东西？

“Blue Crab，青蟹，你们可能叫梭子蟹，但其实不是一种。”

“蒸着吃吗？就像大闸蟹那样，或者做成面拖蟹，或者辣炒……”

“不，我们一般做成 crab cake。”

他竟老老实实地一来一往地回答。

她惊奇地睁大眼睛，撇了撇嘴角：“螃蟹也能做 cake？”

“cake 只有蛋糕的意思吗？你英文怎么学的？”

恍然不觉中，那一点惆怅也消失了。

“一说到 cake，我会觉得很甜。像 pancake、Cupcake、cheese cake。哦，pancake 也不一定是甜的吧。”

她几不察觉地舔了舔嘴唇。

辛律之想起了什么，走到窗边，拿起挂在椅背上的外套，从口袋里拿出一样东西，放到姜珠渊面前。

是他从飞机上带下来的两颗 See's 的巧克力糖。

“一次长途旅行后，应该带礼物给朋友。可是我没有想到会在这儿碰到你。”

他们是朋友吗？对，他们是朋友啊。

因为是朋友，所以相处会自然很多。

“谢谢。”她剥开糖纸，将巧克力放进嘴里，“……嗯，味道真不错。”

他们第一次见面是早餐，第二次见面是晚宴，第三次是现在。

辛律之发现自己很喜欢看她吃东西时，不管丰盛与否，都很开心满足的样子。

因为一颗糖，她眼睛里盈满笑意，辛律之不由得怀疑自己到底有没有吃过这种糖，是否没有品尝出隐藏的味道？他伸手想去拿桌上另外一颗，姜珠渊却先伸手把糖装进了口袋：“……嗯？”

四目交接，她犹疑地想要把糖还给他……

“那你，现在心情好点没有？”

“你看出来了？”

“嗯。”

“没事。玩了一会儿 24 点，心情已经好很多了。”

“我写的那个程序？”

“对。”

“你……不会也在担心老饕门被清算吧。”

姜珠渊摇摇头：“我不懂什么叫清算，也就谈不上担心。其实，我更在意另外一件事情。”

“什么？”

她伸出食指，指向辛律之：“你。”

“第一次见面的时候，我还不觉得你很神秘。第二次见面，我很感谢你在同学会上帮助了我，但你并没有喝醉。我不知道你的目的是什么，你帮助了我，我应该感激，但更多是惶恐。我喜欢看美食节目，是因为我知道根据菜谱一步步做下来，会得到什么。但是魔术节目永远不会给你看内幕，魔术师的花招也不会告诉你，我不喜欢。”

辛律之表示赞同地点点头，靠着桌子，双手抱胸，从上往下地看着她。他原本就长得俊俏，此时嘴角又带着一点笑意，除了稍显凌乱的头发，看上去简直无懈可击：“所以，你想知道我的事情。”

“可以吗？”

“当然可以。”他站直身体，走向会议桌的另外一侧，拿起资料，“但是我过去二十九年的人生发生过很多事。一件件讲给你听，可能要讲很久。然后在讲的过程中，又会有新的事情发生，那无疑会延长讲述的时间。事实上，你可能得困在我身边，一直听我讲，直到我们两个人，有一个先死去。”

姜珠渊一呆，无奈道：“这是精算师的诡辩吗？要这样说的话，那我就没办法回答你了。哪有每件事都巨细无遗地讲出来的呢？其实我……”

她想知道的，是他和云政恩的关系。但是这个联系未免太荒诞不经——她张了张嘴，还是闭上了。

她欲说还休的窘迫，落在辛律之眼里，又大大地不忍。

不。

他也想知道，如果小概率公主参与进来，会有什么不一样？

“这样吧。”

辛律之拿出一张白纸和一支中性笔，放在她面前，俯身看着她。

“从现在开始，如果答对了我出的数学题，就可以向我提一个问题，或者一个要求。这样，你既可以问我过去的事情，也可以参与我将要进行的计划。”

姜珠渊猛地抬头看他。而他，也一眨不眨地凝视着她。

因为两个人靠得较近，辛律之可以从她大而圆的一对杏眼里，看到自己清晰的倒影。

而她却看不透他。

他明明有一张年轻俊俏的脸庞，却有着老成坚定的眼神。

他明明穿一身得体整洁的衣服，却在会议室里睡得像个孩子。

种种的矛盾，让他有了一种苍秀而神秘的气质。

她的大脑飞速运转着，额发滑稽地搭在眉毛上，顾不上去拨开。

他撑在桌上的手，关节分明，动了一动，又按在白纸上。

“我不知道我什么时候会出题，出什么题，但是每次我只会出一道题。而你，每次只有一个提问，或者提要求的机会。你接受挑战吗？”

姜珠渊推开椅子，站起来：“我先打个电话。”

她五分钟后进来，手里还拿着揉成一团的袖笼，以及一支红笔：“我做题目喜欢用两种颜色标注。”

辛律之的俏脸几乎微不可见地凝滞了一秒：“这是一个好习惯。”

她放下笔，快速地将袖笼戴好，以免演算时弄脏了袖口；这个老气的举动落在他眼内，倒觉得挺有趣。

尤其是她的袖笼上还装饰着卡通动物和蝴蝶结。

她总是能让他惆怅之后，又很快地恢复心情。

而辛律之未发觉的是，她总能轻易调动他的情绪。

“现在出第一道题。题目是‘清算’。”他走到桌边，“根据万象资本和老饕门签订的一揽子协议，其中的清算优先权条款和领售权条款列明……”

“能用尽可能通俗的语言出题吗？”

“现在提出这样的要求，晚了。”

虽然是一辈子都不会用到的知识，但了解了解也很有意思。她吐了口气，做了个 OK 的手势。

很快，姜珠渊发现，拗口的专业术语无关紧要。重要的是辛律之放在她面前的一项项数据及图表。

“看这些数据即可。”辛律之快速地将资料中有用的数据标注出来。

姜珠渊很快理清了题目所给的数据。

四年前，万象资本以两亿三千万元换取了老饕门20.8%的A股股份。双方签订的协议写明，如果老饕门不能在四年内上市，则需要将万象资本手中的股份回购，保证万象资本能够顺利退出。万象资本在协议中要求，每年21.2%的内部回报率。

她在草稿纸上快速地写下这些数字，然后将手机上的计算软件点开，仰脸望着他：“可以用计算器吗？”

辛律之看了一眼，他从来都是心算，没用过手机上的计算软件：“请便。不过我看未必够你用。”

她拿起手机，手腕一抖，屏幕横过来，变成了科学计算界面：“现在说不行，晚了。”

不是第一次领略到她的聪慧伶俐，但每次都令他觉得别开生面。

“保留到小数点后一位，单位为亿元。”

她很快计算得到万象资本现在所需要拿回的资金，用红笔圈起，做好标注。

“接下来，计算老饕门的价值。这是不动产明细。”

“负债率是什么？”

“现在可以不管它。”

她很快算得第二个数字，再用红笔圈起，做好标注：“但是，老饕门从未公开过详细的业绩数据。”

他站在她身边，俯身下去，检查着她之前的运算：“学过线代矩阵吗？”

此刻冷淡的语气，自信的动作，还有他自己也未曾意识到的一丝倨傲，让姜珠渊眼内的辛律之越来越像一个人。

那个人如果活到现在，也一定会有这样苍秀的眼神，凛冽的气质。

“我脸上有什么吗？”辛律之摸了摸脸，“你在看什么？”

“……没有。”姜珠渊有些心虚地转着笔，“我们专业对数学要求很低。

即使如此，我每次考试也是低分掠过。微积分，导数，我完全没有开窍。”

“这么快就把弱点暴露出来，不是聪明的行为。”

他语气中带着天才对普通人的大度和爱护。她看着他，有些迟疑地举起手，在头顶上画了一圈：“你……那个……这里的头发有点翘。”

“那就简单点，用回归系数。”他瞅了她一眼，将另一张资料放在她面前，“格陵现在上市的高端饮食公司只有格陵美好饮食控股一家。这是它四年来的营业收入、利润情况、股票市值。据我计算，老饕门的市场份额是格陵美好饮食控股的 43.2%。”

也许还需要帮她圈出有用信息；但她二话不说接过了资料，手指放在上面，一行行地滑下去，一遇到重要的数字，夹在指间的红笔就快速地翻出，画上一个星号，“所以要通过美好饮食控股来推测老饕门的业绩吗？通过这些数据建立二元回归方程？”

她学得很快，也许这本不该出乎他的意料，毕竟她的数学基础是由云政恩一手打造：“可以。”

她算得很快，忙中有序，每次得到一个结果，必然会检查两遍：“……这个市值还低于万象资本入股时的整体估值。我算错了……没有。”

辛律之看了一眼她的结果。他已经最大化地去繁就简，她现在的计算量还不及真正核算工作的千分之一。

但她得到的数值和核算师得到的数值差别不大，正好是他的估计值。

“如果万象资本按照协议要求获得 6 亿元的回报，而第三收购方要求得到老饕门 95% 以上的股份，代喜娟的股份控制在 1.5% 以内，她可以套现多少？”辛律之道，“她的现时占股率为 63.4%。”

姜珠渊又低下头去计算。沙沙的书写声，好像回到了学生时代。她一再地将头发拢到耳后，可发丝还是不时调皮地滑到眼前，遮住视线。

她听见轻轻的脚步声；她从桌上拿起笔盖，别住头发；她听见脚步声走远，她抬起头：“……这不可能。虽然老饕门的市值低于四年前，但 6.3 亿元买不到 95% 的股份。”

“你现在是在谈数学，还是谈生意？”

“我想代总不会签字吧。”

“到了这一步，她的意愿不在考虑范围内。万象资本虽然控股少于她，但为了保证自己的利益，早已经将清算优先权写在了协议内。”辛律之道，“在她签下对赌条约的时候，就该想到会有最坏的结果。”

他的语气很平静，听不出一丝波澜。

“为什么会签这样的协议？太冒险了。”

“因为四年前所有媒体，都看好餐饮公司上市。如果周围都是奉承你的声音，就很容易冲昏头脑。”辛律之道，“而现在，有人愿意接手已经很难得。6.3 亿元，是一个很低的价格，也是唯一的出价。”

她在听他说话的时候，一直微微歪着头，若有所思。

这是一种全新的书呆子气质，聪明而富有生气。

“算好了。”

“这是债务清单。把这几项加起来，是明年六月前需要付清的数目——代喜娟还剩多少？就是答案。”

她一边演算，一边咬着食指的关节。

“为什么算出来是 0？这不可能，好几项都除不尽做了约数，怎么可能正好是 0？我是哪里算错了吗？”

“不知道。”

她又埋头计算，这一次花了比较久的时间检查：“是 0。”

“是吗？”

她结束计算，开始整理桌面：“是。如果你的答案不是 0，那你错了。”

辛律之站在她的对面，隔着一张会议桌，做了一个拍右肩的手势：“你，那个，这里的衣服有点脏。”

她伸手去摸右肩——不知何时那里粘了一张糖纸，糖纸上写着一个数字。

她把写着 0 的糖纸放在桌上：“看，就说我宝刀未老吧。”

用0作为第一道题的答案，是一个不错的开端：“你现在可以提问了。”

他很少面对未知，也就从未如此好奇——一步步地解开他设下的题目，她到底会提什么样的问题，又或者什么样的要求呢？

好奇只是一瞬，他很快就笃定她的问题必然在他的预测范围内，也想好了应对的回应，但现在看她一副不慌不忙收拾桌面的样子，又不确定了。

“你不提问吗？”

“今天太晚了，我要走了。”她看了看腕表，“你也快去吃饭吧。太晚吃饭不好。”

他倒不觉得饿。

“没有想问的？”

“我不是那种得到人参果后，一口就吞下去的人。”姜珠渊道，“等我好好想想，再来行使我的权利。对了……”

“你要先签字。”她将糖纸认认真真地摊开，隔着会议桌推到他面前，又将笔滑过去，“口说无凭，立字为据。”

辛律之看了她一眼，然后拿起笔，在糖纸上签下了他的姓。

他签字时，她的眼睛还在桌面上乱瞄。他余光看到她还在找笔盖，不由得有些好笑。

“没事了吧？还有要计算的吗？”

“没有了。不过我还可以给你解释一样知识——杠杆处理，是公司收购中最常见的一种模式。”

“打住，我今天的智商已经用完，不够听这些了。”姜珠渊除下袖笼，“谢谢你今天教了我这些知识。虽然用不上，却很有意思。不聊了，我真的要走了，找到笔盖就走。”

她在桌上到处翻。

辛律之稍稍退后了一步。当她弯下腰去查看地面时，他终于无声地笑了起来；而当她直起腰时，他又迅速敛起笑容。

“算了。不过——听媚姐说，你和组长是朋友，你会帮助他吗？”

“嗯？”辛律之听她提问，左眉一挑，摊开左手，伸到她面前。

姜珠渊把糖纸夹进钱包内，连连摆手：“你太精明了，我不问了。”

“无非就是出一个皆大欢喜的价格。你认为我有这个能力吗？如果我说我可以避免老饕门被清算，你，”辛律之意味深长，“会崇拜我吗？”

就像你崇拜他一样。

“即使你做不到，我也已经很佩服你了。”姜珠渊认真道，“我对数学好的人，完全没有抵抗能力。”

“如果不谈数学，只谈生意，”辛律之道，“难道不会有些感触？”

“感触？嗯……有些可惜。毕竟这是组长家两代人的心血。但这是自己选择的商业行为，没有必要去同情吧？组长并不是那种需要被可怜的人。同情，未免把他看低了。”

她说得很对他的胃口。

她虽然有一颗善意的心，但并不会毫无来由地泛滥同情。

她走了。

她会回来。

考虑到她的步速和电梯的速度，时间会在三分四十三秒至四分十八秒之间。

辛律之坐在会议桌上，面对着门口，稍微理了一下她说过有些乱的头发，又清了清喉咙。

桌上还有她刚刚演算过的草稿。

他鲜少写中文，纸上娟秀的字体，看起来既新奇又真实。

因为她计算时，会无意识地歪着头，所以一行行的公式都整齐地朝右上角偏离 11 度左右。

每一步结果都会用红笔圈住，再依次加上数字上标。

每一个阿拉伯数字 7，折上都加了一个可爱的小捺。

这些都是云政恩的习惯。

也成了她的习惯。

他将演算纸放回桌上。

他怎么忘记了呢？她是小概率公主。

她今夜不会回来了。

“珠珠。”

还未走到租自行车的地方，姜珠渊已经听到一个熟悉的声音在喊她。

是贝海泽。他穿一件米色休闲外套，手插口袋，闲闲地站在一幅甜蜜补给的巧克力夹心奶酪条的广告灯牌下。

一看到女朋友出现，那原本只有一点点的笑意立刻漾开，他迈开两条长腿，朝她快步走来。

一看到男朋友出现，姜珠渊整颗心都荡漾起来，脚步也变得轻快“咦？你怎么在这儿？等很久了吗？”

“没有，我刚到。沈最、林沛白他们都已经去了。你的车不是送修了吗？我来接你。别动……”他将笔盖从姜珠渊的头发上取下，声音中带着一丝促狭，“你就是这样顶着它上班的吗？”

“天哪，我找了半天。”老饕门的电梯是镜面的，她都没有发现，一定是走神了。她接过笔盖，又突然捂住脸，“啊，我不知道你会在这里。”

“怎么了？我看看。”贝海泽想把她的手拿下来，她别扭地却不愿意，从指缝中看着他：“我还没补妆。”

“我保证，你已经很美，不用再补了。”

落在路人眼内，这对打情骂俏的小情侣实在是养眼又可爱。

“你不懂。”

“我如果太懂，你就该担心了。”贝海泽笑道，“上车补，随便补，女娲大人。”

牵着的手，很自然地变成十指紧扣的姿势。

也不知道是第几次这样拖着手走路，但每一次都和第一次一样，脚好像踩在最甜的棉花糖上。

副驾驶座又调过了。

姜珠渊一边调到适合自己的位置，一边问："许度比我瘦吧？"

"她比你矮一点。"贝海泽想起刚到健身中心时许度测量过身高，"一米六。"

她摸了摸头发，一把捋下发圈，顺手从手套箱里拿出一把梳子。

梳齿上缠着两根约十公分长的头发。她顿一顿，安静地将发丝拈走。

"很少听你说起和许度一起健身的事情。你们的关系也受医患保密协议保护吗？"

"没有什么特别。"贝海泽专心开着车，"不是因为嫌健身房里空气不好，你才不喜欢一起吗？她一开始也是赶鸭子上架，各种不配合。"

"她漂亮吗？小巧玲珑的女孩子会很可爱吧。"

贝海泽啼笑皆非："这个问题你问过很多次了，我已经不知道应该怎么回答你才满意了。"

姜珠渊强辩："有吗？我问过吗？"

"今天我手机里也没有她的照片，今天我也没有加她的社交账号——没有哪个小姑娘喜欢社交账号被爸爸的爪牙盯着吧。"

"我没有找你要过她的照片，我也没有找你要过她的社交账号。"

贝海泽无可奈何地叹了一口气："好，统统不承认吧，反正我也拿你没办法。"

停了一会儿，姜珠渊又好奇地眨眨眼："她现在还叫你爪牙？"

说起这个，还是有一次许度大意地将自己和贝海泽的短信对话展示出来，提醒他说过如果一口气跑下三千米就送礼物——结果让贝海泽发现自己在许度手机里的名字是朝廷鹰犬。

许度大窘："我，我开玩笑的……我忘了改。"

贝海泽并不是那种无条件、无限制温和亲切的人。相反，在某些方面他也是有脾气的，只不过天性使然加上家教约束，他不会随意发火。

他从小到大最严重的花名也不过是贝心心，至于叫四眼田鸡、贝克汉姆、贝校草、贝少，也就一笑而过了。

见许度尴尬到脸都红透，他虽然略感不快，但没有追究。

他和姜珠渊一起选运动耳机时，把这件事情讲给她听了："现在的小孩子，真是太难管教了。"

站在货架前，姜珠渊笑得眼泪都出来了："不愧是读文学系的，连起外号都这么文绉绉。有什么不开心呢？你给别人起名母介十三王图书的时候，就该知道今天会有这样的因果循环呀。"

见她笑得那么开心，贝海泽才开始觉得没有那么糟糕。

"不知道改没改？"贝海泽道，"那段时间她状态真的很差。"

"现在呢？"

"好多了。我就快可以功成身退了，以后的事情交给师父自己去头疼吧。加上这一件，师父交代我做的事情，我全都没有任何错漏。林沛白总说他应该得一个十项全能徒弟奖，真是无知无畏。"

姜珠渊支着下巴看他："你偶尔自大一次，还挺可爱的。"

贝海泽瞟了她一眼："林沛白有这么漂亮的女朋友吗？我现在在他面前可是超有优越感呢。"

虽然不是第一次夸她漂亮，但姜珠渊仍然像第一次听到那样心花怒放，从口袋里拿出糖来："你的嘴已经够甜了，看来不用吃糖了。"

她剥开糖纸，倾身过去，将糖塞进他嘴里。

"See' s 的黑巧克力夹心？"

"好吃吗？"

"从哪儿来的？你又不爱吃糖。"

“啊，这是胜利的果实呢。”

这次重新回到格陵，辛律之和马琳达仍旧住在欧拉基金会名下的格陵洲际酒店里。因为马琳达喜欢游泳，所以仍旧选择了带私人泳池的总统套房。

一个是高挑惹火的混血美女，一个是神秘俊俏的华裔精英，饶是见惯了大人物下榻的服务员们，也觉得这对情侣浑身散发着不可直视的光芒，有着不输明星的气场。

但这对情侣似乎又有些与其他情侣不同的地方。譬如他们完全是分床分房睡的，辛先生睡的是总统房，琳达小姐睡的是夫人房；两人生活用品、行李衣物从不混放，作息也不尽相同。马琳达性格独立，无拘无束，不喜欢缠人，她起床一向很早，游个泳，然后一个人到处去逛，拍照，回来后用投影仪将照片投影到银幕上，一张张地浏览，挑选两三个小时，九点之前就睡了。而辛律之因为马里兰项目还有些后续事宜，他夜间与美国那边视讯开会，白天休息。两人作息完全不同，只有傍晚时，辛律之起床，马琳达回来，两人才一起做点三明治或者意面、沙拉，然后一边吃，一边看看白天拍的照片。

辛律之本来有喝红酒的习惯，自从马琳达戒酒后，他也鲜少沾酒了。

马琳达将一盘金枪鱼泥三明治放到正在摆弄投影仪的辛律之面前，又起身去拿什么。辛律之对吃并没有什么要求，盘腿坐在地毯上，拿了一块三明治，正要吃，突然整个头都被一大块温暖蓬松的浴巾给包住了。

马琳达跪在他身侧，轻柔地擦拭着他半干不湿的头发：“说了多少次，洗完头要擦干。我给你买的保湿面霜在用吗？啊，你是不是要秃了？我怎么觉得你这个发旋儿变大了？”

“你都说好几年了，我秃了吗？”

马琳达仔细端详半天：“没有，还是很帅。明天陪我去做头发吧，我还想买几件衣服，美个指甲。”

辛律之将浴巾扯下来，凝视着她。她在他身边坐下，开始在沙拉里挑鹰嘴豆吃。栗色的秀发拢到一侧，她穿着一件奶油色的宽大毛衣，领口歪向右侧，露出白皙的脖颈和光滑的肩膀。

“穿点漂亮的、有颜色的衣服吧。”

“白色不好吗？”马琳达咬着餐叉，问他，“我天生丽质，穿白色最迷人。”

“好，你说什么都对。”

两人一边吃饭，一边看她拍的照片。

“从第一代 iPhone 开始你就喜欢拍照了。这么多年，感觉没什么长进。”

马琳达拍照从不管构图、光线，完全凭感觉。她的镜头里有城市景色，也有自然风光；有幽深的小巷，也有巍峨的大厦；有蜿蜒的溪流，也有澎湃的海岸。

“不是每个人，每一天都要上进。我喜欢原地踏步。”

“要不要去上几堂课，买点镜头？”

“不要，太累赘。用手机拍就很好。”

“Wilson 想帮你开个影展，在他妹妹的画廊。”

“他眼睛是瞎的吗？还是又一个为美貌所迷惑的傻瓜？”

“你偶尔也会有灵光闪现的好作品，比如上次拍的天鹅。”

“不要理他，白白让他嚼了我的牡丹。”

辛律之笑着摇摇头：“难怪他说你真的很难讨好。”

“彼此彼此。”马琳达耸耸肩，“你又何尝不是难以捉摸？我可以举出很多例子。”

辛律之垂下眼帘。他睫毛不算浓密，但根根细长，聚成一扇阴影，遮住他苍秀的眼神。

“对，我们是一对别扭鬼。”

他便不再提 Wilson，继续吃饭聊天。辛律之问她一天的行程，在何处拍下哪张照片，有些什么趣事。他们两个原是一起长大，彼此熟得不能再熟，偶尔谈及童年生活，不由得会心而笑。

“如果每一天都像今天一样轻松多好。”马琳达靠着辛律之的肩膀，打了个哈欠，“什么也不用想。”

“很快就会如你所愿。”辛律之柔声道。

“那你能让我万事如意吗？”

“不能。”他冷静地回答。

马琳达叹了一口气：“Patrick，你已经做得很多、做得很好了。”

听她鼓励的话语，辛律之抿一抿嘴角。

“怎么，不以为然？”

“没有。我只是才对一个人说过，我的故事很长，如果要听我讲完，会需要很长时间。”

“姜珠渊？”马琳达喃喃道，“我知道她对你来说，是很特别的存在。她是个好姑娘，就是爱惹麻烦这一点很要命。”

“你觉得我是那种怕麻烦的人吗？”

“别这么轻易下结论。”马琳达低声道，“麻不麻烦，取决于你如何看待她了。”

辛律之陷入沉思；突觉肩膀一沉，原来马琳达靠着他的肩膀睡着了，然后又顺着胸膛滑下去，枕在他的腿上。

因为姿势，她出气很重；辛律之等了一会儿，见她睡熟了，便一手伸到她脖颈后面，一手探入膝弯，轻轻一提，将她打横抱起，送进房间里去。

刚一沾被，马琳达又睁开了眼睛。

“你一定要好好休息，明天才有精力陪我。”她嘟哝着。

“好，我答应你。”

可是那天晚上，辛律之睡得不太好，辗转反侧，着实难眠。

他翻身下床，来到落地窗边，拉开窗帘。

窗下的泳池，粼粼的池水，映着的不知是灯光、星光，抑或善意的目光。

他凝视着池水，缓缓扯开腰带，脱下睡袍，露出精壮的身躯。

他赤裸着跃入池中。

叫清凉的水波这样一震，他愈发清醒了。原已入睡的池水先是一惊，激烈地拍着他，推着他，但很快又平静下来，温柔地包裹着他的身躯，一波接一波地配合着他手臂的律动。

他闷着头游了两个来回才浮出水面。头发湿漉漉地贴着脑袋，他喘着气，举目所望之处，是繁星闪烁的夜空，美轮美奂的寓所，精致修剪的灌木与花丛。

只有他一个人。

他不想一个人。

他又来回游了不知多久，一直到筋疲力尽才上岸。

这次他终于睡着了，再醒来时已是九点整。马琳达也起来晚了，在衣帽间里不知道忙着什么。免得她问自己昨夜情况，辛律之先开口道："出去吃怎么样？百丽湾有一家做美式简餐的咖啡馆，早午餐有蟹饼供应。"

她抱怨道："我不想吃那个，蟹饼你吃不厌吗？"

"鹰嘴豆没看你吃厌过。"

他们都不喜欢坐酒店提供的车，于是开了那台牌照为 8128 的捷豹出去。两人先去咖啡馆吃了蟹饼和鹰嘴豆泥。这家咖啡馆的蟹饼是每日出海渔船捕回的急冻海蟹，拆出新鲜蟹肉来做的，配上一勺特制酱汁，香甜糯滑，就连马琳达也赞不绝口。

"好吃？"

"好吃。"

"连你都说好，那一定很不错。"

"风景要加二十分。"

这天阳光委实不错，蓝灰色的海浪卷着银白泡沫，拍打着细幼洁白的私家海滩，极目远眺，海天交接之处还有一座小小岛屿。

吃饱了的马琳达拍拍手，拿着手机到处去拍照了。她的背影轻松而欢快，胳膊伸长，毫无章法地左拍拍、右拍拍。

辛律之拿出手机，查了查最近三天的天气情况，然后拨了一个电话。

“是我，辛律之。”

“留着吧，什么时候想到了，都可以问我。”

“还记得 crab cake 吗？”

“百丽湾有一家做蟹饼的咖啡馆，有兴趣吗？”

“周末？”

他正讲着电话，突然手机被人从耳边抽走。

马琳达压着他的背，下巴搁在他肩膀上，按了免提键。

电话那头飘来一把很有辨识度的女声：“可以，几点？”

“九点半？”

“都带上家属怎么样？也许你会出题，我得带一个会微积分的人在身边。”

“那就说定了。”未等辛律之反应，马琳达已先出声，“你好，我是马琳达。有印象吗？我们在云泽远远地见过一面。”

“啊，我记得。你好。”

“你和Patrick一样，叫我Linda吧。我也和Patrick一样，叫你珠珠？”

“好，琳达，周末见哦。”

挂上电话，马琳达点了点辛律之的脸颊：“没有我你可怎么办？”

就这样雷厉风行地约定了周末的四人约会，进入今天的第二个环节，逛街。

马琳达身材曼妙，即使穿一条麻袋也明艳不可方物。当她穿着当季时装，迈动两条长腿，从试衣间走出来时，就好像走秀一般艳压全场。

“怎么样？”

辛律之自然都说好好好，买买买，刷刷刷。

马琳达知道他心不在焉，若不是回酒店的路上又发生了一件事，她也不想点破。

“开慢点，我补个妆。”

等她补完妆，侧头对辛律之道：“你够了啊。那辆宝马已经跟了我们二十分钟了。”

她口吻甚是严厉，他眉骨一震，望向后视镜。

他们车后是一台深蓝色的沃尔沃，沃尔沃的左侧是一台酒红色宝马。

“三个路口前就跟上来了。是 Allyrine Caster 的人吗？”

如此蹩脚的追踪方式，想来不是专业人士所为。

“不是。”

“那是……”未问完，马琳达就想到了答案。

辛律之的声音变得冷漠而疏离。

“她要跟，就让她跟着吧。”

马琳达亦觉得有趣起来。

经过下个信号灯时，红色宝马突然变道，未能控制住节奏，撞上了捷豹的左尾灯。

马琳达因惯性朝前一扑。

辛律之即时停下，关切道：“没事吧？”

除了被安全带勒得有点疼之外——马琳达摇了摇头，突然笑起来：“真是不得了。”

她指指红色宝马，对辛律之竖起了大拇指。

“我去看看。”辛律之除下安全带。

撞车现场，后车纷纷分流而去之际，司机与乘客也不禁探出头来，想看看这两位豪车主人要如何处理。

这捷豹的主人，看起来不算面善啊。

可宝马的主人，好像很娇弱呢。

那宝马车驾驶座侧的车窗降下半扇来，司机伏在方向盘上，一头乌黑秀发披散在肩头，两只白皙小巧的手仍勉力掌着方向盘，指关节透明脆弱得好像一块玉石一样。

辛律之伸手，敲了敲车窗。

那司机浑身一抖，慢慢抬起头，露出半张娇怯怯的俏脸来。

她的东方美与马琳达是完全不同的风格。远山眉黛，芙蓉俏面，眼神迷离怔忡，唇色粉嫩欲滴，就算是再铁血的男人，看到这样一副弱不胜衣的模样，也不忍再苛责她了。

而她在看清面前这位穿着烟灰色羊毛长外套的男人时，眼内也明显闪过一抹意外之色。

是他？他是 8128 的主人？他是姜金山所说的 Patrick Shin？辛律之？他和成少为是什么关系？他出现在宴会上不是偶然？他到底是什么来头？

毕竟经验老到，她迅速将这份震惊压下，不露痕迹。

“抱歉，全是我的错。”她讷讷道，声如莺啼，“请等一下。”

她伸手去副驾驶座上拿包；包里有糖，含了一颗，方觉得好过了一点。

结果下车时又是双膝一软，恰恰跌进捷豹主人的怀中。再抬起头时，她已是粉面煞红、泫然欲泣的模样：“……对不起。”

美女难堪而尴尬的行为，反而会令绝大多数的男性生出一股怜惜，从而有护花的冲动，想必她面前这位男士也不会内心毫无波澜。

查看了两车相撞部位，她连连抱歉：“真的对不起。”

她语无伦次地表达着歉意，又为难地提到自己还有事：“不如互相留个电话，叫保险公司来处理，好吗？我叫寇亭亭，我的电话号码是……”

一直保持沉默的男人，此时方低声开口，声音中带着一股厌烦兼无趣。

“算了。”

算了？

她的右手举起又放下，嘴唇微微颤抖，眼神流露出不知所措的无助：“我好像在哪里见过您，我们是不是见过面？”

他唇角勾出一个淡淡的、讥讽的笑容。看得出，他的教养正在阻止他做出轻慢的表情，但仍然情不自禁流露出傲慢的本色来。

“对不起，我只是……您长得很像我的一位朋友……对不起。”她捂住脸，垂下头，柔弱的双肩似乎已经快承受不住这种难堪，语气中满是委屈，“我做什么都是错。”

云政恩怜爱的，正是这漂亮的容貌，柔弱的性格，而没有发现这无害的外表下，是一副掠食者的心肠？

辛律之平静地看着她表演梨花带雨，声音里惊奇多于怜惜：“你哭什么？”

“对不起，我只是突然想起那位朋友而已。”她背过身去，胡乱地擦着眼泪，“没事。”

她嘴里说着没事，无声的眼泪却流得更凶，几乎是止不住的；只看那不断抽动的双肩，便令人油生一股抚慰她的冲动。

车门开关，引擎发动；她错愕地抬头，捷豹已绝尘而去。

什么？

寇亭亭呆了一晌，冷笑一声，弹掉了眼角残积的泪水。

这是她第一次在男人面前遭遇滑铁卢。

明明知道这样做很冒进，可还是故意去追尾，这种出格的举动她从来没有过。

在看到 8128 的主人和宴会闯入者是同一个人时，她虽然惊讶，可隐隐又有一种恶意的快感。

这种追逐危险的心情，也是好久没有出现在她养尊处优、平淡不惊的生活里了。

就连成少为，在她不为所动时也流露出了三分真心。

而他，真是个冷酷的人啊。

哪里错了呢？

是不是应该直接晕倒——这人肯定不会像姜金山一样愚蠢；而且现在的她也无法表现出清苦无依而又傲骨铮铮，从而赢得孟金毅的痴情。

真是白白浪费了她的眼泪。

她拿出一张纸巾，擤了擤鼻涕，团成一团扔掉，正欲开门上车时……

“精彩。”

身后传来不轻不重两下掌声，将她拉回现实。

穿着烟灰色长外套的俊俏男人靠在酒红色宝马上。

真该尴尬时，她反而不动声色地打量着辛律之。而后者，也是面无表情地看着她。

即使是寇亭亭这样的美人，也不得不承认，他长得真是俊俏。

从鬓角到下巴的曲线，从肩膀到胸膛的宽度，从细长苍秀的眼睛，到略带讥讽的嘴角，从冷淡厌倦的表情，到精壮颀长的身材——明明是七八分相似的外表，却塑造出了天渊之别的两个人。

如果那个人也有这样的气质风度，那她的生命可能会完全不一样。

良久，她才不屑地哼了一声，表情也由柔弱变作了挑衅。

“我还以为您真的铁石心肠呢？”

“如果我走了，岂不就看不到了？”辛律之直起身，拍了拍外套，“现在的你，比刚才生动得多。”

“您朋友把车开走了？”寇亭亭似笑非笑，“漂亮的男朋友？漂亮的女朋友？”

“那要看你如何定义漂亮和朋友了。”辛律之道，“只有漂亮的人才能做朋友吗？”

“再漂亮的人，再亲密的朋友，也不如自己来得可靠。”

她意有所指；成少为引诱她的事，大概已经被算在了他头上，且被当作彼方的失败。

“把车开走吧，你已经在这里耽搁太久了。”

“您怎么知道我一定会让您上我的车呢？”

“这是邀约吗？”

“也许。”

“你怕？”

“你又不是死神，我为什么要怕？即使是死神，我也不怕。”

“也许我会比死神更可怕。”

“是吗？你真的很像一个人，又非常不像一个人。”

“这不是我第一次听到这句话。”

“不好奇吗？”

“有必要吗？”

辛律之并不在意她的误解，不在意她的试探。她到底是个什么样的人，并不在他的考虑范围内。

除了姜珠渊口中的云政恩，他不需要听其他人主观的版本。

寇亭亭会和毕赢、曹慎行一样，收到这段往事的回报，一点不多，一点不少。

据他所知，她和姜珠渊曾经也是至亲至密的朋友。甚至于到现在为止，这段友谊里还残留着一些暖意。

他不得不承认，他想知道，寇亭亭是用什么方法，摧毁了姜珠渊的初恋，还讨得了她的欢心？

而这，才是他停留的原因。

“你和金毅，再生一个孩子。”

吃过晚饭，寇亭亭的婆婆又一次抛出了这个话题。

这个问题她们已经讨论了很多次。

她至少已经有所进步，在孟堇离开饭桌后才发声。

“好的，妈妈。等金毅回来，我来做他的工作。我也想再生一个孩子，陪伴阿堇。”

孟金毅在生殖方面有些问题，是这个家庭的秘密。她刚嫁进来，就被要求做试管婴儿，从而得到了阿堇。

婆婆显然很满意她的主动请命：“这次，必须要生男孩子。”

“好的，妈妈。我会和周医生联系。”

“她不行，后来几次都没成功。”

“好的，妈妈。我听说宛越医生很不错，我来约一约她。”

虽然家里有用人，但厨房的家务仍然是寇亭亭亲自做。婆婆虽然没有明说，但她知道这是茹素的婆婆所希望的。

做完家务后，她去了女儿的房间。母女俩一起洗了澡，读了故事书。

“妈妈，今天来的叔叔是谁啊？”

“啊，他是成叔叔的朋友。”

“叔叔长得好漂亮，比之前的成叔叔还好看。妈妈的朋友都好漂亮。”

“阿堇也想变成那么漂亮的人吗？那就要好好睡觉，好好吃饭。”

“不用好好学习吗？蔡子萌说，她外婆每天都叫她好好学习，多多做题，烦都烦死了。”

“那个啊，努力就好了。妈妈不想你变成书呆子。”

“那妈妈我可以不再画画了吗？”

“为什么不想学画画了？”

“我不想变成画呆子。”

“告诉妈妈真话，是不是老师对你不好？”

“不是。妈妈，我再怎么画，也没有云小恩画得好。好泄气啊。”

“如果来一个小朋友，弹琴比你厉害，你也不要学琴了吗？如果再来一个小朋友，跳舞比你厉害，你也不要练芭蕾了吗？”

“所有这些，努力就好了。学得好不好，妈妈并不在意。”

“我知道了，妈妈。”

“对了，最重要的是要有礼貌，不能随地乱扔垃圾。那样会变丑哦。”

孟堇吐了吐舌头，她今天在妈妈面前随手扔掉了新发卡的包装纸，被妈妈批评了。

“可是垃圾桶很远啊，我好累，不想走过去。”

“蔡子轩在旁边啊，你可以叫他帮你扔。你这么可爱，他会帮你的。”

“妈妈，我做错了，以后不会了。我也不想叫蔡子轩帮我扔，我自己会扔。自己的事情自己做。”

“好。”寇亭亭亲了亲她的头发。

“叔叔为什么会来接我放学呢，还送我发卡？”

“你喜欢叔叔送的发卡吗？”

“喜欢呀。”

“因为叔叔喜欢你，我们阿堇，太讨人喜欢了。”寇亭亭笑着回答，“没有人讨厌你。没有人会想你伤心难过。我们阿堇，是完美的。”

哄睡了女儿，她回到自己套间的起居室。

冰冷的房间，冰冷的沙发，冰冷的双人床。

她关上门，走到化妆台前，打开摆放着首饰的抽屉，从最里面摸出一包薄荷烟、一支打火机和一只扁扁的烟灰缸来。

她熟练地点烟，烟雾袅袅升起。

烟灰缸是带金属光泽的酒红色，而手中的烟——她笑了起来，轻轻弹了弹烟灰，又拿起来，几乎是贪婪地吸了一口。

说起来，她对在孟家的生活也有些厌倦了。一成不变，毫无波澜，看得到三十年后的日子。

她的阿堇总有一天会离开，而她要在这里一直到死。一想到这里，就算是捉弄老太婆的游戏，也已经提不起她的兴趣。

她甚至希望老太婆能心情愉悦，活久一点，好有个喘气的陪着她，所以她根本不再驳嘴。

痴心妄想。生男孩子？孟金贵会同意吗？

她夹着烟，拿起手机来摆弄。

他的手机号，是1加上十位的水仙花数。他的车牌，是四位数里唯一的完美数。

应该感谢云政恩，她还记得这些有趣的数学小知识。而这些小知识，无疑让那个人变得更加特别。

如果说他一点也没有被她吸引，她是不相信的。

否则他也不会停留了。

不管他是云政恩的什么人，她也不想去考虑他是云政恩的什么人，那样反而把事情搞复杂了。

他的复仇，不就是找成少为来勾引她，意图破坏她的家庭吗？

如果换了他亲身下场，她倒会有些心动，不，她现在就已经有些心动了。

一个女人和一个男人的故事，不应该只存在于婆媳剧中，换换口味也好。

她编辑了一条短信，发给水仙花。

他是一个宁可自己死，也不愿意看我伤心失望的朋友。

发完短信，她静静地坐着，抽完剩下的半支烟，直到电话铃声响起。

她原以为是他看了短信打来，再仔细一看来电显示——嫌恶地撇了一下嘴。

她本不想接，那边却连着打了三次，誓不罢休。

寇亭亭厌烦地接起来："什么事？"

那边也很简单直接："借我十万元周转一下。"

寇亭亭很讨厌他们将自己置于这样的境地，过了一会儿才回答道："曹慎行总不可能十万元都拿不出来吧？他还能拿十万元出来抽奖呢。"

"他现在有点困难。"

"他？困难？上次还说公司账面上总有一两百万元流动资金。现在就十万元都拿不出来了？"

"他那边有个客户出了点状况。小问题，能解决，我的麻烦是眼下的。借我十万元，年底还给你。"

"毕赢，你每个月房贷和车贷加一起就要用掉工资的70%，加上衣食住行，根本存不下什么钱。"

"你知道得倒清楚。"

"你年底的奖金也不会超过五万元。怎么还？"

“我自有办法。”

“你说你有办法，可我不知道啊。我心里没底。”

“寇亭亭，你这些年捞得不少了。谁不知道，贵老公对你那是百依百顺，你名下两套公寓、两辆车还有一处商铺，手指缝里漏一点出来，不就能帮我过了这一关吗？”

“看来我们都很清楚对方的财政状况啊。”寇亭亭笑着弹弹指甲，“问题是，我有这个义务帮你吗？我怎么知道你会不会得一想二，拿了十万元，又想二十万元、五十万元、一百万元呢？”

毕赢把电话给挂了。

想了想，深吸一口气，他又推门进去包间里。

包间里烟雾缭绕，坐着三男一女。

那三十岁出头的女性正是他的姐姐毕晟，看到他进来，一张脸上写满了无奈与焦急：“阿赢，你快过来坐呀！”

她将一碗热汤浸泡的米饭塞进他手里，又递一双筷子给他：“垫垫肚子。”

都什么时候了，她还只记得吃？！

毕赢把筷子往桌上一扔。

一直抽烟的那个男人，留着披肩的油发，穿一件中式褂子，手上套着一串珠子，笑着点点桌面：“毕总很忙啊，一晚上电话不停。”

毕赢没说话。

“刚才说到哪里？哦，对了，你当年能脱身，还是你姐托了大高……”他指了指身边的体重至少有两百斤的男人，“大高又托了老涂——帮了忙。现在混得人模人样了，就忘本了？忘本也就算了，你还把我大侄子打一顿？”

被提到名字的高端武一副置身事外的表情；而他的大舅子老涂一张脸平静如常，一声不吭。坐在他身边的毕晟推推他，示意他夹菜吃菜，他只摇摇头。

“哎呀，大家都是老乡，有事慢慢说。”

“打住，大高和你们是老乡，我不是，老涂也不是，别套近乎。”寸头男人挥挥手，“你现在把我大侄子打成这样，难道想道个歉完事？还是高考状元呢，老师就是这样教你的？”

毕赢冷冷道：“听说贵侄子在学校里也不是个省油的灯，我只不过是替他老师教教他。”

一听这话，老涂方开口了，他天生一张圆脸，看上去是一团和气的样子：“他在学校怎么样，自然有老师来处理。老师没说他错，你管得着？现在是你找人打他，是不是我找人把你也打一顿，大家就扯平了呢？”

毕晟连忙道：“老涂，有话好好说。”

“我说过了，是他划我的车在先。”

“毕赢，凡事都有个道理，你的车停在了我的车位上，是不是你的问题？”

“有什么问题？我交了停车费，小区里就任我停。什么时候你有私人停车位了？”

“我家有中风的老人，你停的那个位置，正对着我家后院的门。左邻右舍都知道那个位置专门停我家的车。你停在那儿，我家的老人去医院，怎么办？”

老涂说话慢条斯理，况且平时在小区里也很和气，愿意承担公共事务，所以毕赢一直觉得他软弱可欺：“不可理喻。”

高端武这时开口了，他两只眼睛很大且凸出，说话时脸上的肉一弹一弹地抖动着：“毕赢，你也算是我看着长大的吧？还记得你当年高考后惹的麻烦事吗？那时阿晟找到我，说我在报社工作，能不能想点办法，别让舆论这么炒下去？我说我虽然在报社做，做的是财经这块。老涂做社会新闻，帮你们姐弟俩花了不少工夫，这阿晟你得承认吧？”

毕晟连忙点头如捣蒜：“大高，老涂，我一直很感谢你们……”

毕赢哼了一声，颇有些不以为然：“你们没收钱吗？”

串珠男人笑着道："没有门路，你钱往哪里塞？好，不说以前，就说最近。殷承那个纪录片一出来，网络上是不是议论得沸沸扬扬？没有老涂叫我帮你们带舆论，你早就被人肉出来了，还能落得了好？"

"所以我说这事儿，真的是大水冲了龙王庙呀！"毕晟道，"要怪，就怪小区保安不好。小区停满了就不该再放车进去，不放车进去，阿赢就不会把车停到老涂的车位上，孩子也就不会玩的时候不小心划花了车。"

"不小心？"毕赢冷笑道，"他是故意的，我停那里就停了一次，他划我车划了三次。不仅如此，小区里的流浪猫，没有一条长尾巴的，要不要把监控拿出来看看，是不是你儿子剪的？老涂是吧？我要是你，就送他去看心理医生。"

听他如此出言不逊，老涂抹了一把脸，摆出一副总结的模样："听你这口气，是我家孩子全错了？"

毕晟赶紧赔笑脸："老涂，你别动气！大家坐下来，就是好好地商量一个解决方法。孩子现在住院了，该出的医药费、营养费，我们出呀。"

毕赢狠狠地瞪了姐姐一眼，他心里是不服气的；毕晟按了按他的肩膀，继续赔笑脸："我这弟弟书读得多，读得迂，给大家添麻烦了。该赔偿的，我们赔偿。"

"二十多岁的人，以前逼得同学自杀可以说不懂事，现在走上社会了，还不懂事？"老涂慢条斯理道，"要不是大高劝我，今天这饭我也不会来。毕赢，我给你擦了两次屁股，都是看在大高和你姐的面子上。今天咱们要是撕破脸，日后可别来求我。"

"老涂，你这话说的……"

"这意思还不明白吗？我能洗白你，也能搞臭你。"串珠男人道，"除非你屁股上没有屎。"

他说得很粗俗，而毕赢却终于脸白了一白。

经过几番折腾，他很明白形象有多重要，所以没继续嘴硬；毕晟继续打圆场，絮絮叨叨地磨着价。

经过几轮拉锯，最后赔偿金额被定在了二十万元。

“对毕总来说，这二十万元也不算什么吧？我看你的车，一个没啥根基的穷小子可开不起。”

毕晟抱着息事宁人的态度道：“给给给，但是我们得签个协议。这笔钱是毕赢出于人道主义给小孩的医药费，不等于说我们做错了……”

串珠男人和高端武都看着老涂。

“今日的果，都是昨日的因。”他说，“这笔钱拿来，我们恩恩怨怨一笔勾销。”

起草协议时又出了岔子。毕赢表示自己一时拿不出这笔钱，要打欠条。

“放心，我不会欠你，年底一定有。”

老涂笔都拿出来了，听他这样说，随手将笔扔在了桌上，于是又你来我往地讨价还价了几回；最后约定毕晟回去做协议，毕赢筹钱，三天后一手签字，一手交钱。

姐弟俩像霜打了的茄子一样，站在酒店门口。

“难道你连十万元都拿不出来吗？”毕晟担忧道，“姐给你凑十万元，再多真拿不出来了。”

“没有。”在姐姐面前，毕赢也就不掩饰了，“一分钱也没有！”

全是那该死的同学会。自从那天晚上之后，运气就变得极差。

先是胥岷山一个国际项目结题，按合同要求第三方审计，这种事本来只是做做样子，没想到那边却请了知名会计事务所进场。

审计小组的组长竟是他的一位高中同学。

这位同学见面第一句话就是：“毕赢，听说你们开同学会？你这人，怎么也不跟我们这些外地的同学通知一声呢？好久没见，你混得越来越好了啊！”

毕赢大感不妙。账面看起来是平的，但私下里他做了不少猫腻，专业人士一看便知，他不得不先从其他项目抽出票据来填补上去。

那项目中套出来的钱呢？自然是交到了曹慎行手里“投资”。

胥岷山手头的项目周期都很长，且他有个准院士的名头，年初的花费，年尾再结账，人家也不敢说什么。

这个时间差用来“投资”，岂不是无本的买卖，妙得很？

万一有什么突发情况，就从其他项目调钱过来——十个锅九个盖，据他所知，其他人也都是这样干。就连万象集团下属的、由戚具迩的亲弟弟戚具宁主持的生物技术研究中心也是如此，从来没有出过事。

再就是今天这件事情，原以为只是教训一个臭小子，没想到却和自己有这么深的渊源！

全怪曹慎行心情不好，下手太重，他明明说的是教训教训就行，不要留伤，曹慎行找的人却把臭小子打得进了医院，惹得自己一身骚！

而曹慎行之所以心情不好，是因为他的生意出了点问题。

同学会后，他请了个惯会阿谀奉承的高中女同学回来做事，这同学也不知道怎么做的事，批出去一大笔款项给一家大型娱乐中心的老板，老板一收到款数即刻消失得无影无踪。

曹慎行先是把放款的同学打了个半死，再把老板的妻小都控制住，抵押的洗脚城也已经接管过来，可惜的是账面上确实没有钱。

要说这事情也不是第一次，曹慎行总有招数把这笔钱找补回来，他这边也就能填上了。

毕赢今年冬天之所以不好过，全都毁在一个个“没想到”上。

可真是“没想到”吗？

“阿赢，现在不是意气用事的时候。阿行真的拿不出来吗？要不，把车卖了吧。”

“不行。我才换的车，卖了的话，别人不都知道我有问题了。”

“那你想想办法，有没有人能借一点？……可惜胥教授生着病，不然可以找他。”

“我已经够烦了，你闭嘴行不行？！”

毕赢想来想去，还是得找寇亭亭，必须找寇亭亭。

同样都是女人，他姐姐毕晟在瀚海控股的法务部工作，嫁了就职于Interon的高级软件工程师，说得好听两人年薪加一起也有四五十万元，却全填了婆家那边的穷亲戚！

现在他需要钱，姐姐只能拿十万元出来！

凭什么寇亭亭来钱那么容易，他就得讨好这个，奉承那个，在胥岷山底下做条狗，舔点他牙缝里剔出来的渣渣？

就连胥丹这个破鞋都看不起他！

寇亭亭不知道毕赢的这番心理活动，他再次打来时的语气已经缓和恳切了很多，她仍然不松口。

“你能还得上吗？”

“寇亭亭，你还不相信我？我当然还得上。”

“就凭你那点工资和奖金？别逗我了。”

毕赢急了，道：“胥岷山一两千万元的经费不是任由我花？要不是现在有审计小组进场，我用得着向你借？那些人一走，我就能还上！”

“你这人，怎么还急了呢？”寇亭亭道，“大家都是老同学，我还真的不救你不成？和你开开玩笑罢了。”

说着，不到半分钟，毕赢的手机收到两条信息，显示他的户头刚有两笔钱到账，每笔十万元。

看到自己的银行户头上突然多出二十万元，毕赢不由得一阵轻松。

“没想到你还挺豪爽的，我借十万元而已。”

“还有十万元，给你周转用。”寇亭亭话题一转，“连我都听说了，胥岷山病得很厉害。你做这种事，不怕雪上加霜？毕赢，作为老同学，我还是奉劝你，犯法的事情不要做。”

“我做什么犯法的事情了？杀人放火？还是奸淫掳掠？”

“你贪污公款，一旦被揭发，可是要坐牢的。”

毕赢冷笑道：“我好怕啊。不怕实话告诉你，胥岷山是肝癌晚期，就算是许昆仑也回天乏术，他死定了。”

“哎哟，这么严重啊。”

“每家公司的法人都是他，每笔款项转出去都有他亲笔签名，如果真出了什么事，你觉得谁更逃不掉？”

“当然了，我也希望他能拖到评上院士，这样就算死了，我也还是个院士弟子——你以为我很蠢吗？哼。”

毕赢挂断了电话。

看来寇亭亭果然很有钱，这么阔绰，二十万元眼皮也不眨一下就转过来了。

做男人也不错，上下嘴皮子一碰，就能从女人那里拿到二十万元。

真是败家娘们儿。

寇亭亭挂掉了电话。

可你就是很蠢啊，二十万元就得意忘形了。

她将刚刚对话的录音同步到了电脑上，又拿出一张存储卡来，复制了一份。

她起身，将存储卡放进钱夹，又无所谓地扔回梳妆台上。

怎么办？我可又捉住了毕赢同学的把柄哪。

第四道
×
热菜

清蒸老鼠斑

毕晟为了拿十万元给弟弟，和丈夫大吵一架。

“你弟弟就是个无底洞！他住的小区比我们好，开的车比我们好，还要找我们借钱？说破天也没这个理！”

“他现在有困难，我不能不管！”

“我们没管他吗？他上学的学费、生活费，哪一样不是我们出？你记不记得那年他大二，我们去他学校看他，他无论吃的、穿的、用的，都是最好的！你他妈还用着他淘汰下来的手机，穿着他不要的运动服——真不知道他怎么有脸再找你借钱？！”

“你每次都要拿这件事情出来说，有意思吗？”

“怎么没意思？有意思极了！”

“你往你爸妈、大伯、二伯、大姑、小姨、大舅、二舅家里拿钱的时候，我说过话吗？你做人不能偏心！”

“我是有一屋子穷亲戚，我认！但是他们会念我们的好，会感恩图报，你哪次回去婆家，不是好吃好喝，当成王母娘娘地伺候着？再看你弟弟，工作了，抖起来了，还过你钱吗？每年过年给孩子包个一百的红包，也好意思！”

“我不和你说这些，我知道我们俩联名户头上有一笔理财就要到期了，再加上活期……”

“没有！这笔钱要留着给儿子买钢琴！我已经带他在双耳琴行看好了！毕晟，我告诉你，你敢拿你儿子培优的钱去填你弟弟，那就离婚！”

一时间家里鸡飞狗跳，婚自然不会离，钱也没取成，但毕晟终于还是在期限前凑到了十万元。

“阿赢，钱给你准备好了。”

“姐夫没说什么吗？”

“我把结婚时买的钻戒和金饰给卖了，反正也没啥场合戴。再加上我的私房钱，够了，不用向他开口。”

毕赢迟疑了一下，道：“算了，不用了。二十万元我都借到了。你去把首饰赎回来吧。”

弟弟如此体贴，毕晟眼眶都有些发热了：“好，我先把协议书做出来。”

她打开文档开始准备和老涂的协议，快写完时，部长过来了。

“毕晟！和老饕门、万象资本的三方合同弄好了没有？”

“弄好了。”

她急忙想将文档最小化，但还是被部长看到了。

“你上班时间在做什么？什么协议？你在接私活儿？”

“没有，一点家事儿。”毕晟将早已准备好的三方合同交给部长。

“毕晟，不要怪我没提醒你。瀚海换老板了，今天和万象资本签完约，整个公司说不定都要重组架构。这个节骨眼儿上，别犯错。”

毕晟素与部长交好，故而对他的提醒并不当回事儿。等她做完协议，发给毕赢之后，才发现遗漏了一份文件在桌面上。

“糟糕！这一份是老饕门的分店资料，我刚忘记交给部长了。”

“他们在会议室，刚开始不久，你赶快过去。”

毕晟拿了资料就急匆匆地往会议室赶，会议室大门紧闭，她一推门，里面的人目光全部齐唰唰地投了过来。

她低头快步走到部长身边；代喜娟见进来的不过是瀚海控股的小员工，不由得皱紧眉头：“我不明白，万象的戚具迩在这里，瀚海的代表在这里，我也在这里，三方的人都在了，还要等谁？”

瀚海的代表赔笑道：“代总少安毋躁，我虽然是瀚海的代表，但我并没有资格签字，我们老板很快就到。”

代喜娟忍了一忍，眼角瞥见成少为端坐在旁，一身白色西装，着实刺眼：“你穿成这样是什么意思？投降？”

“穿黑色你又要说我奔丧了，索性不穿好不好？”

代喜娟没想到一向把她当作透明人的成少为会回嘴，一时间双颊抽动几下，竟不知如何回答。

戚具迩笑道：“代总，你有个好儿子，少说他两句吧。”

代喜娟冷冷道：“不知道好在哪里。我们在等谁？你们瀚海控股到底有没有诚意购买老饕门的股份？如果没有意向，何必浪费大家时间？”

戚具迩笑着摸摸手臂：“代总是巴不得今天的会开不成吧？瀚海控股也是才换了大老板，再等等吧。对方真的是很有诚意买下老饕门，出的价钱也很合理呀。”

“诚意？合理？哼，将我逼到这份儿上还谈什么诚意，什么合理……”

戚具迩脸上仍挂着淡淡笑意：“代总，愿赌服输呀。”

毕晟敏锐地感觉到会议室内气氛有异，不便久留。放下文件，她走到门前，双手打开。

外面站着一名异常俊俏的青年男子，眼神苍秀，身形颀长。

他也是刚到，面上犹有一股凛冽风尘。

门突然在他面前打开，他十分镇定自若，倒显得是毕晟特意开门请他进来一般。

成少为激动地站了起来："是你？！"

来人正是辛律之。

他穿一身低调而精致的黑色西装，里面是同色高领毛衣，西装上口袋里夹着一支银白色百利金钢笔，衬得整个人高贵而又富有书卷气。

身高不到一米六的毕晟得仰头望着他；他敛首，居高临下地看了她一眼。

他的眼神苍秀又冷漠；毕晟突然打了个寒战。

"毕小姐，请让开。"

不等回答，他迈开两条长腿，从她身边走过去。

瀚海的代表已经起身相迎："辛先生好！辛先生这边请！其实应该让我去接您……"

"没有必要。"

辛律之顺着他毕恭毕敬的姿势，走向了会议桌正中的位置，落座。

相比较戚具迩和代喜娟都带了私人特助，他只是孤身赴约。

但他身上那股自信而沉稳的气势却胜过了在座的每一个人。

也难怪。

今天，他是大小通吃的庄家。

成少为双手捶在桌上，激动得说不出话来——他就知道，作为朋友，辛律之不会坐视不理："你……"

"容我向大家介绍，这位是欧拉基金会的执行主席，同时也是我们瀚海控股的新老板，辛律之先生。"瀚海代表介绍道，"我们三方就合约内容已经达成共识。签完字，辛先生将成为老饕门的最大股东。"

关于合约内容，欧拉基金会的律师团已经看过了。辛律之又快速浏览了一遍，点点头，从口袋中取出笔来。

幸福带来的眩晕感尚未退去，却又遭到一记重创，成少为一时没有明白："等一下！你不是来阻止签约？要用6.3元亿买下老饕门的人是你？"

辛律之平静地看着他逼近到身前的、震惊的脸庞，轻且有力地吐出一个字：“对。”

“为什么？”

“没有为什么。从来都是我要买老饕门，我倒是觉得奇怪，你为什么这么大反应？瀚海可以买，我不可以买吗？”

一直未出声的代喜娟起身，拎着儿子的衣领，左右开弓，狠狠地扇了他两耳光，狂怒道：“我到底上辈子欠了你什么？你就这么恨我？找你的朋友来逼我清算？我今年五十三岁了！没有机会东山再起了！”

戚具迩也被眼前发生的这一切弄糊涂了：“伯母，你打他干什么？他根本不知情啊！”

成少为根本毫无痛觉，他甩开母亲的手，啪的一声合上辛律之面前的合约：“我给你看过老饕门的资产清单！你知道，这笔钱，还买不下老饕门的固定资产！”

“我知道。”辛律之放下笔，将成少为的手臂拨开，“我还知道，这笔钱用来赔给万象资本，兼付清明年到期的债务之后，代女士将一无所有。”

“嗯，也不能说是一无所有。您将还拥有 1.5% 的股份，在老饕门做一个小股东。只是凭这点份额，您真的没办法东山再起了。”

代喜娟发出一声悲鸣；成少为踉跄后退两步，突然转身在戚具迩面前单膝跪下：“具迩，我答应你，我和你结婚。我一辈子都听你的，永远不离开你，不看别的女人……”

辛律之皱眉道：“少为，作为朋友，我想我有必要告诉你，婚姻不是儿戏。”

“你闭嘴！具迩，看在我的面子上，不要签字，再给我们一段时间，我会找到新买家，我会付清六亿元给你，你给我一年的时间，半年，三个月，只要三个月！”

戚具迩左右为难，不敢去看成少为的眼睛：“少为，你不该招惹这个人。”

“据我所知，万象资本用来投资老饕门的资金当中有一亿九千万元是抵押贷款。这笔套牢了四年的投资已经严重影响到了万象资本的投资方向。”辛律之道，“三个月，足够贵公司看中的那家互联网公司找到新的买家。”

“万象资本四年前没有赶上潮流，今天还要落于人后吗？”

戚具迩神色一僵，她问都不消问，他怎么知道的？

“戚女士，江山和美人，你选哪一样？”

戚具迩无法为了一个男人去和整个董事局、整个万象集团的利益抗衡。

她权衡再三，终于拿起笔：“少为，对不起。”

看着她在合约上快速签下名字，成少为心疼得几乎无法呼吸：“我不相信，我不相信除了你，没人想买老饕门！”

“我相信戚女士和代女士比谁都清楚，谁也不会在市场前景不明的情况下，贸然进军中高端饮食行业。更何况老饕门现在就像一艘急忙建造起来的航空母舰，即使核心技术过硬，谁也不知道哪一天就会支离破碎。”辛律之道，“如果不是我三个月前买下了瀚海这只壳，还真的没有人会接手老饕门。戚女士很聪明，做出了正确的选择。我保证，你的下一场收购会很顺利。”

“等一下！三个月前我们还在做IPO，没有人能确定老饕门无法上市！”

“我可以，你知道我可以。”辛律之平静道，“老饕门上市的概率是多少，我四年前就算得清清楚楚。”

成少为知道他有这个能力。但他仍然无法说服自己接受这个事实：“你……既然想收购老饕门，为什么又表现得好像会帮我？！”

“如果你开口，我确实会帮你。”辛律之道，“我会放弃收购老饕门，但是那样老饕门就会被拆开来卖。区别只是今天这一刀，还是未来半年的凌迟而已。”

“所以你没有开口，是对的。”

成少为完全跟不上他的逻辑：“你，你，你……难道我还要感谢你……”

辛律之指指小司："给成先生倒杯热水，他脸色很差。"

代喜娟突然开口道："辛先生，我看得出来，你和犬子确实是很好的朋友。既然大家是朋友，有什么不能坐下来心平气和地谈呢？老饕门这几年确实扩充太快，导致资金跟不上，但我已经有全盘计划，可以改善现有困境，你不妨听听？"

她示意小司将计划书拿出来："我相信这份计划书会改变你的看法。与其现在逼我们清算，不如大家合作把老饕门搞好。股份分配，我们可以慢慢谈！"

小司将文件送到辛律之手上。辛律之看了她一眼，小司垂下眼帘，回到代喜娟身边。

"代女士，很感谢你无私地拿出计划书。不过我对餐饮业一窍不通，老饕门我会交给职业经理人去运作，您就不用操心了。"

看着被他扔回桌上的计划书，代喜娟冷笑道："辛先生，看来钱对你来说，不算什么。而你对待朋友的方式，就是逼他清算。"

"我的确是成少为的朋友，但我并不是你的朋友。合约写明，成少为的'万食如意'项目会保留。"

成少为握着一杯热水，胸腔里爆出一声大笑："好！很好！真是好朋友！"

"其实我不太明白。如果是瀚海出这个价，您今天就签字了。为什么换了我，您就不肯签字了呢？是因为我看起来太年轻，您不服输？"

他自然是很年轻的，年轻到让代喜娟无法接受自己居然输在了这样一个年轻人手上，但这并不是她怨恨的主要原因："你完全可以让瀚海的代表签字，为什么要亲自来？就是为了折辱我和少为吗？"

辛律之起身。

"我并没有轻慢您的意思。只是有个人提醒了我，数学是数学，商业行为是商业行为。如果您今天和瀚海控股签了字，就只是一场愿赌服输的商业行为。和我签字，意义可就不一样了。"

“你处心积虑接近我的儿子，利用我和他之间的问题，害得我赔上整个老饕门，我不可能咽下这口气！”

“如果您这样想，那就错了，我和少为认识不过八个月的时间。他一开始甚至没有告诉我他和老饕门的关系。自始至终，他也没有透露老饕门的任何商业机密。您今天之所以要清算，是输在了二十五年如一日的贪婪上。如果不是为了上市圈钱，拿了超出自己能力的投资金，盲目扩充公司，现在老饕门根本固若金汤，我无从下手。”

辛律之看了看腕表：“代女士，少为有句话说得好，冤枉来，冤枉去。不如大家都节省点时间，爽快地签字吧。”

“我不明白你的意思。去告我好了，我不会签字。”代喜娟冷笑道，“你这是恶意收购，我和你官司打到底，看看谁捱得过谁。听说你是美国人？我告诉你，这种官司打起来时间可长了，没有三年五载的，谁也拿不到钱。”

她望向戚具迩，咬牙切齿道：“你们串通好的吧？那我要你也不好过！”

她摆出了一副无赖嘴脸，一时间气氛僵住了。戚具迩面色难看；代喜娟笑容如刀；成少为更是神游天外，不知在思考什么。

“为什么您总想把错误推给别人呢？”

时间似乎过去了很久，又好像只是数十秒，辛律之端起面前的咖啡杯，饮了一口。

咖啡已经凉了，他不喜欢喝半冷不热的东西。

瀚海代表立刻捕捉到了他脸上一闪而过的不悦，殷勤道：“马上给您重做一杯热的。”

“有速溶的吗？”他很快改变主意，“算了。”

“这是老饕门分店资料？”他从桌上拿起刚才毕晟送进来的资料，里面罗列着老饕门在格陵的二十多家分店的资料，包括分店地址、餐饮风格、资产情况、行政架构等。

翻了几页，辛律之道：“这家百丽湾附近的咖啡馆，提供美式简餐，我去试过，还不错。”

瀚海代表笑道："您真有眼光。别看这家店规模小，离游艇会很近，很多艇主光顾，简直当它是食堂一样。在老饕门的众多分店中，盈利相当稳定。"

"请做好会议记录——收购完成后，这家主打美式简餐的分店改名为家明咖啡馆。家庭的家，明天的明。"

听他好整以暇地开始规划老饕门的未来，代喜娟冷冷道："我不会签字，我不会让你乱来。"

瀚海代表道："家明这个名字好，够大众，又有味道。"

辛律之微微一笑："家明是家父的名字，聊表纪念而已。咦，这一家分店也很有特点。"

"这家位于老区的台湾小炒店，是老饕门三年前收购得来。价格平易近人，本身就有不少街坊老客户，也是分店中的佼佼者。"

"你又想改个什么名字？"代喜娟冷笑道，"令堂的名字？"

辛律之眼神突然一敛，望向一脸不屑的代喜娟，语气冷静如同冰川下的暗流："好主意。这家店改名为永姿小炒。"

听到"永姿小炒"四个字，代喜娟先是一嗤，紧接着一愣，继而脸色一变，仿佛有人狠狠地挖了她的脑仁一般，将最深处的记忆都翻出来了。

"请记下来——家母的名字，正是纪永姿。纪念的纪、永远的永、姿容的姿。"

代喜娟跌坐在椅子上，脸色煞白如同见了鬼一样。

这是她心底最深处的秘密，她确定没有人记得这段往事，纪永姿这个名字更是被她埋在了记忆的最深处，这时被人突然连根拔起，她仿佛听见自己灵魂碎裂的声音。

她伸出手，指着辛律之，声音抖不成句："你……"

"如果您没有听清楚，我可以再说一遍。"辛律之一字一句，念出生母的名字，"纪、永、姿，纪念的纪、永远的永、姿容的姿。代女士，家母当年是否也是这样向您介绍自己的名字？"

“你……你……是她……她的……大儿子……”

“对，我是纪永姿的大儿子，辛律之。看来她并没有对你提到过我的名字。”

她惶恐地看着他，这张俊俏的脸，和记忆深处那名台湾女人的脸重叠起来了。

只不过那张脸总是微微笑着的，充满了善良的、母性的光辉；而面前这张脸，仿佛是地狱之火淬炼过一般，她终于看清了那俊俏面具下的冷酷，正拔剑而起，刺向她最不可告人的私密。

“不可能，你怎么可能找到我？！不可能！不可能！不可能！没有人知道这件事，没有人！没有人！是不是少为，是不是少为告诉你的！是不是少为！少为，你为什么要出卖妈妈？！”

“别再找借口了！少为当年和我一样大，只有五岁，我不知道为什么，很可能是他在生病，所以并没有火车上的那段记忆。”

代喜娟觉得自己不能呼吸了，她拼命地抓着胸口的衣服：“少为，少为……”

成少为跪在地上，搀扶着抖作一团的母亲，抬头望向已经走到他们面前的辛律之。

他宣布她的罪。

“当年你酒楼倒闭，遣散所有员工，带着孩子去投靠前夫。

“但他已经再婚，你们纠缠了两年，最后他塞了三百美金给你，赶你走。

“回来的火车上，也许是看见你带着孩子很辛苦，我母亲请你到她包下的软卧车厢一起。

“我母亲当时怀孕三十一周且有子痫前兆。晚上，她突然宫缩，大量出血，情况危殆，列车长将车紧急停在了云泽南站。

“在我母亲被医护人员推下车之际，你霸占了她装有现金和护照的那件行李。

“减去她前期路程上可能的花费，数目大概是一万九千七百美金……”

他居然知道得一清二楚，仿佛她所经历过的一切，他都是见证者。

代喜娟面如死灰，大口大口地喘着气，而辛律之的宣判也戛然而止。

“你这次偷窃行为所引起的连锁效应，使一个原本可以找到自己亲生父亲的孩子变成了孤儿。”辛律之平静如同叙述着一个最简单不过的等式，“而我认为，你的过错，应当用你从偷窃开始，到现在为止的心血来偿还。”

“三百美金是两万美金的 1.5%。考虑到老饕门有目前的规模和声势，你的功劳不可抹杀，我现在为你保留这 1.5% 的股份。无论将来老饕门发展如何，你一定会拥有 1.5% 的股份，一点不多，一点不少。

“前提是你现在要签名。

“当然你也可以选择不签名，打官司。要和我作对，请便。

“拖一年，股份减一半，拖两年，再减一半；三年，四年，五年——你仍然会有股份。哪怕只有一元钱，老饕门也一定分红给你。”

他拿起百利金，弯下腰去，放在几乎是趴在地上的代喜娟面前。

咔哒一声，代喜娟心里却如同一记法槌敲下。

她哆哆嗦嗦地拿起笔，取下笔盖。

白金笔尖上刻着一个她看不懂的公式。

e 什么加 1 等于 0。

签下名字，一切都归零了。

代喜娟有很多话想说。

她曾经在事后偷偷去云泽打听，得知那女人死于难产，孩子因为先天不足，无人领养，送去了福利院。

有没有钱在身，医院都会尽力抢救，这不能怪她！

她也曾经多次向福利院捐赠款项，送去一些少为穿旧的衣衫和鞋袜。

但她没有办法面对那个孩子，她谢绝了福利院的参观邀请，避免和那个孩子有任何见面机会。

她心里清楚地明白，能在那个年代，将一笔数目不菲的美金带在身上的女人，当然不会是普通角色。

而她的一时心起，也正是因为想不通明明年岁相仿的两个女人，一个养尊处优，一个却奔波劳苦！

那女人就是个不谙世事的书呆子，因为有钱，就可以将软卧包厢整个包下来；而她这样聪明能干的人，却苦哈哈地为了一点钱到处低声下气！

既然社会不公平，那只好她自己动手了。

她得确保没有人会知道这段往事。

那时候火车票并没有实名制。她是在餐车休息时被纪永姿看见，然后邀请去她的包厢。事后她得知当初的列车员几年后因公牺牲了，还暗暗庆幸真是天都在帮她——而急救人员只是在晚上见过她一面，不太可能留下深刻印象。

唯一可能记得当时情景的，只有一路发着高烧的少为。

火车在云泽南站停下，医护人员上来将大出血的纪永姿抬下去。混乱中，她将纪永姿的随身小包偷走，塞在了儿子的冬衣下面。

当时成少为烧得昏昏沉沉，两只小手拼命往外推。

他说："妈妈，凉。"

"乖，别作声。"

"妈妈，这是阿姨的包。"

她情急之下，给了儿子两巴掌："不准出声！再出声，送你回爸爸那里！"

成少为呜呜地哭起来。

列车员上来将纪永姿的行李带走："还有漏的吗？"

"没有了没有了。"

从成少为后来对她、对老饕门的排斥来看，她总疑心他记得。

她没胆量直接去问，而是一而再、再而三地干涉儿子的人生，以确定他的底线在哪里。

这种复杂的相处方式，使得母子俩渐行渐远。

“等一等。”辛律之接过合同，又朝她伸出右手，“还有一样东西……”

“科赫的雪花，还给我。”

看着他摊开的手掌，代喜娟牙齿咔咔作响，说不出话来。

辛律之重复了一遍：“科赫的雪花，我母亲的戒指。”

成少为抱着瘫软成一团的代喜娟：“辛先生！请你看看她现在的状况！她已经崩溃了！别逼她了！雪花我来找，找到了一定还给你！找不到我也一定赔给你！”

辛律之缩回手，紧紧攥成一个拳头。

“你一定会找到。”

姜珠渊抬起头来，看了一眼墙上的时钟。

“怎么？你很少看时间，晚上有活动？”

蔡媚媚捧着一杯咖啡经过。

“约了委托人。”姜珠渊捏了一下脖子，“总感觉今天气氛怪怪的。”

“今天代总上瀚海的办公室去签约。”蔡媚媚揉了揉眼睛，“我眼皮子跳了一天了。”

“瀚海？是家什么公司？”

“半死不活的一家贸易公司，不知道怎么会有一笔钱买老饕门，八成背后另有金主。”

见姜珠渊似懂非懂，蔡媚媚笑道：“你也有不知道的事情——比如说，刚出炉的蛋糕，不能直接用手去拿，要戴隔热手套。这个瀚海，就是隔热手套。”

姜珠渊突然道：“可是要一口气拿出六七亿元来收购老饕门，很不容易吧。”

“其实拿得出来的人有很多。”蔡媚媚道，“但是没有人真的会从自己口袋里掏出所有的钱……”

“所以会做杠杆处理。只拿一小部分收购资金出来，将大部分股份抵押给银行，从银行拿钱出来收购。”

“咦，你学得很快！”蔡媚媚笑道，“说不定是个做生意的材料呢。”

“我也是听人提起过而已。”

蔡媚媚的电话突然响起。

“少为……什么？！”蔡媚媚倏然起身，“我马上来。”

“媚姐，发生了什么事？”

她一边收拾东西一边对姜珠渊道：“没事，按你自己的安排做事吧。”

蔡媚媚急匆匆地离开了办公室，办公室再一次陷入了只有姜珠渊一个人的空荡。

但这次的空荡，却令人心生异样。

到了和委托人约定的时间，她带着保温盒，坐车去了约定的地点。

约定的地点在一个还建小区的美食城内。第一次做“万食如意”的项目，她有些紧张而无奈。

紧张是因为她不知道自己能不能做得好，卖不卖得出这份情怀；无奈是因为她明明是一名为大众传递健康饮食观念的营养师，但“万食如意”的项目能给她发挥的余地太少。

紧张和无奈的情绪交织在一起，便生出了生生不息的尴尬。

“你？是你吧。”

委托人高端武到了。

他用手指了指她，在她对面坐下。不客气地讲，他确实是个肥硕的男人，但又不是一个松散的胖子，他全身的皮绷得很紧，两只大眼凸出如同青蛙。

“高先生你好。”姜珠渊自我介绍，“我叫姜珠渊。”

“哦？你这个名字我怎么好像听过？”

“我是‘万食如意’新来的营养师。”

“新来的？老饕门就这样怠慢我？叫一个新人来做。”

“我虽然是老饕门的新人，但其实我们也算半个老乡。”姜珠渊道，“我在云泽生活了三年。”

高端武两只大眼愈发凸出来了：“你怎么知道我是云泽人？我说话不可能有口音。”

姜珠渊没想到他这么排斥自己的老家：“我认识福利院的高院长。”

“哦，你认识我大伯。”高端武无所谓地转着桌上的一个抽纸盒，“他一定说了我不少坏话吧？说来听听。”

“他确实说你读书的时候很刻薄，常常用言语羞辱同学，每个人你都找得到弱点，给他们起外号，还误导他们互相攻击。因为成绩好，写得一手好文章，常常拿奖，所以老师偏心你，同学们也敢怒不敢言。”

“嗯……还有呢？”

“这些还不够吗？”

高端武沉默数秒，换了个舒服的姿势。因为身体肥硕，他在改变姿势的时候，关节和脂肪发出一些奇怪的声音：“当年老师没教我的，社会已经教了很多。”

听他语气，似乎已经有所反思。

姜珠渊将保温盒打开，里面放着两只白瓷碗，一只瓷碗内盛着两块油光莹莹、肥瘦相间的腩肉，整齐地铺在底菜上，另一只瓷碗内盛着一份米饭。

高端武的资料上写着，从大三开始就租住在这里，那时候这里还是城中村。村里有一家小馆子，他经常去，每次都必点扣肉盘。

现在的他，看着碗中从十年前穿越来的肉，闻着菜肴散发出来的熟悉的香气，下意识地吞了一口口水，喉结滚动：“这个味道……”

“不对吗？”

高端武急急地拿起筷子，夹起一块肉，几乎嚼都没嚼，就将一块肉给咽了下去。

啊！

这令人怀念的味道。

一块肉下肚，他变得高兴了一些："我和这地方有缘，小区建好后，我继续住这里。三梯二十四户，什么概念？高峰时期的电梯，挤得人一天都不开心。"

姜珠渊道："这里治安不太好。上个星期我开车过来，挡风玻璃被砸了。"

"很正常。以前这里是一片城中村，大部分的村民通过还建变成了千万富翁。你如果在这里住，就会很奇怪，为什么大中午会有青壮年在街上游荡，不用工作——都是拆二代，一辈子躺着吃就行了，不用做事。"他语气中有一股幸灾乐祸，"但是发家没有多久，他们大部分人又迷上了赌博，甚至吸毒，败光所有，包括小馆子的老板。"

他只是述说，姜珠渊也就安静地听着——这也是"万食如意"的一部分吧。

"今天又回到这里，感觉很不一样吧。"

高端武脸色有些尴尬："我一直住这里。怎么？不行？"

高端武毕业后就在 Interon 的新闻门户做财经记者，一度做到有自己的专栏，现在更是做了自媒体红人，教人投资，怎么会一直住在这里？

"对不起，我并没有评判你的意思。"

"算了。反正我已经买了房子，马上就要搬走了。"高端武拨了拨菜，"为什么只有两块肉？"

"吃多了对健康不好。"

这是营养师会说的话；高端武狠狠地夹起第二块肉，放进嘴里，又是嚼也没嚼就吞了下去。

"刚出校园的时候，发誓以我的能力，一年之内买房子。后来调整计划到两年、三年……一直到现在。没赶上买房，买得起的时候没买，买不起的时候总想着房市会跌。结果……"

他努力露出一个无所谓的笑容："房子没有了，女朋友也跑了。"

别看他是写财经新闻的记者，实际上都是纸上谈兵。真的需要专家意见的时候，他还得去和几个业界人士打好关系。正是在这个过程中，他搭上了一个股票经纪人："这个人很有本事，也很豪爽，介绍了好几只股票给我，教我怎么看盘，内幕消息也很真。一开始赚了不少，后来她教我炒孖展、窝轮，说一定能翻几番。"

于是他不顾女朋友反对，把用来付首付的钱都投了进去。

结果当然是输了个精光，被强行平仓后，还欠了一屁股债。

回忆起往事，现在的高端武倒是一脸平静。

而当时，他确实满腔的愤恨，股市无情，找谁都没有用。但他还是要找对方问清楚——我们无冤无仇，为什么要害我?

股票经纪人本来可以不理他，后来还是赴约了，带着自己的男朋友。

她的男朋友生得很瘦小，一副苦伶伶的模样，一看到高端武反而笑个不停。

"高同学，还记得我吗？我是陈老屁啊。这外号还是你起的呢！因为你，我整个高中都不敢在学校里上厕所，忘了吗？"

原来是两人合谋，做圈套报仇来了："又不是像你当年那样，按着我的头塞进尿兜里。谁逼着你炒孖展了？十二万元而已，你还这么年轻，慢慢赚啦。"

回忆到这里，高端武的筷子伸出去，但是肉已经吃完了。

他迟疑了一下，夹了一筷子梅干菜，拌在饭里。

"高院长告诉我，他那次来找你，吃到这道菜，就是和你，还有你女朋友见面。"

他欠了十二万元，打算找大伯借一点："他一辈子打光棍，积蓄还不少，也愿意借给我们。但是他这个人啰唆，一直说我们早点买房子就好了，不该把钱投进股市里，还一个劲儿地问我，炒股票的钱亏了不就完了吗，怎么会欠债？所以那顿饭吃得很不痛快。"

后来呢?

“后来？后来就拼命写稿子赚钱，还钱。再后来，女朋友等不了，就走了。”高端武道，“其实我早就料到了。长期住在这里，看到那些拆二代开跑车、住别墅——女人哪有不眼红的？”

“所以她在你欠钱的时候，没有离开。在你还完了所有的债务之后，反而走了。”

“好几年的感情，在我最困难的时候离开，怎么也说不过去吧？”

“纯粹好奇——你也会给你女朋友起羞辱性的外号吗？又或者在不顺利的时候，叫她滚蛋，去找有钱人？”

高端武一愣，没有说话。

但他的表情已经做出了回答。

他捧着碗，扒了一口饭；姜珠渊道：“请好好嚼嚼再咽下去吧。”

高端武皱着眉头，咀嚼了几口，才吞下去：“怎么嚼不烂？”

“其他人的底菜都是梅干菜。只有你的底菜是一半梅干菜，一半茶叶。”

是他女朋友拜托老板这样做:“她知道你喜欢这道菜,但又怕你吃多了，心血管受不了。她从龙井虾仁受到启发，想借一点茶叶的清香帮你解腻。”

“什么？”

“她的做法有理论依据，茶多酚对脂肪代谢有着重要的作用。”姜珠渊道，“每次你只吃肉不吃菜，她用一点底菜拌饭，所以你从来没有发现过吧。高院长来吃饭那次发现了，你前女友怕你不高兴，骂她多事，所以让高院长帮她保密。”

“无论是在小馆子里，还是后来老板跑了，她自己做给你吃，都和今天的食谱是一样的。”

高端武听了这段话，良久无语。

他端起瓷碗，将底菜全数拨进米饭里，拌了拌，大口地吃了起来。

明明是嚼不烂的茶叶，他却每一口都用力地咀嚼着，腮帮子鼓起来，加上两只凸起的眼睛，更像一只青蛙。

他艰难地吃完了。

“高先生对‘万食如意’的服务还满意吗？”姜珠渊从包里拿出一个文件夹，“请填写这份评价表，如果满意的话，就在最下面签个字，付款链接会发送到你的联系邮箱内。”

“姜小姐作为营养师，一定很看不起我们这种死胖子吧？”

“为什么会有这种想法？你不像是会介意别人眼光的人。”

“恰恰相反，我非常介意别人的眼光。正是因为如此，所以我才会在别人可能会伤害我之前，先刺伤对方。”高端武道，“今天认识了你，知道了很多我本来不知道的事情。所以我有股冲动想知道，你对我的看法是什么样的？”

“说让人开心的话是很简单的。正因为简单，说出来的话根本没有意义。每个人自己心里应该有标准吧，自己先做到了，也许就不用问别人了。”

“人是有社会性的，自己满意不代表别人满意。正是因为这样所以才活得痛苦。我们总得注意别人的眼光。”

“如果你对自己满意的话，为什么要在意别人的看法呢？如果不满意的话，为什么不推动自己去改变呢？”

“说得那么容易，在我看来，戒肉瘾和戒毒瘾一样难。”

姜珠渊想了想，从包里又拿出一份文件。

她本以为自己做了画蛇添足的事情，但看来还是有用的：“这里有一份膳食建议，改变饮食结构，养成运动习惯，不用饿肚子也能保持健康的体态。”

高端武收下了姜珠渊的膳食建议。

他从外套的口袋里拿出一支钢笔，准备签字。

“你这支笔……”

“怎么？”高端武拿起笔，“百利金，我用了四年了。”

“笔身上有个公式。”

“对。欧拉恒等式，$e^{i\pi}+1=0$，挺有趣。”高端武道，“替老饕门背书，收到的礼物。”

“替老饕门背书？”

“很奇怪吗？欠着一屁股债，为了钱，什么稿子我都会写。”高端武道，“只要给得起价钱。四年前，老饕门要上市，找投资方，老涂——我一个同事——找到我，叫我写一篇关于中高端餐饮上市前景大好的文章。”

“写完之后，这篇文章被广泛转载，刺激着格陵美好饮食控股的股票都涨了不少。”高端武道，“很快，老饕门和万象资本达成了投资协议，而我，收到了润笔费和这支笔。”

姜珠渊接过笔来，仔细观察着上面的公式：“所以这支笔是老饕门送给你的？”

“不然呢？”高端武道，“你不觉得很有意思吗？五个最基本的数学常数被一个公式联系起来，最后的结果是0。”

正是因为如此有趣，不像是代喜娟和成少为会做的事情。

更像另一个人的风格。

高端武很快填好了评价表，签下姓名。

因为心里有事，姜珠渊收拾好东西准备离开时，和一个黝黑精干的小眼睛男生不小心撞了一下。

“对不起。”

那青年挥挥手：“没事。”

青年和同伴来到姜珠渊和高端武刚坐过的座位，坐下。他同伴对他道：“吃什么？我去买——怎么了？”

“刚才那个女孩子……”

同伴看了一眼姜珠渊的背影：“你死定了，偷看美女，看我回去告诉你女友。”

“不是。”他解释道，“她很面善。我在哪里见过呢……”

“别想了，可能以前采访时见过呢？”同伴道，“好不容易今天能按时收工，不如早点吃完回去，看场球赛，搂着女友睡觉啦。”

等两人的牛肉面端上来后，青年终于想起来了："是她！"

"谁啊？"

"你还记不记得，殷承导演拍 *Teen Bully* 的时候，我们曾经想要去外地采访一个女孩子，就是她。我看过她的照片，她是云泽二中欺凌事件的核心人物之一。"

"我记得那件事情。"同伴也来了精神，"我们当时还讨论过，这个女孩子被交托了死者的手机，她的家人报了警，但是她没有出来接受任何媒体的采访。"

青年无可奈何地笑了笑："后来才知道她身份有些特殊。"

"以殷承导演的性格，做这个选题，就算前面是铜墙铁壁，也一定会去采访她。"

青年摇摇头："阻力倒不是来自她的家庭，是投资方不同意。"

"开玩笑，殷承导演可不是那种投资方指手画脚就会听命的人。"

"我不知道投资方怎么说服了他，总之导演放弃了。还好，片子出来效果也不错。"

"你这勾起了我的好奇心啊，到底投资方是怎么说服殷导演的呢？"

"后来我也问过，他对我说了一句话。"

"什么？"

"导演说，不打扰她的生活，是对善意的最大回报。"

"……你看，鸡皮疙瘩都起来了。"

"吃吧。"

姜珠渊从美食城出来，看了看腕表。

"喂，你看不见我吗？"

成少为穿着一件拼色夹克，坐在路边的栏杆上，对她招招手。因为长得帅，他的动作引得路人频频侧目；而姜珠渊从他身边走过时，却完全目不斜视，好像没有看到一般。

“组长？”姜珠渊转头，倒退了两步，奇怪道，“你怎么会在这里？”

“破产而已，穷光蛋也能到处走吧？”成少为并没有下来的意思，稳稳地坐在栏杆上，“完成了？顺利吗？”

“嗯。”

姜珠渊发现他手里拿着一罐啤酒。成少为顺着她的视线看过去，晃了晃罐身：“这不是啤酒，这是包装像啤酒的汽水。啊，真讽刺，有些汽水偏偏长得像啤酒一样，有些啤酒又偏偏披着汽水的外衣。”

朋友不像朋友，仇人不像仇人。

他一仰脖，将汽水喝完。

姜珠渊知道他今天签约，虽然她在辛律之面前说过商业行为，愿赌服输，但看他这副模样，恐怕受到了不小打击。

“组长，你到这里来，不会就是想和我说这些吧？”

成少为跳下来，将汽水罐扔进垃圾桶：“之前你在这里被高空抛物砸了挡风玻璃。我怕你出事，要算工伤。”

姜珠渊奇怪：“你怎么知道？”

修车费用保险承担了，她就没有告诉媚姐。

“你现在打算去哪里？”

“回去，还有大把工作要做。”

“周末啊，你不去吃个饭，看个电影，谈个恋爱？”

“他今天健身房有读书会及聚餐活动。”

成少为轻飘飘道：“其实少见一两天也没什么，小别胜新婚。”

姜珠渊紧了紧书包背带：“谢谢，我现在心情也不好了。”

有什么理由，一个单纯的、文明的健身场所，会举办读书会，还聚餐、唱歌？

踏踏实实地健身不好吗？

她有点后悔没有一开始就说出来——我一点也不喜欢你把我的围巾、我的梳子、我的副驾驶座给许度用，我一点也不喜欢你和她一起健身，我为什么要懂事？我根本就不想识大体，是你没有分清界限。

成少为见她出神，在她鼻子前面打了个响指："美食城的东西好吃吗？"

姜珠渊打了一个激灵："什么？"

"算了，你去便利店买两个饭团。我一天都没有吃过饭。"

姜珠渊依言去买了饭团和茶水，和成少为坐在广场前的长椅上吃晚饭。

周五的晚上，是合家欢乐的时光。步履轻松的归人三三两两地从他们面前经过；很快，有中年人拖来了音箱，在恶俗又欢快的音乐声中跳起舞来；吃过饭的孩子们开始奔跑嬉闹。

接下来是整整两天的休整，所以大家都很开心。

而他们两个，一个刚刚被"朋友"恶意收购了公司，同时得知自己才是邪恶一方；一个知道男友正带着"嘟嘟妹妹"快活地参加聚会，明明很生气却要保持风度。

虽然不是一个数量级的失败，但落寞却没什么区别。

姜珠渊买的是糙米菠菜煎蛋芝麻饭团以及金枪鱼青瓜海苔卷，吃得成少为大皱眉头。

"这都能选到最难吃的，也是没谁了。"

"那您自己去买吧。"

成少为把饭团塞进嘴里。

"我很快就要不名一文了，不挑剔了。"

这句话还有点心酸的成分——姜珠渊默默放下饭团。

"今天媚姐接了个电话就跑出去了，是签约出了什么事情吗？"

"她没有告诉你？"

姜珠渊摇头。

成少为将裤腿上一颗饭粒弹走："我妈晕倒了。"

"代总？严重吗？"

"受到惊吓。医生开了宁神的药，现在已经回家了，媚姐陪着她。"

“你怎么不陪陪她？”

成少为靠在椅背上，出神地望着前方的某一点，突然换了非常冷静的口气：“我们现在很难面对彼此，比以前不说话时更难。过了这段时间，她想通了，可能会好点。”

拥有的越多，失去时越难过。

“组长，你还这么年轻……”

“干什么，你这口气好像我流产了一样？”

他虽然口口声声说不在乎老饕门清算，但实际上还是有感情投入：“我是想说，您这么年轻，还有机会东山再起。”

“是啊，‘万食如意’项目被保留了。”成少为道，“你知不知道收购老饕门的人是谁？”

“媚姐说是瀚海控股，但背后另有其人。”

“对，是辛律之。”

“是他？”姜珠渊大大地吃了一惊。

“收购价是 6.3 亿元？”

“你怎么知道？”

她想起那天晚上做的题目，还有辛律之说过的话。

“……组长，我想问你一件事情——为什么代总会签这样冒险的对赌条约？”

“被一片阿谀奉承的声音冲昏了头脑呗。”成少为淡淡道，“四年前，谁都觉得做餐饮一定包赚不赔，一旦上市，大家都赚得盆满钵满。”

所以——并不是代喜娟找人炒热舆论。

出得起价钱，什么稿子我都会写。

写了那篇稿件之后，收到了一笔不菲的润笔费和这支笔。

因为那篇文章的前瞻性得到了业界的一致认可，间接促成了老饕门和万象资本的对赌条约。

老饕门开始借贷扩充，准备上市。

格陵政府发布关于三公经费的新条文，中高端餐饮进入冰河期。

老饕门资产缩水，上市失败。

对赌条约启动，老饕门被迫清算。

辛律之接手。

缤纷闪烁的商业灯牌，嬉笑奔闹的无知孩童，热情奔放的音乐声中，中年男女翩翩起舞。

姜珠渊双脚发凉，那股凉意一直延伸到小腿。

同学会上，辛律之帮助了她，所以他是友好的。

辛律之和成少为是朋友，所以他就算不站在成少为这边，也至少会保持中立。

如果她前期对于他的假设都是错的——这样一想，她就觉得头好痛。

不可否认，她认为他和云政恩有些关系。她之所以没有去问，是因为她感觉自己还没有做好迎接真相的准备。

这个真相可能会很荒谬、很狗血，又或者很苍白、很无趣。

无论如何，考虑到云政恩的英年早逝，这不会是一个令人愉快的故事。

说来也可笑——她一直想要知道云政恩死亡的真相；可现在却在另一个真相前裹步不前。

如果说她觉得自己通过和辛律之的相处，多了一份揭晓的勇气，现在却又退回到了原点。

辛律之不是绅士，不是朋友，他是一个非常非常危险的人。

“他为什么要这样做？”

被偷窃者有一千个、一万个理由报仇。偷窃者有一千个、一万个理由赎罪。

但这一定就是真的吗？他也在那列火车上，为何毫无印象？若说是年纪太小，为何他又记得在生父身边，屈辱又折磨的两年。

他今天接收到太多信息，是真是假，一时无法确定，又或者无法面对。所以他没办法回答姜珠渊的问题。

“你记不记得你以前的事情？”

“以前？中学时候？”

“小时候，五六岁。”

“深刻的话，应该记得。”姜珠渊想了想，摇头失笑，“都是食物的记忆……”

“食物？”

“最近有一篇文章说，人早期的记忆是因为神经元飞速生长所以被埋藏起来了。如果遇到熟悉的刺激，就会激发起记忆。文章里用的是电击，我想用食物的香味也可以——这不就是‘万食如意’的宗旨吗？”

食物的香味。

成少为突然起身，四周张望了一下，撒开双腿朝一个方向跑去。

姜珠渊望着他疾奔而去的背影，想了想，拿起包跟上。

他的目标是最近的超市，一进去就直奔生鲜食品区，在货架上扫荡着猪肝、豆芽、香葱等食材，又拿了胡椒、麻油、细盐等调味品。

每样他都拿了好几种，一点也不像是穷光蛋的作风。

姜珠渊提醒他：“组长，好像是你的电话在响。”

“帮我推着。”成少为把手推车推给姜珠渊，从口袋里拿出手机，看了看来电显示，不由得皱了皱眉头，“……我不在家……没什么好说的了。”

他沉默了一会儿，那边似乎不疾不徐地劝着他，又或者用什么引诱着他，终于他同意了：“好，我把定位发给你。”

他挂了电话，也不做任何解释：“你有想吃的东西吗？去买，然后一起埋单。开发票，列明细，抬头是老饕门饮食股份有限公司。”

“知道了。”

“到了这个地步，我一分钱也不会替辛律之省。”

在走出超市的那一刻，他突然停住，看了看手里一大包的食材。

近情情怯。

叶公好龙。

这一包可能连接起过去记忆的食材，突然成了烫手山芋。

他瞥了一眼身边正在整理票据的姜珠渊。

“你会做菜吗？”

“会一点。”

“会做豆芽肝尖汤吗？”

“说说看。”

“用肝尖、豆芽做出来的汤，起锅前放葱花、胡椒，淋一点麻油。”

“听起来不难。”

成少为松了一口气，放心地将刚买的食材塞给了姜珠渊：“用这里的食材做一做。”

姜珠渊打开塑料袋清点了一下，又仰起脸来问成少为：“组长这是在委托我做‘万食如意’的案子？”

“哦。”

“没有背景资料？单从食材入手？这里面的食材、品牌、产地、品种、处理方法，排列组合起来，也有不少可能了。”

成少为有些不耐烦，想早点结束这段对话：“那就都试试。”

他原以为她会提出这个困难，那个不便，没想到姜珠渊只回答了一个字：

“行。”

见她准备走，成少为又喊住她：“你去哪儿？”

“回公司。”

“不急。我还有件事情问你。”

“什么？”

“听说你数学好，知道科赫的雪花吗？我上网查过，但不太明白。”

“如果网上的解释您看不懂的话，我也不一定能讲清楚。”

“试试看。”

姜珠渊只得放下袋子，腾出手来，用手机搜索出“科赫的雪花”的词条：“这是一个叫科赫的科学家发现的曲线，它的大体轮廓是六角星，所以叫做雪花曲线，具体做法是这样的……”

成少为一头雾水地听她讲解，末了突然来了一句：“会不会有人用这种方式来切割钻石？”

“切割钻石？”姜珠渊奇道，“六面体不是切割钻石的常规方法吧——啊！”

“你想到了什么？”

“科赫的雪花的奇妙之处在于，它的面积是有限的，周长是无限的。无限的周长包围着有限的面积，这本身是一个悖论，但完美地体现在了雪花曲线中。”姜珠渊道，“如果用来切割钻石，寓意就应该是‘我无限的爱意拥抱着你有限的人生’吧。”

她眼睛亮晶晶地看着成少为，不掺杂一点杂质：“我以前觉得美拉德反应很浪漫了，没想到数学家浪漫起来更是没法抵挡。”

成少为默默地听着，没有回应。

辛律之向他母亲索要的戒指叫做科赫的雪花，是纪永姿的遗物之一。

如果这枚不知所踪的戒指真的有姜珠渊所说的深刻含义，那么事情就更加奇怪。

照戚具迩的说法，Albert Shin，辛家明是七年前去世的，二十五年前，他应该正当壮年。

既然要用无限的爱意包围妻子有限的人生，那么让她一个人在孕晚期搭火车，无论如何也不符合逻辑。

但这种推断的依据太薄弱了——一个真相还没解开，谜题却越来越多。

姜珠渊似乎又想到了什么：“不过……”

“不过什么？”

“科赫曲线还有一个特点，曲线上的任意两点之间的距离也是无限长。”姜珠渊道，“如果真的讲究起来，戴上这种戒指，恋人之间天各一方的可能性也挺大。”

“看不出来你小小年纪，封建迷信思想还挺浓厚。”

姜珠渊撇了撇嘴。正在这时，街上传来一声喇叭，一台挂着 8888 牌照的奔驰保姆车静静地停在路边，漆黑的车身似乎和夜色融为了一体。

“那个女孩子是谁？”车内的戚具迩朝窗外望去，“这么快有了新目标。”

司机窦飞也朝外看了一眼，淡淡道：“就一个世界刚刚被颠覆的人来说，他看起来心情不坏。”

戚具迩道：“我见过他情绪最激动的时候是在今天下午的签约现场。能这么快恢复，要么已经接受现实，要么已经有下一步的计划。”

“你的意思是，那个女孩子和他的下一步计划有关？”

她见成少为和那女孩子交谈了几句，做了几个手势，然后分开，他独自朝车走来。

戚具迩打开门，笑着请他上车：“和女朋友逛街？我有没有妨碍到你们？”

成少为简单明了：“有什么事？不妨开门见山。”

窦飞道：“戚小姐，你们慢慢聊，我下去抽支烟。”

窦飞下车后，戚具迩看着成少为，笑着叹了口气：“突然不知道从哪儿说起了。”

成少为伸手打开车上的迷你冰箱，拿出一瓶矿泉水来。

“具迩，你知道，我现在并不需要求着你了。所以大家还是快点给出有用的信息，然后结束这种尴尬的场面吧。”

虽然被这么冷淡的话兜头砸在了脸上，戚具迩倒没有特别生气。看着他无与伦比的喝水的侧脸，她又感觉到了那种平静的力量。

真是她命里的克星。

“我们要买的那家互联网公司，本来一直在磨价格，但刚才他们突然让价五千万元，就在瀚海签约后。”

“你的签名一向很值钱。”

他语带讽刺，而戚具迩不以为意：“我不确定辛律之这样做，是否有离间你我的意思。与其将来让你知道，不如现在由我来告诉你，免得你从别的渠道得知，反而怀疑我和辛律之合谋。”

“所以万象资本也是受害者？”

“这样说的话，难免会有得了便宜还卖乖的意味。”戚具迩道，“不过他确实欠万象资本的——你记不记得他说过一句话？他说老饕门上市的概率，四年前就算得清清楚楚。”

“现在回想起来，四年前媒体造势，财经学者唱好餐饮股，掮客为万象资本和老饕门牵线——表面上水到渠成，实际上每一步都落在辛律之的计划内。”

“有证据吗？”

“需要证据吗？最符合逻辑的可能，就是真相，我们都在这个局里。”

“如果不是政策有变，老饕门上市几乎是铁板钉钉。即使是在政策改变后，老饕门也仍然有上市可能——他为什么要走这步险棋？”

“险棋？”戚具迩嘴角抽动了一下，“我上次给你讲的故事，要听结局吗？”

那对喜欢举行派对的夫妻，命运开始变得很好。

丈夫得到了一个很难得的晋升机会，妻子成为了社区活动的名人。

总之和死者家属相比，他们过得越来越风光，自然也越来越张狂。在当地，越来越多的家长开始讨厌他们这种不负责任的教育方式。

死者家属遵循辛律之的交代，不再和对方接触，不再在公开场合抗诉，而是积极投身各种慈善事业，看上去已经从失去儿子的痛苦当中解脱出来。

原本平静的社区在一年后发生了巨变。

首先，当地通过了一项以车祸中丧生的男孩子命名的法案，明确了家长在这种二十一岁以下聚会中对酒精饮品以及青少年饮酒后一系列举动的监管责任——一旦失职，将会面临六个月至一年的刑期，而不再罚款了事。

然后，喜欢举行派对的夫妻被人匿名举报，成为了第一对因此法案入狱的父母，刑期一年。

因为是名人，所以闹得很凶，审判期间受到了舆论的一致讨伐，被社区列为不受欢迎的居民。

最后，他们失去了工作、地位，声名狼藉。出狱后，他们以最快的速度搬离当地，再无音讯。

当然，换个州，他们可以从头来过，但是这次牢狱经历想必会令他们再也不敢放纵。

“我不想神化辛律之，但无疑他有掌控未来的能力。我非常佩服他能对时局有这样一份洞察力。”

“他很喜欢说一句话——一切问题，归根结底都是数学问题。”成少为喃喃道，“我想，有些人是可以将所有信息数字化，通过加权和计算，得到未来走向的各种可能概率……”

他有点说不下去了，这倒让戚具迩想起另外一件事情来，她从公文包里拿出一份资料。

“之前代总打算买来上市用的壳，通过非法手段隐藏了债务，下周一就会爆出来。今天签约时就想告诉你来着，结果……”

她摇摇头：“你知道隐藏的债务是多少吗？核数师算过了，不多不少，6.3 亿元。”

又是这个数字，但成少为已经不那么惊讶了：“所以……即使上市概率很低，他还是做好了万全准备。”

“你也听到了，如果不签字，老饕门会在未来半年内拆分出售，那样最终的价格可能会比 6.3 亿元更低。”戚具迩道，“如果借壳上市成功的话——这 6.3 亿元怎么还？”

二十五年，代喜娟从零开始，又变成一个零。

“所以今天签约虽然痛苦，但对你、对代总来说是最好的决定。我不知道他下一步还会不会做什么，但你一定要小心。”

成少为满嘴涩味，他的人生原本是开挂偶像剧，突然变成狗血八点档，现在又成了烧脑悬疑片。

“需要小心的是我吗？反正已经一无所有，我还怕失去什么呢？现今的环境下，买了老饕门的辛律之才更有可能亏本吧。毕竟6.3亿元可不是一笔小数目。”

看来他还不明白。

“没有人真的会拿这么大一笔钱出来收购，往往都会顺手做一个杠杆处理。我向闻柏桢打听过，辛律之实际上只是私人拿七千万元出来买瀚海控股这只壳。今天签约后，瀚海控股就会与老饕门合并，合并后85%的股权抵押给银行，用银行的放款来支付给万象资本。日后老饕门的现金流水用来支付银行的利息。”戚具迩道，“所以，辛律之说得没错，老饕门需要一个优秀的职业经理人。我听说他和雷再晖是大学同学，很有可能会请对方来做事。”

戚具迩语气中带着赞赏的意味：“其实……欧拉基金会虽然有着雄厚的资金基础，但并不是一个纯粹意义上的商业组织。这是辛律之第一次打收购战，就……咳咳。”

真是完美。

戚具迩娓娓道来的过程中，成少为一直支着头，眼神盯在车厢的某一处，仿佛那里有什么别人看不到的秘密。他的表情也一直在改变，从平静到不甘、到愤怒、到沮丧、到惆怅，最后又恢复平静。

“好。谢谢你全方位的分析，让我知道辛律之是个强大而不可战胜的对手。”

戚具迩方才说话时一直脸色严肃，这时露出一种对小孩宠溺般的微笑：“不服气？人与人之间没有任何比较的意义。当然，一定要比较的话，美貌和智慧本来就不能并重呀。”

成少为拍拍腿：“说完了吗？说完我走了。”

他下车后，戚具迩想想，又追上去：“少为！”

瑟瑟秋风里，她只穿了一条连衣裙加一条羊毛披肩，脚上是一双软缎底的便鞋。

成少为脱下夹克，给她披上：“小心着凉。”

“我建议你就此终止‘万食如意’。”

“为什么？”

“少为，听我一句劝——不要再和他有任何交集。他要伤害的人，总能伤害得了。他会用最快的刀，直插进你心脏，昨天还是朋友，今天就成为敌人——这种痛苦，我不希望你再尝一次。”

成少为替她紧了紧衣襟：“今天你也在场。你听见了，他的报复不是无中生有，他认为是我妈先犯了罪，甚至于有人因此去世。”

戚具迩本不想提到这事，既然他提到了，她又不得不安慰道：“你那时候还小，不是你的错。”

成少为摇了摇头，转身面向广场上的人群。

“具迩，你不知道。他真是给我出了一个很大的难题。我以前总觉得哈姆雷特是无病呻吟，现在我想的比哈姆雷特还多——辛律之说的是真相吗？是真相的话，为何他好像全程在那趟火车上，而我却一点印象没有？不是真相的话，要不要报复回来？如果报复，我能做到吗？能做到哪一步？能做到像他一样克制吗？他和我做朋友，也是报复计划的一部分吗？那他为什么要把他弟弟的事情告诉我？还是说，他觉得上一代的恩怨不必牵涉到下一代，所以我们的朋友关系并不应该受到干扰？他的情商真的低到难以置信吗？我控制不住自己，一直都在想这些，想得我的头都快炸了！”

“这就是为什么我劝你终止‘万食如意’的原因。”戚具迩长叹了一口气，“不过看来，你仍然不会听我的了。”

（上册完）